거 리 에 핀
시 한 송 이
글 한 포 기

거리에 핀 시 한 송이 글 한 포기

2020년 10월 15일 초판 1쇄 펴냄

엮은이 성프란시스대학 편집위원회
편집 김도언
일러스트 민애리
펴낸이 신길순

펴낸곳 (주)도서출판 **삼인**
전화 02-322-1845
팩스 02-322-1846
이메일 saminbooks@naver.com
등록 1996년 9월 16일 제25100-2012-000046호
주소 (03716) 서울시 서대문구 성산로 312 북산빌딩 1층

표지, 본문 디자인 끄레디자인
인쇄 수이북스
제책 은정

ⓒ성프란시스대학 2020
ISBN 978-89-6436-183-2 03810

값 19,000원

성프란시스대학 인문학과정
노숙인들이 온몸으로 써내려간 시와 산문

거리에 핀
시 한 송이
글 한 포기

성프란시스대학 편집위원회

삼인

성프란시스 인문학 15주년 문집을 축하드립니다

총장 김성수(시몬)주교

　성프란시스대학이라는 이름으로 그동안 많은 노숙인들이 입학과 졸업을 해왔습니다. 인문학이라는 이름으로, 그것도 노숙인들을 대상으로 '대학'이라는 이름을 걸고 다소 낯설기도 하고 어색함이 묻어나는 상태에서 첫 출발을 했다는 것을 다시 한 번 기억하게 됩니다.

　집을 지을 때도 먼저 생각하고 짓게 되는데 집짓는 방법을 보면 우리나라와 서양의 방법이 매우 다르다는 것을 알 수 있습니다.

　강화에 가시면 볼 수 있는 성공회 강화읍성당의 경우엔 서양과 동양의 건축문화가 함께 어우러졌음을 알 수 있습니다. 쉽게 말하면 서양에서는 설계도면을 기초로 해서 건축물을 완성해 나갑니다. 그러나 우리나라의 경우는 도목수의 머릿속에 건물의 규모와 크기가 담겨져 있다는 차이가 있습니다.

건물을 짓는 사람의 입장에서는 설계도가 있는 경우 더 세밀히 계획하여 건물을 지을 수 있는 장점이 있지만, 우리의 경우는 도목수의 말 자체를 믿고 따라야 하기 때문에 서로간의 신의와 신뢰가 있어야 더욱 건물이 가치 있게 마무리 될 수 있다는 것을 말씀드려봅니다.

그러나 어느 것이 더 좋다고 말하는 것은 의미가 없을 수 있습니다. 왜냐하면 방법론의 차이가 있기 때문입니다.

우리사회의 행복의 가치와 척도는 자신이 결정한다기보다는 다른 사람들에 의해서 결정된다고 할 수 있을 정도로, 사적인 영역의 행복조차도 아무런 거리낌 없이 간섭을 받고 재단 당하는 것을 자연스럽게 받아들입니다. 그러나 엄격하게 말한다면 나라는 존재의 가치는 세상의 어떠한 가치와 권력으로부터 훼손되거나 평가절하 될 수 없는 존귀한 존재이며, 거룩한 성채와도 같습니다.

그럼에도 우리사회는 실패나 좌절을 겪은 이들에게, 더 나아가 홈리스와 같은 일정하고 안정적인 거주공간이 없는 길 위에 있는 사람들에게 다시 일어설 수 있는 기회나 손길을 내주기를 주저하고 있는 것 또한 사실입니다.

이런 사람들이 '성프란시스대학'에 입학하여 1년여 동안 교수님들과 글쓰기, 역사, 철학, 문학, 예술사 그리고 체험학습을 통해 그들의 체험과 눈높이로 작품을 써내려갔다는 것은 참으로 감동스러운 일이 아닐 수 없습니다. 죽은 활자가 아닌 살아 움직이는 역동적인 활자를 치열한 생존의 중심에서 진실함을 담아 보여주었습니다.

15년 동안 함께한 교수님들과 학생들에게 다시 한 번 축하와 감사의 말씀을 드립니다. 그동안 이 과정을 통해서 다시 선 분들께 더없는 축하의 말씀을 드립니다. 앞으로도 성프란시스대학이 인간실존의 가치를 찾게 해주는 대학이 되길 기대하며 15주년 문집 출간을 다시 한 번 축하드립니다.

감사의 글

국내 최초의 노숙인 문집 출간을 축하드립니다

곽노현 | 성프란시스대학 학장

성프란시스대학이 개교 15주년 기념으로 노숙인 문집, 『거리에 핀 시 한 송이 글 한 포기』를 세상을 내놓습니다. 두툼한 문집 속 짧은 글들의 필자는 예외 없이 성프란시스대학의 1년 인문학과정을 거쳐 간 노숙인 선생님들입니다. 성프란시스대학이 지난 15년 간 수강생들이 졸업문집에 제출한 글들을 선별해서 이번에 문집으로 만들어낸 것입니다. 노숙인의 글이 이만큼 쌓일 수 있었던 건 성프란시스대학이 15년 내내 글쓰기수업을 진행해 온 덕분입니다. 『거리에 핀 시 한 송이 글 한 포기』는 성프란시스대학이 없었다면 꿈도 꿀 수 없었던 국내 최초의 노숙인 문집이라고 자부합니다.

『거리에 핀 시 한 송이 글 한 포기』는 이오덕 선생님이 산골아이들의 글 모음집을 낸 이래로 가장 돋보이는 삶의 현장 글 모음집이 아닐까 싶습니다. 무엇보다도 그동안 목소리를 내지 못했던 노숙인 당사자들이 스스로를 성찰하며 직접 쓴 글을 모아놓았다는 점에서 그렇습니다. 노숙인은 사업 실패와 가정 해체는 기본이고 대부분 중증질환이나 중독증세를 하나

7

이상 달고 삽니다. 자존감이 낮고 사회적 낙인이 강해서 좀처럼 스스로에 대해 입을 열지 않습니다. 그 높은 장벽을 이겨내고 스스로의 삶을 증언한 수백 편의 글을 묶어낸 노숙인 문집으로는 『거리에 핀 시 한 송이 글 한 포기』가 유일합니다.

『거리에 핀 시 한 송이 글 한 포기』의 거의 모든 필자들은 성프란시스대학에서 생애 처음으로 독서지도와 글쓰기수업을 받으며 자전적 글쓰기에 도전한 것으로 압니다. 여기저기 서툰 티가 완연함에도 불구하고 공감과 감동을 불러일으키는 시와 글이 의외로 많습니다. 전문 문필가들 뺨치게 감칠맛 나는 표현이 적지 않고 가슴이 먹먹해지고 콧등이 시큰거리는 대목도 드물지 않습니다. 그렇기 때문에 『거리에 핀 시 한 송이 글 한 포기』는 노숙인에 대해 막연한 두려움과 편견을 갖고 있는 일반시민의 필독서로 부족함이 없습니다. 정책당국과 연구자, 언론인한테도 1차 자료로 몹시 유용할 책입니다. 지금까지 나온 어떤 정책보고서나 르포기사보다도 현장감이 살아 있기 때문입니다.

예를 들어, 「빗물, 그 바아압」이라는 제목의 시를 읽어보세요. 장대비가 쏟아지면 무료급식소 식판은 순식간에 빗물로 반이 찹니다. 그럼에도 노숙인은 빗물 밥, 빗물 국을 꾸역꾸역 입에 넣을 수밖에 없습니다. 목구멍이 포도청이니 달리 어떻게 하겠습니까. 노숙인이라면 누구나 경험했을 빗속 무료급식의 처연함을 당사자가 아니라면 그 누가 그토록 생생하게 표현할 수 있을까요. 이 시를 읽은 일반시민은 비 예보만 들어도 '빗물 그 바아압'의 비애를 떠올리며 마음속으로 노숙인의 삶을 응원하게 될 것입니다.

이 시를 읽은 급식소운영기관도 하루바삐 개선방안을 찾아내려 노력할 것입니다.

당연한 얘기지만 이 책을 내기까지 많은 분들이 수고해주셨습니다. 특히, 편집위원을 맡은 박경장 교수와 김동훈 교수, 그리고 자원활동가 세 분(김아란, 강민수, 김연아)의 오랜 노고에 감사드립니다. 이분들은 졸업문집 15권의 그 많은 글을 나눠 읽고 골라냈을 뿐 아니라 주제에 따라 5부로 편집한 후 일일이 교열하는 수고를 마다하지 않았습니다. 그중에서도 박경장 교수는 별도의 언급을 요합니다. 지난 12년 간 쉬지 않고 성프란시스대학의 글쓰기수업을 전담해온 그는 문집에 실린 많은 글의 숨은 조력자라고 할 수 있지요. 성프란시스대학을 대표하여 박 교수의 헌신과 기여에 특별히 감사드립니다.

뭐니 뭐니 해도 문집의 주인은 수록된 글을 쓴 노숙인 선생님들입니다. 안타깝게도 이미 고인이 되신 10여 분을 포함한 모든 필진들과 『거리에 핀 시 한 송이 글 한 포기』 출간의 큰 기쁨과 감동을 나누고 싶습니다. 또한 대한성공회부설 다시서기종합지원센터의 전직 센터장 신부님들과 현직 허용구 센터장 신부님과도 책 발간의 성과와 보람을 나누고 싶습니다. 끝으로 어려운 상황에서도 흔쾌히 출판을 맡아준 도서출판 삼인에 감사드립니다.

모두가 선생님인 '선생님의 학교'에서 펴낸 문집

이 책은 '유서 한 통쯤은 몸에 지니고 있거나, 자살 미수 2범은 돼야' 들어갈 수 있는 '성프란시스대학 인문학과정' 졸업생의 글을 엮은 것입니다. 이 과정은 2005년 9월에 개교해 올해로 15년째 된 노숙인을 위한 우리나라 최초의 인문학대학에서, 오랫동안 빈곤계층을 대상으로 사목을 해오던 임영인 성공회 신부에 의해 탄생됐습니다.

임 신부는 자신의 오랜 경험을 통해 노숙인들에게 의식주를 비롯해 당장에 필요한 물적 조건을 제공한다고 해서 그들이 빈곤이나 노숙상황에서 완전히 벗어난 경우는 거의 못 봤다고 했어요. 결국 그가 도달한 노숙인 자활의 궁극적 목표는 '자존自尊감 회복'이었습니다. 자존감 회복은 당연히 자존自存, 즉 '나는 누구인가'에 대한 물음과 성찰에서부터 찾아져야 하는데, 그건 바로 인문학의 내용이고 방법이었습니다. 때마침 얼 쇼리스의 『희망의 인문학』이라는 책을 통해 '클레멘트 코스'라는 노숙인을 위한 인문학과정의 성공적인 미국 사례가 국내에 소개됐지요. 이에 힘입어 '다시서기센터'라는 노숙인 종합복지센터 내에

부설로 한국판 클레멘트 코스인 성프란시스대학 인문학과정이 탄생하게 됐습니다.

어쩌다가 거리 노숙인이 됐을까. 사례마다 다르겠으나, 개인 차원의 요인과 사회구조적 요인들이 서로 영향을 미치면서 만들어내는 복합적인 현상이라고 보는 게 맞을 겁니다. 현재의 자본주의 경제, 사회 체제는 필연적으로 적절한 수준의 자원, 기회, 권리를 누리지 못하는 사람들을 끊임없이 양산하고 그들을 주변으로 내몰게 돼 있습니다. 극단적인 주변으로 내몰린 사람들이 거리 노숙인이지요. 그들이 겪는 절대 빈곤은 주거, 건강, 교육, 인적 자원 내지 사회적 네트워크라는 인간답게 살기 위해 누려야 할 기본적인 권리로부터 배제됨을 의미합니다.

우리 사회에서 노숙인이란 단순히 길에서 노숙하는 사람들을 칭하는 가치중립적인 용어가 아닙니다. 직업도 없고, 어디에도 소속되지 못하며, 오로지 남의 자선에 의지해 살아갈 수밖에 없는 비루한 사람들이라는 다분히 비하적인 호칭이지요. 노숙인이라는 호칭은 자본주의 사회에서 효용을 상실해버린 잉여존재와도 같은 일종의 사회적 낙인입니다. 가만히 있어도 범죄자로, 건강해도 병자로 간주되기 십상인 노숙인이라는 존재는 있어도 보이지 않는, 실은 보기 싫어서 보이지 않는 우리 사회의 투명인간(Invisible men)인 셈이지요. 우리 눈에서조차 철저하게 배제된 존재들이 거리 노숙인입니다.

그러면 자본주의 무한 경쟁사회에서 낙오돼 배제되는 거리 노숙인을 어쩔 수 없는 것으로, 제 탓일 뿐이라고 무시해버리면 되는 걸까요. 1949년 유엔 세계인권선언문에서는 "모든 인류는 언론의 자유, 신념의 자유, 공포와 궁핍으로부터의 자유를 향유할 수 있어야 한다."고 말합니다. 궁핍으로부터의 자유가 인권이 추구하는 목표이며, 그런 궁핍으로부터 국민을 벗어나게 할 의무가 모든 국가에 있다는 것을 인류 공통의 선언으로 못 박은 것이지요. 빈곤은 일차적으로 물질의 빈곤이지만 상대적으로 모험의 빈곤, 사랑의 빈곤, 꿈의 빈곤으로 이어지게 마련입니다. 이런 절대적, 상대적 빈곤에 처한 거리 노숙인들은 삶의 서사를 '포기'하거나 '달관'하게 됩니다. 삶이 하루하루 침식되다가 복구할 수 없을 만큼 파괴되는 것이지요. 한번도 실패하지 않을, 떨어지지 않을 인생이 어디 있겠습니까. 떨어진 이들을 바닥에서 받쳐주고 다시 일어설 수 있게 하는 사회 안정망이 없는 국가에선 누구든 잠재적 노숙인입니다.

성프란시스대학은 떨어진 바닥, 내몰린 거리 위에 세워진 노숙인을 위한 인문학과정입니다. 당장의 하루 잠자리도, 빵 한 조각도, 옷 한 벌도 제공할 수 없는 인문학과의 조우는 거리 선생님들에게는 낯선 불청객 같았을 겁니다. 당장 상품화되지 못해 자본주의 불온학不穩學이라 할 수 있는 인문학이 무한경쟁에서 밀려난 자본주의 사생아로서 노숙인과 만난 것이니까요. 이 불온한 만남에서 노숙인 선생님들은 문학, 역사, 철학, 예술사, 글쓰기 등 다섯 과목, 한 학기에 세 과목(글쓰기는 두 학기에 걸쳐), 일주일에 3일, 과목 당 2시간씩, 한 학기 15회, 일 년 30회 수업을 듣습니다. 낮에는 자활근로나 인력시장에서 얻은 막일을 하고 저녁에 지친 몸을 끌고 학교로 오지요. 그야말로 형설지공입니다. 이 책에 실린 글들은 15권의 졸업문집과 각 기수별 다음 카페에 올린 글들 중에서 성프란시스대학 교수와 자원활동가로 구성된 책 발간위원회가 선별한 것입니다.

노숙인 학습자 연령은 20대부터 70대까지, 초등교육조차 받지 못한 분부터 대학졸업자까지 다양합니다. 하지만 이런 다양성에도 불구하고 그들이 살아온 삶의 내력에는 공통점이 있습니다. 더 이상 떨어질 곳 없는 '삶의 나락' 그 언저리를 맴돌다 온 것이지요. 스스로 삶을 포기해 죽음의 문턱까지 갔다가 가늘지만 모진 생명의 끈에 이끌려 다시 소환된 삶의 내력. 이런 굴곡진 삶의 내력을 지닌 노숙인 학생을 만난 교수자는 텍스트 속 문자에 갇힌 문사철이 노숙인 선생님의 몸에서 말로 열려, 강단인문학이 거리의 인문학으로 활보하는 현장인문학을 경험합니다. 그래서 성프란시스대학 인문학과정은 서로가 서로에게 가르치고 배우는, 모두가 선생님인 '선생님의 학교'가 되지요.

1부 '서울역 일기'는 지금 살아가는 그리고 지금까지 살아왔던 삶의 일기 같은 글이 모여 있습니다. 자신의 밥벌이를 돌아보고, 살기 위해 먹고자고 입는 것에 대해 성찰합니다. 이런 성찰을 통해 '노숙인'이라는 사회적 부름 '호명'에 대해 되묻지요. '노숙인, 나는 누구인가?'

2부 '거리의 인문학'은 거리 삶에 불청객처럼 찾아온 인문학. 그 낯설고, 흥분되며, 혼란스럽고, 벅차고, 아름답고, 슬프며, 절망하고, 무너지고, 일어서며 감격했던 인문학 1년 과정에 대한 저마다의 술회를 쏟아냅니다.

3부 '사랑이 저만치 가는데'는 만나고 헤어지고, 그리워 보고 싶지만 차마 다가갈 수 없는, 두고 떠나온 고향, 부모, 아내, 자식, 친구에 대한 기억과 감정을 풀어놓습니다.

4부 '길벗 도반'에서는 자신의 모습이 비치는 거울을 들여다봅니다. 지우고 싶은, 눈 감아버리고 싶은, 쓰러져 바닥에 붙어버린, 하지만 보듬고 살아가야 하는, 다시 일어선, 혼자가 아닌, 내 안에 너무도 많은 거울 속의 나들을 들여다봅니다.

5부 부록 '두드림'은 2009년 성프란시스대학 내의 풍물동아리로 시작된 '두드림' 단원들의 곡절 많은 신산고초의 삶을 풍물난장 마당극으로 풀어내려 기획한 극본입니다.

성프란시스대학은 2012년 11월 『거리의 인문학』(삼인)이라는 책을 냈습니다. 이 책에서는 설립자, 교수, 학생, 실무, 자원활동가 등 각자 관점에서 학교조직, 행정, 교과내용과 과정에 대해 느낀 점들을 상세하게 기술했습니다. 의의라면 무엇보다 이 책이 사회적 약자와 소수자, 빈곤층을 위한 인문학강좌에 하나의 이정표이자 매뉴얼을 제공했다는 사실입니다.

하지만 『거리의 인문학』을 내면서 한 가지 아쉬웠던 점이 있었습니다. 학교의 실제 주인공인 선생님들이 매년 발간해 쌓아온 졸업문집의 글들을 거의 담지 못했다는 사실입니다. 해서 학교운영위원들 사이에서는 언젠간 꼭 선생님들만의 글을 담은 책을 내자는 묵언의 약속이 있었지요. 성프란시스대학 창립 15주년 해인 2020년에 발간하게 된 『거리에 핀 시 한 송이 글 한 포기』는 그 약속의 완성입니다. 길 위의 바보성자, 프란시스 성인께서 이 책을 읽는다면 거리 선생님을 이렇게 부르지 않을까요. "오! 길벗, 도반이여!"

 거리 위 고단했던 삶을 서둘러 내려놓으신 고성원, 김대인, 김문수, 김석두, 김영조, 문재식, 문충섭, 신득수, 유창만, 윤보영, 이덕형, 이대진, 이홍렬, 전태선, 정인술, 천성우, 홍진호 선생님께 이 책을 바칩니다.

성프란시스대학 편집위원회
(강민수, 김동훈, 김아란, 김연아, 박경장)

차례

제1부　－　서울역 일기

저승이가 사는 법

제2부 _ 거리의 인문학

거울 속의 나

마지막 편지

19

21

제4부 – 길벗 도반

두 개의 거울

쓰러질 때와 일어설 때

제1부

서울역 일기

저승이가 사는 법

빗물 그 바아압

권일혁

장대비 속에 긴 배식줄
빗물바아압 빗물구우욱 비잇무울 기이임치이
물에 빠진 생쥐새끼라 했던가.
물에 빠져도 먹어야 산다.
이 순간만큼은 왜 사는지도 호강이다 왜 먹는지도 사치다.
인간도 네 발 짐승도 없다 생쥐도 없다.
오직 생명뿐이다.
그의 지시대로 행위할 뿐,
사느냐 죽느냐 따위는 문제가 아니다.
오로지 먹는 것 쑤셔 넣는 것
빗물 반 음식 반 그냥 부어 넣는 것이다.

2백 원짜리 밥

故 홍진호

배고프다.
한 사흘 굶었나. 기억도 안 난다.
영등포역 한 귀퉁이 길게 늘어선 줄
무언가에 이끌리듯 가서 서본다.
말로만 듣던 노숙인 급식소

밥값 선불 2백 원이란다.
주머니를 뒤져본다.
없다.
아무것도 없다.

돌아서 가려는데 누군가
붙잡는다.
외상 됩니다.

식판을 받아들고 국을 한 수저 뜨는데
국 위로 물방울 하나가 떨어진다.

밥 한 술

故 유창만

밥 한 술 먹기 힘든 시절이 있었지.
보릿고개라는 말로 불리던 오래된 이야기지.
하지만 경제가 발달하고 풍요로움이 넘치는 지금도
보릿고개는 남아 있지.
눈에 보이는 것은 천국이지만
입은 거지인 사람들.
밥 한 술 해결을 위해 찬송가와 거래를 하며
이런들 어떠하리 저런들 어떠하리
종교와 양심이 얽혀진들 어떠하리
자조 섞인 탄식을 하지.
식판에 비쳐지는 모습이
서글퍼지는 밥 한 술.

거리 일기

최승식

2006년 6월 8일 현재 시각 오전 7시 서소문공원 벤치에 앉아 이 글을 쓴다. 아침에 구세군 브릿지센터에서 무료 배식하는 아침 식사를 하고, 이 곳에 앉아 휴식을 취하고 있다. 보통 사람들은 잠을 잔 집에서 식사를 하지만 우리 같은 사람들은 십 분을 걸어 나와 아침을 먹는다.

나의 자리 옆으로 여러 명의 나의 동지와 같은 노숙하는 몇 명의 무리가 지나가고 오른쪽 벤치에는 세 명의 무리가 오늘의 스케줄을 논의하고 있다. 장거리 코스를 가는 모양이다. 지방 원정 코스를 논의 중이다. 우리들이 말하는 일명 '짤짤이' 스케줄이다. 또 나의 좌측에 여러 개의 벤치가 만들어진 곳에서는 열 명 정도의 선생님들이 어젯밤의 이야기를 늘어놓고 있다. 어제 누구누구와 술을 몇 병 마시고 어떻게 잠을 잤는지……, 한 분은 한 손에 담배를 들고 무엇인지 열변을 토하고 있다. 어제저녁 싸움질한 것에 대한 이야기다. 맞고 그리고 또 때리고 그러고는 옆에 있는 소주를 몇 개의 잔에 따르고 있다. 어제의 해장술인가 보다. 그리고 뒤에 벤치에서는 한 분이 가방을 베개 삼아 누워 혼자 무엇인가 열심히 이야기하며 웃기도 하고 손짓도 하며 혼자만의 즐거운 세상에 빠져 있다.

나 역시 그 옆 벤치에서 이 글을 쓰고 있다. 지금 여기서는 사람 여럿이 각자 무엇인가를 하고 있다. 그래서 각각인 것 같으나 우리에게 공통적인 것이 있지 않을까 생각한다. 그것은 아마 지금은 갈 곳이 없는, 그저 흐르는 시간을 흘려보내는 노숙자들이라는 것이다.

순환 코스

이○복

10시다. 오늘도 한 코스는 가야지.
주머니에 돈이 달랑달랑
하루를 보내자니 한 코스도 가기는 힘들겠고
옛날을 생각해서 다리품을 팔아보자.

배고픔은 잊고 10시에 걷기 시작하여 11시 용산역 마사랑 거쳐서
한강대교를 지나 12시 노량진.

2시 30분 영등포 마사랑을 들러보고 여의도로 가는 길.
오늘은 4월 최고의 날. 여의도 벚꽃 축제 휴일.
사람인지 길인지 꽃인지 구분이 안 간다.
초라함을 잊고 보고 걷고, 또 보고 걷고.

공덕동 오니 벌써 4시 30분.
지하철 휴식의자가 이렇게 아늑하고 편안할 수가.
보는 이 없고 구석에 있어 눈치 안 보고
앉아 있는 시간이 편안하니 배고픔을 잊게 하네.

언덕을 지나 서부역에 오니 5시 30분.
오늘 한 코스는 순환으로 막을 내린다.

등짝

권일혁

젖은 낙엽 젖은 신문 억장에 갇힌 몸들
털면 후회요 떨치면 더더욱 아쉬운 한숨
어쩌나 바람까지 차가우니
하기사 넌들 어쩌랴 너도 종놈인 것을

가을비야, 버거운 등 못 달래줄망정
어찌 이리 서러운 짐짝마저 적시는 것이냐
어쩌나 바람까지 차가우니
하기사 넌들 어쩌랴 너도 종놈인 것을

빈 깡통 같은 인생

정○복

오늘도 여지없이 강한 힘에 몸이 실린다
잡철 음과 함께 날아오른다, 무아지경 속으로

이리 차이고 저리 차이고
때론 제자리에서 빙글빙글
때론 중력의 법칙에 반하는 체험을 하기도 한다

분수도 모르고 탑승한 비행기에서의 추락은
깊은 자국을 남긴다

찌그러지고 일그러지고, 숱한 삶의 역경으로도 부족한지
오늘도 자국을 남길 빈 공간을 찾는다

조금씩 조금씩 깨달음과 뉘우침으로
견뎌내고 버텨낸다

더 이상 자국을 남길 공간이 없어질 때쯤

나의 몸은 와해될 것이다

만물의 에너지원이 되기 위해 사방으로

서울역 광장

이○원

비가 오거나 추운 날씨에도 그들은 거기에 있다.

배가 고파도 배가 불러도 무의미한 익명으로 거기에 있다.

부조리한 세상을 원망하지도 슬퍼하지도 않고

그저 자유로이 서울역을 떠돌고 있다.

내가 아닌 다른 것들을 꿈꾸며 술을 찾는다.

니오니소스가 그들의 벗이니

자유로운 영혼들 그냥 방해 말고 이제 놓아주라.

단지 거처할 집이 없을 뿐이다.

자기 자신으로 되돌아오고 자기 자신을 세울 수 있는 장소,

쉴 수 있는 곳은 이곳 광장일 뿐.

자의식으로 가득 찬 소외된 사람들

외로움에 익숙한 사람들

스스로를 결정하는 것은 자기일 뿐!

생존은 본질에 앞선다.

저승이가 사는 법

故 유창만

    내가 센터에 베이스캠프를 설치한 지도 일 년이 조금 지났다. 짧지 않은 시간이지만 15년의 사회경험이 부족할 정도로 우여곡절이 많았고 지금은 새 출발의 기로에 서 있다. 정상적으로 취업이 힘들고 몸이 약해 노가다는 할 수가 없어서 알바에 뛰어들었는데 나이 문제와 여러 가지 제약으로 꾸준하지는 못하지만 오뉴월 가뭄에 논바닥 갈라지듯 한 내 생활에 상당한 도움이 되었다. 소개비 주기 싫어 직접 인터넷 검색해서 다이렉트로 해결하였는데 작년 9월 말부터 시작한 아르바이트 목록을 적어보면 대강 이렇다.

1-분당에 있는 KT본사 안내로봇 음성녹음(Time/2만)

2-미 대사관 비자신청 대신 줄서기(Night/10만)

3-부천 프린스관광호텔 빠찡꼬 가짜손님(Time/8천)

4-강원랜드 카지노 대신 예약해주기(15만. 이백 번 안쪽 순번)

5-대치동 행복교회 신자 머리수 채우기(3만. 일요일만)

6-부천시 상동 참야콘갈비집 시식손님(1만5천. 갈비 실컷 먹고)

7-네비게이션 행사 야매고객(4만)

8-노량진 공인중개사 학원 가짜수강생(3만5천)

9-월드라이센스 피라미드회사 가짜사업자(3만)

10-코스닥 상장기업? 소프트 주주대행(7만)

11-화양동 국시원(의사면허 시험주관) 환자대행(6만. 연기력 필요하고 삼일교육)

12-고대구로병원 피부임상실험(7만. 신체부위별 뜯뜨는 것)

13-수원여대 치의대 스케일링 환자대행(1만5천. 도랑치고 가재잡고)

14-서울대병원 비뇨기과 임상실험(?)

15-인천공항 외국항공사 전용탑승동 가상여객실험(Night/3만. 해외여행경험자)

16-일산 킨텍스 자격증 소양교육 대리참석(5만)

17-부평역 동방뷔페 예식장 하객 대리참석(3만. 뷔페음식 배터지게 먹고)

18-강남성모병원 영안실 상주대행(All night/18만)

19-한강예술 엑스트라(A/4만2천 N/7만. 〈바람의 나라〉, 〈대왕세종〉 등등)

이 외에도 많지만 저는 이것을 직업으로 생각하지 않고 시간 날 때마다 고정적인 일자리를 꾸준히 노크하고 있는 중입니다. 몸은 아파도 오늘도 열심히 공부하면서 힘차게 살아가려고 합니다.

파이팅!!!

새벽 두 시에서 또 다른 새벽 두 시까지

표양종

  아침에 눈을 뜨면서 일상의 하루를 시작하는 다른 사람들과는 달리, 나의 하루는 조금은 특별하다. 새벽 두 시가 되면 서울역 거리 팀 컨테이너로 향한다.

  서울역에서 거주하는 노숙인들과 만남을 갖고 따스한 차 한 잔, 따스한 옷가지, 그들에게 필요한 생필품도 나눠주고 빵 한 조각이라도 그들의 배고픔과 잠자리를 연결해주는 역할을 이형운 팀장님과 이선근 선생님과 함께 해오고 있다. 거리 자활근로이긴 하지만 언제나 앞장설 수 있는 나 자신이 되고 싶었기 때문이다. 남들 이야기가 아닌, 나 또한 그들과 별반 다르지 않은 삶이었기 때문에 그들에게 희망을 줄 수가 있다면 언제나 도와주고 싶다.

  근무 시간이 끝나고 나면 리어카를 끌고 서울역에서 명동까지 이동을 하며 폐지와 고철, 신문지 등을 줍는 일을 한다. 피곤하지만 내가 할 일이 있다는 것은 내가 살아 있다는 증거이고, 그것 또한 안 할 수 없는 이유는 가족이 있기 때문이다. 찬바람이 불어도 눈이 내려도 생계를 이어가려면 걸어야 했고 뛰어야 했으며 그래야 노력한 만큼의 여유를 만들 수가 있었다. 상점들이 모두 문을 닫은 새벽에 버려진 박스와 신문 등을 리어카에 차곡차곡 가득 실어야 겨우 돈 만 원을 벌 수 있다. 땀방울을 흘리는 노력의 대가치고는 작은 돈이지만, 이 돈으로 가족이 행복할 수만 있다면 얼마든지 견딜 수 있다.

아침 8시가 되면 리어카에 실은 폐지를 고물상으로 가져간다. 명동에서 다시 서울역까지 한 시간을 그렇게 이동한다. 시간은 10시가 넘었고 오늘 번 돈은 1만3천 원이다. 돈을 손에 쥐고 비워진 리어카를 다시 끌어 서울역 산동네 쪽방으로 향한다. 나의 집은 서울역 산동네 제일 꼭대기. 웬만한 사람은 그냥 걸어도 숨을 헐떡거리는 곳에 있다.

빈 리어카에는 내 꿈이 담겨 있고 아내가 담겨 있고 희망이 담겨 있다. 사랑과 행복을 위한 나의 삶까지도. 그렇기 때문에 지금 내가 끌고 올라가는지도 모른다. 작은 방이지만 둘이 살기에는 괜찮은 편이다. 가끔은 식구들이 찾아와 술도 한 잔씩 하고 가지만, 손님을 위한 준비는 항상 철저해서 언제라도 환영한다. 아내도 작은 일을 하고 있고 나 또한 비록 리어카를 끌고 있지만 어쩌면 이것이 나에게는 진짜 행복한 삶인 것 같다.

조금 잠을 청하고 깨어나면 오후 2시가 된다. 산동네 근처에 버려진 신문지, 고철 등을 수거하러 돌아다닐 시간이다. 혼자 일이 아니라 근처에 동생들과 함께하는 시간이다. 잠들어 있는 동생 집을 찾아 깨워서 동네에서 모아놓은 폐지와 고철들을 수거하러 다닌다. 동네 분들께서 박스와 신문지를 밖으로 모아놓는 시간이기 때문에 이 시간쯤 되면 조금 바쁘게 움직여야 한다. 한정운 선생님도 자주 도와주는 편이고 동생들도 이 시간만큼은 부지런한 모습으로 열심히 일들을 해준다.

두세 시간의 일이 끝나면 집으로 불러 간단한 식사를 준비하여 땀 흘린 만큼의 에너지를 보충시켜준다. 시간이 어느 정도 흘러가면 어둠이 찾아오지만 모아놓은 폐지를 다시 고물상으로 가져가기 위해 산동네를 내려온다.

시간은 빠르게 흐른다. 저녁식사를 아내와 함께 먹으면서 하루를 정리하는 유일한 행복의 시간이다. 식사 후 한 잔의 커피를 함께 나누는 것은 어쩌면 가족이란 테두리 안에서 알콩달콩 누릴 수 있는 둘만의 시간이 아니겠는가.

휴식과 약간의 수면을 갖는다. 그것도 잠시 9시가 되면 어김없이 눈을 뜬다. 야간에 서울역과 용산을 돌아다녀야 하기 때문이다. 눈이 많이 내린 요즘에는 미끄럽지만 어차피 내가 해야 할 일이기 때문에 한 치의 망설임도, 꾸물거릴 이유도 없다. 용산과 남대문을 돌면서 희망과 삶을 따라 정해진 인생의 길을 걷는 지금 이 순간이 가장 보람되고 행복하다.

처음과 끝처럼 같은 시간에 시작과 마감을 한다는 것도 나만의 특권인 것 같다. 새벽 두 시에서 또 다른 새벽 두 시까지, 아내와 함께 행복해야 할 권리가 내게 아직도 남아 있기 때문에 오늘도 나는 새벽을 두드린다.

끝으로 컴퓨터에 미숙한 저 대신 대필해주신 내 친구 이성근에게 감사드린다.

서울역 옷방[1]

故 홍진호

"성함이요?"
"아무개입니다."
"생년월일은요?"
"땡땡년 땡월 땡일이요."
"골라보세요."

여기는 나의 직장
서울역 옷방
날짜에 맞춰 새로 옷을 주고 세탁을 해준다.

우리의 우수한 고객들
며칠 안 씻은 *꼬질꼬질한* 얼굴들, 세탁이란 걸 전혀 모를 것 같은 점퍼와 질질 끌리는 바지
그리고 슬리퍼 그런 그들을 보고 있노라면 어렴풋이 처음 이쪽 생활을 할 때가 생각난다.
다급히 쫓기다시피 도망쳐 나올 수밖에 없었던 상황에서 개인 짐은 물론이거니와 옷가지 하나 제대로 챙기지 못하고 나왔던 터라 그때의 내 행

색 또한 지금의 이들과 별반 다르지 않았으리라. 처음 옷방 등록하고 잠바 하나, 상의 하나, 바지 하나 옷을 골라 받아들었을 때의 마음, 지금의 이들과 같은 마음이었을 것이다.

옷은 나에게 어쩌면 옷
그 이상의 의미
눈물, 희망, 미래였는지도 모르겠다.

1 서울특별시립 다시서기종합지원센터 내에 있는 자활근로 일터로, 거리노숙인들에게 무료로 옷을 제공하고 세탁을 도와주는 곳이다.

이놈의 세상

노기행

달빛 아래 꽃들도 이미 잠들어버린 이 시간에 난 지금 무얼 하고 있는가. 오늘도 어김없이 구루마를 끌고 어느 한적한 도로가에 앉아 담배 한 개비를 꺼내어 문다. 이 아늑하고 조용한 밤에 신호등만이 나를 반기는 듯하다. 오늘은 어디로 갈까. 쓰레기 더미에 길고양이들이 음식물 쓰레기를 뒤적거리고 난 그 옆에 박스와 신문지를 챙긴다. 그리고 가던 길을 재촉한다.

요즘은 나이가 많건 적건 고물을 수집하는 사람들이 너무 많다. 모든 것이 경쟁이다. 잡생각이 많이 들어 내 스스로 몸을 혹사시킨다. 일부러 힘든 언덕으로 '구루마'를 끌고 다닌다. 언덕을 오를 때면 숨이 턱 밑까지 차오르고 땀은 비 오듯 하지만 언덕에 올라 평지를 내려보면 어김없이 찬바람이 나를 반겨준다. 힘든 곳일수록 고물이 나올 확률이 높다. 평지라든가 도로가엔 유독 고물장수들이 많다. 특히 노인분들이.

늦은 새벽 시간 유흥가 주변엔 왜 이리 불빛이 아름답고 화려한지 숨소리와 구루마 소리만이 들려오는 한적한 이 골목에 발길을 멈춰 잠시 숨을 돌려본다. 어디서부터 잘못된 것일까. 지금 나의 현 위치가 왜 이 모양인지. 언젠가는 내 인생도 슬그머니 스며드는 담배 연기처럼 사라지겠지.

빌딩 사이로 가려진 서울역이 보인다. 이놈의 서울역에서 25년이란 세월을 보냈으니 제2의 고향이라고 할 수 있겠지. 언제가 될지는 몰라도 이젠 여기를 벗어나고 싶다. 너무도 지루하고 너무도 병들어가는 듯한 이곳 서울역.

세상은 아직도 우리를 곱지 않은 시선으로 바라본다. 하지만 자세히 보면 맘도 여리고 정말 착하고 정이 넘치는 분들이 많다. 나쁜 사람들보단 그래도 착한 사람들이 많기에 아직까진 버틸 만하지 않은가.

몇 번의 강의를 듣고 느낀 점이라면 우리나라는 부자와 가난한 자 둘로 나눠지는 듯하다. 한쪽에선 상처를 주고 힘을 과시하는데 나머지 한쪽은 힘없이 쓰러지고 말없이 굶주려가며 상처를 술로 달래는 그런 세상. 불공평한 세상 같다.

추운 겨울이 다가오면 권력과 힘 있는 자들은 가난한 곳을 찾는다. 고아원이며 양로원이며 불우한 이웃들을. 하지만 자세히 들여다보면 가난한 자를 이용하는 부자들이라고밖에 생각이 들지 않는다. 그렇지 않은 분들이 더 많을 수도 있겠지.

정말 사랑을 간절히 원하는 그런 곳이 아주 많을 것이다. 몸과 마음은 지치지만 마음을 비우니 오히려 홀가분하다. 예전엔 고물을 모으는 사람을 넝마주이라고 불렀다는데 이젠 나도 넝마주이다.

예전 같으면 창피하고 눈치를 살펴가며 이 일을 했겠지만 지금은 사정이 다르다. 그리고 남들이 생각하는 만큼 못할 짓은 아니다. 얼마나 부지런히 움직이느냐에 따라 어느 식당의 잡다한 알바보다 낫다. 이 일을 한다는 자체가 내가 바뀌어가는 게 아닐까 싶다. 아직까진 난 젊으니까.

세상은 넓고 할 일은 많다. 하지만 그리 할 만한 일이 많지는 않다. 생각을 바꾸면 모든 게 달라지는 것 같다. 모든 사람들이 어떻게 사는 것이 현명한가 곰곰이 생각해보았으면 한다. 자기만 떳떳하면 부끄러울 게 없을 것이다. 아직까지 내 가슴속 한자리에 자리 잡고 있는 글귀가 있다.

"내 일이 없으면 내일이 없다."

추신: 헌옷이나 잡다한 물건은 나를 주시오.

남도 시한에는

인문학 이전의 내 삶

이○복

우리가 살아온 지난 시간들은 추위와 배고픔의 연속이었다. 지금은 옛날 연속극에서나 볼 수 있는 세상, 〈러브 인 아시아〉에서나 볼 수 있는 세상, 연예인들이 자기 PR을 위해 봉사하러 가는 나라에서나 볼 수 있는 세상을, 50이 넘은 우리 세대들은 살아왔다. 쌀이 없어 소나무 껍질을 먹고, 진달래꽃, 아카시아꽃을 따먹으면서 배고픔을 이긴 세월이었다. 그런데 허망하게 지금도 또 다른 형태로 그 시간이 이어지고 있는 것이 정말 분하고 억울하여 나 자신에게 욕하고 삿대질도 해보지만 아무런 소용이 없는 것이 너무나 야속하기만 하다.

나는 한참 더운 음력 7월 13일에 태어났다. 6세 때 어머님이 암으로 아무런 치료도 받지 못하고 돌아가시면서 어머니의 사랑을 제대로 받아보지 못했다. 나보다도 더 어린 3세 여동생은 어찌하였겠나 생각을 해보니 사랑이란 것이 무슨 단어인지 모르겠다. 1970년대부터 의무 교육의 확대로 인해 초등학교 졸업 이상의 학력을 가진 이들이 양산되었지만, 그 이전 세대들은 생활고를 못 이겨 미취학이나 초등학교 중도 포기로 그치는 일들이 비일비재했던 것이 남의 일이 아니라 내 형제들의 자화상이다. 세 분의 누님 중 첫째 누님과 둘째 누님은 초등학교를 다니던 중에 취업을 한 것으로 알고 있고, 셋째 누님은 초등학교를 간신히 졸업했으며, 유일하게 나와 여동생만 고등학교 졸업을 하였다. 내가 고등학교까지 졸업할 수 있었던 것은 큰누님이 어머니를 대신해서 모든 정성을 주었기 때문이다. 다른 가족에 비하면 우리 형제들은 부모의 도움을 1/10정도나 받았을까. 그래도 부모자식 관계는 말로 설명하기가 참 묘하다. 내가 지방으로 돌아다니다 6년 전에 영등포에서 생활하고 있을 때 때마침 큰누님하고 연락이 되어 아버지가 위독하다는 말을 듣고 임종까지 한 달 정도 간병을 해드렸다. 그것이 내가 할 수 있는 일의 전부였고, 고등학교 졸업 이후 20년 간 부모자식 간에 누려보지 못한 정을 그 짧은 시간에 누린 것이 어찌 보면 행복이지 않았나 싶다.

인생 내리막길은 부산에서부터 시작된다. 냉면 식당에서 잠시 있다가 사상 쪽에 있는 중국집에서 배달도 하고 주방에서 일하면서 잘 지내다가 같은 배달원과 싸움을 한 것이 발단이 됐다. 경찰서 유치장에서 구류로 10일을 보내고 얼마간 부산에 더 있다가 경북 의성 돼지농장에서 몇 개월간 일을 하고 나서 부산으로 갔다. 인권이란 단어나 복지시설이란 개념이 지금과는 다른 차원이었던 그 당시, 부산역 앞에서 서성이다가 부산역 파출소와 연계된 형제원이라는 부랑자 보호시설로 가면서 거리생활자라는 낙인이 새겨졌다. 그곳에서 두 달인가 있다가, 시설에서 큰누님과 서면 연락을 하면서 그곳을 나오게 되었다.

인권을 무참히 유린당했던 그 사건 이후 인생을 자포자기하면서 초량 쪽에 있는 집에 들어갔는데 때마침 집주인이 장을 보러 가면서 문을 잠그지 않고 그냥 나갔기에 집 내부를 뒤지다가 고가의 채권이 든 서류가방을 들고 나왔다. 하지만 현금이 없는 관계로 수 시간의 고민 끝에 어쩔 수 없이 다시 찾아가서 잘못을 인정하고 채권이 든 가방을 돌려주었다. 그 당시 당사자가 호인인 관계로 내게 저녁 대접을 하고 3만 원을 주었는데 그 당시 서울까지 고속버스 비용이 7천 원 정도였다. 그 돈으로 만화방에서 며칠을 보내다가 그곳에서 저지른 잘못된 판단으로 인해 인생 최고의 흑역사가 되는 교도소란 곳을 알게 되었으니, 참 그 기간이 독이 된 것은 말할 것이 없다. 그 이후에 한 번을 교도소에서 더 보내고 나서 막장인생으로 가는 새우배를 한 철 타고, 지인의 소개로 김 만드는 곳인 해태 사업장에서 6개월 정도를 보내고, 그래도 많이 해본 것이 노가다라고 용인 현장에서 9개월 정도 일을 했는데 회사가 부도가 나 돈 한 푼 못 받고 서울로 왔다.

1998년부터 1999년 가을까지 서울 북창동에서 사환(그릇 닦는 일)으로 일하고 함바식당(현장 식당)에서 일을 하면서 저축을 하지 못한 것이 못내 아쉽다. 2000년 이후의 생활상은 전형적으로 시설에 의존하는 형태였다. 쉼터나 숲 가꾸기(강원도 일원), 보호시설 등의 생활이었다. 또 하나의 획을 긋는 사건은 2004년경에 일간지를 통한 카드 발급 관계로 신용불량자라는 낙인이 찍힌 일이다. 이로써 인생의 끝이라 하는 기초생활수급권자의 생활을 걷게 되었다. 삶, 인생, 희망이라는 단어를 잊고 살았던 생활, 그것이 인문학 이전의 삶이었다.

양말공장 막시다

임〇만

나의 첫 직업은 양말공장 '막시다'였습니다. 1979년도쯤으로 기억되는 그때는 섬유제품의 수출이 활발하던 때라 나 같은 어린 소년들도 쉽게 취직이 되던 때였습니다. 내가 퇴직한 '조양섬유'는 양말을 제조해서 수출하던 곳으로, 창동의 지하실에 위치했었습니다. 그 시절에는 규모가 큰 공장은 드물었고 거의 임대료가 싼 지하실 등에 공장을 차린 가내 공업이 주류였던 것으로 기억합니다.

약 20명 정도의 여공들과 두 명의 담당기사, 그리고 나처럼 나이 어린 '막시다'는 서너 명 정도 있었습니다. 자정 0시부터 근무하는 주간 조와 저녁 8시부터 다음날 아침 8시까지 근무하는 야간 조가 맞교대로 근무하는 형태였습니다.

햇빛 한 점 들지 않는 답답한 지하실에서 그렇게 하루 12시간씩 코피를 흘려가며 힘들게 일했습니다. 열네 살의 어린 소년이 견디기엔 너무 고통스러운 날들이었지만 어려서부터 계모에게 구박만 받아온 내게 20명 정도의 누나 같은 여공들과의 공동체적 생활은 가족에게서 받아보지 못한 정을 느끼게 했습니다.

내가 가장 힘들고 세상이 무서울 때 다정하게 손잡아주고 다독여주던 그 여공들이 불혹을 넘긴 지금에도 따뜻한 미소로 기억됩니다. 한참 예민

한 사춘기였던 그때 비뚤어지지 않고 잘 자라온 것은 누나처럼 다정했던 여공들과의 교류 때문인 것 같습니다. 이제 불혹을 넘긴 나이지만 나도 누군가에게 좋은 미소로 남을 수 있도록 정감 있는 사람으로 살아야겠습니다.

손톱

유○기

마장동, 낯설고 어설픈 세상이면서 또한 신기하고 환상적인 세계였다. 사회에서 첫 출발은 그곳에서 시작되었다.

어느 날 작은아버지가 말씀하셨다. "남자는 자고로 공장생활을 하면서 기름밥을 먹어야 인생 살아가는 법을 배우는 거야." 그래서 이웃에 살고 있는 아저씨를 따라 마장동에 있는 동신전기라는 회사에 들어갔다. 기계 소리가 웅장하게 들리는 공장 안에는 일하는 사람들이 꽤 많았다. 아저씨 따라 사무실 안으로 들어갔더니 나이 지긋한 사장님, 여사무원, 공장 간부로 보이는 사람 몇이 있었다. 아저씨는 여사무원에게 나를 소개하며 기술을 배우며 일하기 위해 왔다고 얘기했다. 그리고 식당으로 데려가서는 기숙사에서 먹고 자면서 일할 거니까 잘 좀 챙겨달라고 부탁을 했다. 처음으로 공장식당에서 밥을 먹으니 기분이 이상하고 어딘가 모르게 온몸이 짓눌리는 것 같고 마음이 착잡했다.

공장 사람들의 식사하는 표정은 가지각색이었다. 표정이 어두운 사람도 있고, 떠들거나 화를 내는 사람, 언성을 높이면서 싸우는 사람, 오순도순 다정하게 대화를 하는 사람도 있었다. 아주머니는 나를 보더니 웃으시며 "넌 어디서 왔니? 몇 살이니? 기술 배우러 왔니?" 등등 물으셨다. 아무 말도 못 하고 멍하니 듣고만 있었다.

"객지에 나오면 고생이다. 아무쪼록 밥 잘 먹고 몸 아프지 말고 건강하게 지내라."

"감사합니다."

인사하고 숙소로 와보니 방은 돼지우리 같아 여기서 지낼 생각을 하니 끔찍하고 앞이 캄캄했다. '브로크' 벽돌로 지은 가건물 천장과 벽에는 신문지와 시멘트 종이가 덕지덕지 붙고 발라져 있었다. 부엌은 연탄아궁이로 되어 있었다.

저녁이 되니 작업을 마치고 열 명 정도 되는 공원이 숙소로 돌아왔다.

"어, 사람이 또 왔네!" 기숙사 방장이 나를 보면서 말을 꺼냈다.

"너 일하러 왔니? 어디서 왔어? 그래, 저녁은 먹었니? 이왕 왔으니 잘 지내보자."

공장 사람들과 통성명을 했다. 세 사람이 왔으니 파티를 하자고 방장이 말했다. 돈을 조금씩 모아 포도주와 막걸리, 땅콩과 오징어, 과자를 사왔다. 한 잔씩 마시며 술잔을 돌리고 라디오를 켜니 만담과 음악이 나와 분위기가 무르익어갔다.

"궁따라 쿵더쿵 짱다 짝짝쿵……."

여기저기서 노랫소리가 나오고 손뼉 치며 춤을 추기 시작했다.

"반주 좋고, 노래 좋고, 술맛 나고 기분 좋다. 이 밤이 지새도록 춤을 추며 흥겹게 놀아보자꾸나."

다음 날, 볼트 만드는 생산부에 배치되어 작업을 하게 되었다. 나는 나사 모양을 내는 '캇타'라는 기계 앞에서 일을 하게 되었다. 이것 말고도 보오링 기계, 핫타라 기계, 육각형 모양을 만들어내는 기계도 있었다. '윙윙 쿵쿵' 하는 소리를 내면서 기계는 돌아갔다. 귀가 먹먹할 정도로 크게 울리지만 작업장 사람들은 맡은바 자기 일을 하느라 분주하게 움직일 뿐이었다. 처음이라 속이 메스껍고 머리가 아팠다. 모빌유와 경유 냄새가 코를 찔렀다. 기계는 모빌유를 칠하고 볼트에 모빌유 기름이 묻어 있는 것을 경유로 씻어냈다. 그래야만 깔끔하게 깨끗이 씻기기 때문이었다.

작업장이 워낙 시끄럽고 기계 소리가 크기 때문에 옆에서 누가 무슨 말을 하는지 무엇을 가져오라고 하는지 못 알아듣는 경우가 많았다. 그럴 경우 기술자가 화가 나서 몽키 스패너나 망치를 던져 몸이나 머리에 맞아 피가 흐를 때도 있고 시퍼렇게 멍이 들 때도 있었다. 병원에 입원한 경우도 더러 있었다. 나도 작업하면서 연장으로 쓰는 공구에 맞은 적이 한두 번이 아니었다.

잠자기 전에 연탄불을 갈아 놓고 잠이 들었는데 갑자기 고함소리가 들리고 웅성웅성하며 난리법석이 났다. 누운 상태로 눈을 떠보니 옆에 자고 있던 사람이 연탄가스 중독으로 질식하여 입에 거품을 물고 있는 위중한 상태였다. 한 사람이 들쳐 업고 병원으로 가는 것을 보고 나는 또 잠이 들었다. 누가 내 몸을 흔들어 깨우며 뺨을 때리고 김칫국물을 먹이는 것 같았다. 갑자기 한기가 들어 춥기 시작하며 몸이 떨려 왔다. 눈을 떠보니 밖이었고 주위에는 사람들이 웅성거리고 있었다. 병원 구급차에 실려 입원을 했다. 이틀 후 퇴원해 기숙사로 돌아와 보니 야단법석이었다. 연탄가스를 마신 사람이 위급해서 병원에 입원시키고 왔는데 나도 연탄가스 중독으로 의식이 없었다는 것이다. 다급한 사람들이 식당으로 김칫국물을 가지러 갔는데 문이 잠겨 있어 망치로 부수고 김칫국물을 가지고 나오다가 넘어져 식탁과 걸상이 부서지고 난장판이 되었단다. 그도 그럴 것이 그 사람들은 술에 취해 있었고, 술에 취한 몸으로 설쳐댔으니 오죽했으랴.

식당 아줌마가 출근해서 보니 식당이 엉망진창이라 어이가 없어 대충 치웠으나 직원들이 식사하러 갈 때까지도 수습이 안 되었단다. 사무실이 발칵 뒤집혔다. 사장님이 보고 공장 사람들을 집합시켰다. 화가 머리끝까지 난 사장님에게 방장이 변명을 늘어놓았다. 송아지만 한 고양이가 쥐를 쫓는데, 마침 문이 잠긴 식당 문틈으로 들어가자 화가 난 고양이가 문을 물어뜯고 발로 차고 헤딩을 해서 문이 부서졌다고 횡설수설했다. 그 말을 들은 사장님이 한바탕 웃으면서, "야, 너 지금 코미디 하냐? 그만 좀 웃겨라. 너 해고당하고 싶어? 사실대로 말해. 무슨 일이 있었어. 똑바로 말해." 라고 했다.

반장이 두 명이 연탄가스로 질식사할 뻔했다고 말하고 사건이 마무리되었다.

난생처음으로 첫 월급을 탔다. 묘한 느낌이 들면서 기분이 아주 좋았다. 땀 흘려 번 돈이라 그런지 보람이 더 컸다. 이 돈으로 무엇을 할 것인가 아무리 생각을 해봐도 좋은 생각이 떠오르지 않았다. 술을 마실까, 아니면 영화를 볼까, 고민 중 같이 있는 친구가 첫 월급을 타면 부모님께 먼저 선물을 해드려야 한다고 귀띔을 했다. 어떤 것을 해드릴까 망설이다가 내의나 목도리를 사드려야겠다고 생각해 선물을 사 집으로 갔다. 작은아버지와 작은어머니께서 반겨주셨다. 작은아버지는 힘든 일들도 사회에 적응하는 과정이니 포기하지 말라고 하시며 꿋꿋하게 살도록 희망과 용기를 북돋아 주셨다.

나는 육 개월 동안 땀 흘리며 더욱더 열심히 일을 했다. 어느덧 싱그러운 봄이 지나고 여름이 왔다. 기계 앞에서 작업을 하다 보면 졸음이 몰려오고 눈꺼풀이 무거워지기 시작했다. 어느 날 낮에 먹은 음식이 잘못되었는지 갑자기 현기증이 나고 배가 아파 급히 화장실을 갔다. 그런데 너무 급한 나머지 남자 화장실이 아닌 여자 화장실에 들어온 것을 뒤늦게 깨달았다. 밖에 있는 여공들이 다 나갈 때까지 기다릴 수가 없어 할 수 없이 화장실을 나오니 많은 여공들이 깔깔거리며 놀려댔다. 내 얼굴은 시뻘겋게 달아 화끈거렸다.

망신은 당했지만 이 일이 계기가 되어 여공들과 친해지고 만나서 놀기도 했다. 재미있는 얘기도 하고 농담도 해가며 친해지자 여자에 대한 호기심도 커졌다. 경희 누나의 유방도 만져보고 키스도 해보았다. 유난히 얼굴도 예쁘고 잘 웃기도 했는데 특히 유방은 복숭아같이 볼록하게 나온 것이 탐스럽기도 하고 부드러우면서 따뜻한 감촉이 나를 황홀하게 하며 심장이 콩닥콩닥 뛰며 머리가 멍해졌다. 선옥이 누나는 곱상하고 예쁘면서 애교도 잘 부리고 몸이 아프면 옆에 있어주기도 하고 재미있는 얘기도 잘 해주었다. 심심하거나 외로울 때 데이트도 하곤 했다.

대부분의 여자들은 트랜지스터 라디오를 조립하는 조립부에서 작업했다. 주로 야간작업이 많기 때문에 야간에 놀러 가곤 했는데 말동무도 하고 짓궂은 장난도 하고 노래도 불러가며 재미있게 놀다 보면 밤이 늦곤 했다. 일요일에 경희 누나와 뚝섬유원지에서 데이트를 하기도 했다. 데이트하며 정답게 사랑을 속삭이며 키스도 하고 유방을 살포시 만져보기도 했는데 부드럽고 따뜻한 감촉이 마음으로 전해져 왔다. 누나는 눈을 흘기면서도 살며시 웃어주곤 했다. 잔디밭 호숫가 버드나무 그늘에 앉아 사랑의 대화를 나누고 노래도 부르며 서로 눈웃음을 치곤 했다. 시원한 바람이 솔솔 불어올 때 누나의 허벅지를 베고 누워 있으면 누나가 더욱 사랑스럽게 보였다. 사랑이란 것이 이런 거구나. 영화의 한 장면 같았다.

누나와의 관계가 공장 사람들에게 쫙 퍼졌다. 누나와 데이트한 것을 정윤이 누나가 보고 사진을 찍어 공장 사람들에게 보여준 것이다. 기숙사 식구들은 연애하니까 어떠냐, 같이 여관에도 갔느냐, 몸매는 어떠냐 하며 떠들고 선옥이 누나는 언제 그렇게까지 가까워졌느냐고 질투를 했다. 윤희 누나는 지금도 생각이 난다. 처음 대할 때부터 농담도 잘하고 장난도 많이 쳤는데, 짓궂게 장난하고 농담을 하다 보면 시간도 잘 가고 일도 즐겁게 할 수 있었다. 모두들 잊지 못할 고마운 분들이다.

볼트부에서 작업을 하다 보면 얼굴에는 기름이 줄줄 흐르고 손이고 옷에, 심지어 운동화까지 끈적끈적하게 기름이 배어 있거나 흘렀다. 운동화는 오래 신으면 기름에 배여서 무늬가 만들어져 있거나 개 혓바닥같이 축 늘어져 있을 때도 있었다. 세수하거나 손발을 씻을 때도 잘 씻기지 않았다. 쉬는 날에는 목욕탕에 가서 때수건으로 팍팍 문질러 씻어야 기름 냄새가 사라졌다. 작업을 하다 보면 경유를 먹는 일이 발생하곤 했다. 그러면 뱃속이 울렁거리고 속이 메스꺼워 토할 때도 있었다. 그러고 나면 머리가 멍해지고 어지러웠다. 공장 생활하는 공원들이 불쌍하게 보였다. 먹고 사는 것이 무엇인지, 인생 살아가는 것이 무엇인지.

1년이 지나 볼트부가 해체되어 작업을 중단하게 되었다. 볼트부에서 작업하던 사람들은 뿔뿔이 흩어져 다른 공장으로 옮겨 가거나 제 갈 길로 가버리고 나 혼자만 남았다. 가정을 가지고 있는 사람도 있었지만 대부분이 고아 출신이거나 건달, 깡패로 살아온 그들이었다. 마음잡고 살아보겠다고 땀 흘려 열심히 일하는 사람도 있었지만 세상살이가 쉽지만은 않았다. 나는 전선부에 배치되어 작업을 하게 되었다. 처음 보는 전선 작업이 신기했지만 일은 무척 고달프고 힘들었다. 돌아가며 작동하는 기계가 여러 대

연결되고 '로라'라는 조그만 기계는 구리와 맞물려 돌아가면서 당겨주면 굵은 구리를 가느다랗게 늘려주기도 했다.

다른 부서에서는 방앗간 기계처럼 생긴 것이 있었는데 고무 종류를 기계에서 녹여가지고 반죽하여 빈대떡처럼 넓적하게 나오는 것이 국수가락 뽑기 전 밀가루 반죽하여 판판하고 넓적하게 나오는 것과 똑같았다. 그리고 잘게 쪼개어 나오면 그 작업이 완료됐다. 로라와 웅장한 기계에 실패처럼 생긴 큰 나무판에 가느다란 구리가 감겨 있는 물건을 웅장한 기계에 걸쳐 놓고 연결하여 로라와 같이 돌면서 쭉 나가면 중간에 정미소 기계처럼 되어 있는 통에 잘게 잘라 만들어진 고무를 부으면, 기계 안으로 들어가 뜨거운 고열에 녹으면서 구리철사가 지나가고 그것에 고무 액체를 입히면 전선이나 전깃줄이 되어 나왔다. 완성된 전선이나 전깃줄을 잘 감아 정리 정돈하면 작업이 끝났다.

육 개월 정도 일을 하다 보니 다른 부서에서 일손이 모자란다고 그쪽으로 작업 배치가 되었다. 프레스부! 철판 자르고 접고 모양을 내는 곳이었다. 여기서 내게 안전사고가 두 번이나 일어났다. 내 양손이 뭉그러지고 상처가 난 끔찍한 일이 일어났다. 내 작업은 형광등 갓을 접어서 모양을 내는 일이었다. 철판을 잘라 오면 자른 철판을 접고 구멍도 내며 꽃무늬 모양도 내며 기계 용접으로 땜질도 했다. 집과 갓을 만드는 것이었다. 처음은 어설프고 익숙지 않아 작업 진도가 느렸다.

한 달 정도 하고 나니 반숙련공이 되어 작업 능률도 올랐다. 옆에서 일하는 친구와 농담도 주고받고 장난도 치며 일을 할 수 있을 정도가 되었다. 선무당이 사람 잡는다고, 내가 그런 꼴이 되었다. 일이 익숙해지고 자신감이 생겨 주의를 게을리 한 탓도 있고 방심한 탓도 있었다. 야간작업을 몇

주일 정도 하고 나니 몸이 피곤하고 졸음도 오며 지쳐 있었다.

그날도 피곤한 몸으로 야간 작업에 들어갔다. 일을 하다가 깜빡 잠이 들었다. 순간 왼손이 기계에 딸려 들어가 손가락 세 개가 기계에 끼여 손톱하고 같이 으스러져 있었다. 당황한 나머지 소리를 지르니까 옆에서 일하던 친구가 놀라 사고 났다고 소리를 질렀다. 작업반장이 달려와 기계의 전원 스위치를 끄고 기계를 해체해 손을 빼보니 손가락과 손톱이 으스러지고 피투성이가 돼 붕대로 대충 감고 급히 병원으로 갔다. 응급치료하고 엑스레이 촬영을 해보니 손가락뼈가 부러져 손상이 심해서 수술도 못 하고 오랫동안 치료를 받아야 한다고 했다. 정상으로 치료가 될지도 모르겠고 아무튼 장기 치료가 필요하다고 했다.

깁스 하고 삼 개월 치료 받으니 어느 정도 완쾌되었는데 뭉그러지고 일그러진 손가락이 소름 끼치게 흉해 보였다. 차라리 깁스를 안 풀었으면 좋았을 텐데 하는 생각도 들었다. 집에 가서 한 달 정도 쉬고 있으려니 좀이 쑤시고 답답해서 공장엘 찾아가 일자리를 찾았다. 일 년은 그럭저럭 열심히 일을 했다. 프레스부는 주로 야간작업이 많았다. 누나들도 보기가 어려웠다. 누나 몇은 시집가고 처음 들어온 누나들도 많았다. 몇 년 동안 누나들에게 고생도 많이 시키고 간호도 받고 위로도 많이 받았다. 아플 때, 외롭고 심심할 때, 간식도 사다 주고 재미있는 말도 해주고 내 옆에서 있어주기도 했던 누님들.

어느 날 물량이 많아 야간작업을 하는데 마귀가 내게로 와 다정하게 속삭이며 잠자고 싶지? 잠이 와 죽겠지? 자라. 왜 고생을 하니? 잠으로 유혹을 했다. 프레스 앞에서 잠깐씩 졸고 있는데 무언가가 날아와 내 머리를 쳤다. 순간 통증과 함께 정신이 돌아왔다.

"야, 인마, 정신 차려. 기계 앞에서 졸면 어떻게 해! 사고 나."

숙소에 들어가자마자 세상모르고 깊은 잠에 빠졌다. 아침에 일어나 하늘을 보니 구름이 잔뜩 끼고 흐리며 비가 주룩주룩 내리고 있었다. 작업하러 나갔는데 공장 사람들이 일하지 않고 웅성거리며 서성거렸다. 사무실에선 방송을 통해 '모두들 작업을 하십시오'라며 작업지시를 내리고 있었다. 프레스 기계를 맡은 직공이 나오지 않아 내가 프레스 작업을 하게 되었다. 기술적인 문제는 반장이 하고 나는 기계 돌리며 철판 자르는 작업을 했다. 발로 페달을 밟아 기계를 돌리고 철판을 잘랐다. 손과 발이 박자가 맞아야 한다. 박자가 틀리면 대형사고가 일어날 수 있다. 아주 위험한 작업이기에 잠시도 한눈을 팔 수가 없었다. 반장은 항상 경고를 했다.

삼 일 동안 비는 내리고 땅은 철퍼덕거리고 공장 안은 눅눅하고 곰팡냄새도 났다. 기분도 좋지 않고 몸도 무거운 느낌이 들었다. 불행은 한순간에 일어났다. 앗! 하는 순간 기계에 오른손이 딸려가면서 손등이 뭉그러지고 손가락 세 개가 철판과 같이 잘려 나갔다. 피가 튀면서 손가락도 튀었다. 파닥파닥 춤을 추며 손가락들이 손으로부터 튀어 나갔다. 구급차를 타고 병원에 입원했다. 응급치료 하고 수술을 했다. 회복되더라도 정상으로 돌아오기 힘들고 일하기도 힘들 거라고 했다. 손가락을 꿰매 붙이고 손등을 여러 번 수술을 했다.

깁스를 하고 한 달 동안 입원 생활을 했다. 퇴원을 하고 집에서 통원치료를 육 개월 받았다. 참으로 괴상하게 생겼다. 누가 조각품을 만들어냈는지 손이라고 보기 어려웠다. 오른손, 왼손, 성한 데 없고 모양도 가지각색이었다. 흉하고 일그러진 손, 거기다가 손톱 세 개는 뭉그러지고 세 개는 손톱이 없다. 나의 손을 보고 있노라면 소름이 오싹 끼친다. 항상 양손에 장

갑을 끼고 다녀야 하고 긴소매로 감추어야 한다. 다른 사람이 혹시라도 볼라치면 문둥병 환자 보는 것처럼 놀라 소리를 지른다. 흉측하기 때문이다.

한 10년 넘게 죄인처럼 불편하게 양손을 감추고 살아야 했다. 하지만 거의 40년 가까이 살아오면서 손을 보니 행운이랄까 기적이랄까 정상적으로 돌아오고 살아가는 데 불편도 없다. 손톱도 다시 나와 언제 병신이었던가 생각이 들 정도다. 참으로 기적이다. 영원히 병신이 될 줄 알았는데, 태양은 지고 나면 다음 날 다시 떠오른다. 잘리고 뭉개진 손과 손톱이 이렇게 다시 살아났는데, 내 어두운 시절이 지나면 다시 밝은 날이 오지 않겠는가? 아니 어쩌면 밝은 날은 벌써 와 있는지도 모른다. 내가 만난 희망의 인문학!

서울역에서

정봉준

기적 소리 울리며 밤 열차는
고향 찾아 밤새워 달려가는데
눈물로 손 흔드는 저 나그네
무슨 한 그리 많아 못 떠나는가

지금쯤 고향에는 눈이 올 텐데
목화솜 이불 같은 흰 눈 올 텐데
어머니 사랑 같은 흰 눈 올 텐데

고향집

이우영

추석이 코앞인데 왜 이리 힘이 드나
멀고 먼 고향 위에 보름달 가득 차도
나는 또 내 집 앞에서 보름달만 보려나

고추밭

박상봉

어머님이 고추밭을 일구고 있다.
나는 가끔 고추밭에 가곤 했다.
어느 날 밭고랑 풀을 매고 있을 때
어디선가 바람소리 같은 게 났다.
돌아보니 째깐한 뱀이 내 옆을 스르르
지나가는 것이었다.
기겁을 하며 나는 뒤로 자빠졌다.
그 모습을 보고 어머님이 하는 말,
남자 새끼가 고추 떨어질라 이놈아
뱀을 보고 놀라다니
여물긴 글렀다.

남도 시한[2]에는

故 신득수

울 초가집 처마 끝에 고드름 열렸네 줄줄 매달아놓은 실가리[3]
울 어매 한 다발 뜯어불고 정재[4]로 가시고 까만 솥단지에 솔잎 불 펴고
아부지는 논두렁에 나가서 개울물 다 퍼질러 누런 미꾸라지
양푼 한가득 잡어 갖고 오고 굴뚝에선 째깜씩 냉갈[5]이 피어분다요

어매, 아따 요로콤 맛나게 먹어부렀어라요 잉, 동동, 동치미도
맛깔나게 먹었구만이라요, 아부지 졸려 죽겠응께 아랫목에서 한참 잘라요
가실[6]이 풍년으로 끝나면 시한은 참말로 재밌지라요
'성님 집에 계시오?'
'아고, 동상 들어오랑께'
시한의 남도에서는 겁나게 웃어불어요잉

2 시한: 전라도 방언으로 '겨울'을 의미함.
3 실가리: '시래기'의 방언.
4 정재: '부엌'의 방언.
5 냉갈: '연기'의 방언.
6 가실: '가을'의 옛말로 계절의 의미도 있지만 '가을걷이'의 의미가 더욱 큼.

파랑새 정원

파랑새 정원

김준안

숙대입구역 근처 파랑새정원. 내가 살고 있는 고시원이다. 이명재 선생님과 상담을 한 후 주거지원을 받은 첫 고시원. 처음으로 서울 사람이 된 곳이기도 하다.

파랑새정원은 조금은 예술적이며 독창적인 벽면과 시설들이 아기자기하게 꾸며져 있다. 총무님이 예술 쪽 관련 일을 해왔기 때문인 것 같다. 햇빛이 들어오는 창문에 TV도 진열되어 있고 작은 냉장고도 있어서 찬물을 좋아하는 나에게는 음료 전용 냉장고인 셈이다.

이제 주거지원 3개월째인데 쌓여가는 짐들과 옷 때문에 겨우 누울 자리만 남았다. 몇몇 분들이 술 먹고 행패나 고성방가를 하는 것만 빼면 괜찮은 편이다. 그래도 혼자 있는 방은 왠지 쓸쓸하기만 하다. 그래서 나는 저녁 늦게 들어간다. 오직 잠만 자러. 혼자 있는 공간은 두렵다. 요즘 거의 잠을 설치지만 그래도 다른 공간보다는 낫다. 아껴서 저축해 임대주택에 들어가는 게 내 작은 소망이다.

작디작은 방

홍○길

'찰칵' 문을 연다.

나 왔어. 갔다 왔어. 용산구에서 관리 운영하는 곳이었어. 공기도 맑고 깨끗하고 좋더라. 신부님 그리고 형제분들과 1박2일로 다녀온 거야. 미사 참례도 드리고.

벌써 널 만난 지도 1년이 지났구나. 2011년 2월 4일.

그때는 무척이나 추운 겨울이었지. 세월 참 빠르다! 암 수술 후 퇴원하면서 너를 만났지. 널 만난 후 의사선생님 지시로 하루 40분씩, 걷는 운동을 했었지. 용산도서관, 남산도서관, 다람쥐도서관에서 맑은 공기도 마시고 독서도 했지. 마음먹은 김에 금주, 금연도 시작했고 몸은 빠르게 회복되면서 너한테 신세를 무척이나 졌지. 추울 때나 비올 때 돌아와서 쉴 수도 있고 식사도 하고 꿈나라 여행도 할 수 있었으니 정말 고마웠다.

그리고 대사건이 터진 거야. 이 몸이 대학생이 되는 행운도 얻었잖니. 성공회 다시서기에서 운영하는 성프란시스대학 인문학과정 8기에 합격이 된 거야. 합격자 발표 날 초코파이에 촛불 켜고 너랑 나랑 파티도 했잖아. 조용하고 잔잔한 파티 말이야. 성공회 대성당에서 여러 분들의 축하 박수 속에 들뜬 마음으로 입학식을 마치고 선물로 받은 장미 두 송이. 너 주려고 가지고 왔지. 지금도 보관 중이야.

문학·철학·글쓰기·한국사·예술사 교수님, 자원활동가 선생님들과 함께 오후 7시에 수업을 시작해 9시 강의 종료. 귀를 쫑긋 세우고 열심히 수업을 듣지. 중요한 내용을 적고 공부하는 재미가 무지 기쁘고 행복했다. 오랜만에 하는 공부.

야, 그러고 보니 반세기란 세월이 흘렀네. 새삼 나 자신을 되돌아보게 해주는 시간. 즐겁고 기쁜 마음으로 나는 너를 보기 위해 뚜벅뚜벅 걸어서 문을 연다. '찰칵' 나 왔어.

너 혼자 두고 놀러도 다니고 여행도 다녀왔잖아. 미안해. 그렇다고 너를 데리고 다닐 수는 없잖니? 그치? 5월엔 장흥을 다녀왔지. 인문학 1기부터 8기까지의 모임. 체육대회를 연 거야. 선후배 상견례도 하고 모두 모여 게임도 하고 족구도 하며 재미있게 놀다 왔었지. 그리고 8월에 MT를 다녀온 거야. 수련회 말이야. 2박3일. 너하고 제일 많이 떨어진 시간이었을 기야. 전라북도 부안 변산반도 해수욕장 바다 구경. 짜디짠 바다 내음도 마음껏 마시고 너무나 좋은 피서 겸 수련회였어. 영원히 잊지 못할 추억이 될 거야.

나 줄자 꺼낸다. 너 몸 좀 재볼까 하고. 뭐, 창피하다구? 뭐가 창피하니? 폭 160, 길이 210, 높이 240. 높이 달린 봉 창문 높이 28, 넓이 67, 그게 너한테는 눈이요 나한테는 공기구멍, 유리 두 장을 한쪽으로 몰아서 너는 눈이 하나밖에 없어. 전기 스위치를 켜야 환하게 밝아오는 방. 나 아니면 너는 항상 어둠의 세상이야. 나한테 고마운 줄 알어. 알지?

앗, 참 그러고 보니 너 이름이 없구나. 이름 지어줄게. 이참에 멋진 이름 지어주마. 거창하게 작명소는 못 가더라도 내가 손수 지어볼까 한다. 고시원이란 이름은 있지만 나는 싫다. 작디작은 방. 꼬맹이 방, 어떤 게 마음에 드니? 앞의 것, 뒤의 것, 앞의 것으로 하자꾸나.

작디작은 방으로. 생각할수록 너 참 답답하게 생겼다. 멀대같이 높이만 커가지고 말이야. 그래도 나한테는 작디작은 네가 최고야. 몸매는 볼품없는 너지만 말이야. 너 만나고 생활의 변화가 많이 왔었지. 건강 좋아지고 공부 열심히 하고 긍정적인 생각으로 모든 욕심을 버리고 나니 이렇게 편할 수가 없어. 작디작은 너 덕분이야. 고맙다.

인마, 우리 웬만해선 헤어지지 말고 지금처럼 살자. 캄캄하면 어떻고 좁으면 어떻니? 나에게는 넓디넓은 대궐 같은 보금자리인데 그치? 작디작은 방아, 우울하게 생각하지 말어. 호탕하게 웃어보자. 내 마음이 왜 이러니. 두근두근한 것이 내가 너를 좋아하나 봐. 아니 사랑하고 있나 봐. 그래, 이 것은 분명 사랑이야. 작디작은 방아, 사랑한다. 무척 많이 고마워. 인마, 나 잔다. 주여, 굽어주소서. 보살펴주소서!

나의 잠자리 1

홍성구

자그마한 나만의 공간.

그야말로 작디작은 나만의 공간.

나무로 만든 작은 울음소리를 토하는 침대와 벽지가 벗겨져 알몸이 엿보이는 벽에 등을 기대고 보이는 TV,

문 옆에 자리한 가끔은 팬 소리가 들리는 가장 좋아하는 컴퓨터 군과 모니터 양이 보인다.

눈뜨면 컴퓨터부터 확인하는 나는 무얼까?

방에 들어서면 캐릭터가 죽었나 살았나 살펴보고는 가방을 열어 혹시나 팔 수 있는 아이템을 먹은 게 있나 확인해본다.

나 뭐 하는지 몰라

나의 컴퓨터는 23시간 55분 중노동에 시달린다.(5분간 재부팅하는 시간을 빼고는)

힘들다고 CPU는 긁히는 소리를 내는데 나는 들은 체 만 체 한다.

대충 씻고 다시 컴퓨터와 얼굴을 마주한다.

옆에서는 TV가 무어라 홀로 중얼거리는데 생각은 어느새 나도 알지 못하는 곳을 떠돈다.

가끔 시선이 스치는 옷걸이엔 힘없이 마치 나처럼 의욕 없이 늘어진 옷

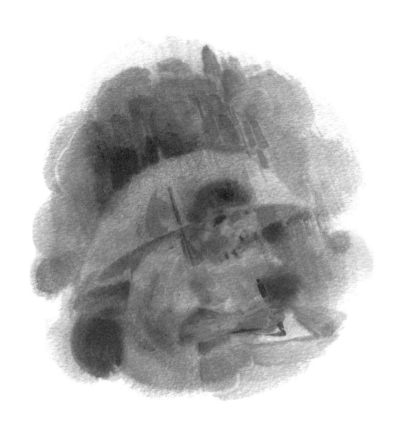

가지가 해초처럼 늘어져 있다.

오늘도 변함없이 별로 친하지 않은 바퀴벌레 양은 나를 없는 사람처럼 취급하며 등반을 한다.

그녀의 생활 반경은 나보다 넓고 부지런하다.

그 와중에 시선은 TV와 모니터를 오가며 게임 내의 친구들과 채팅을 하며 실없이 웃기도 한다.

음 담배가 생각난다. 피워야지.

어 지금 시간은?

잘 때가 된 건가.

TV는 꺼짐 예약 15분에 맞추어두고 마우스를 쥐고 밤새 고생할 캐릭터의 가방과 세팅을 살펴보고는 모니터를 끈다.

밤새 득템이라도 하길 바라며

이불을 끌어올리고 눈을 감아도 빛은 보인다.

TV의 의미 없는 넋두리를 흘리며 몸을 뒤척인다.

검은 방

노기행

아침이나 오후, 방은 여전히 어둡고 깜깜하다. 오전에 잠깐 햇빛이 들긴 하지만 너무도 작은 창문이기에 해 든 방을 거의 본 적이 없다. 나에게 알람은 누군가 화장실을 가거나 밖을 나갈 때 들리는 발자국 소리. 2층 건물 1층에 자리 잡고 있지만 말이 1층이지 이건 뭐 옆방 윗방 숨소리까지 들릴 정도로 아주 허름하게 지은 나의 방은 고시원! 계단은 나무로 만들어져 있어 누군가 지나다닐 때마다 천둥번개가 치는 듯한 소리. 몇 번이고 말다 툼과 주먹이 오갈 뻔한 적도 있지만 이제는 그러려니 한다. 밖에서 인기척 이 들리면 귀를 바짝 세울 뿐이다. 2년째 방문을 잠근 적이 없다. 이유는, 주인장이 고쳐주질 않는다. 뭐 누가 와서 가져갈 것도 없지만. 왠지 손잡이 를 돌리고 들어올 때면 뭔가 허전하다. 너무 자유분방한 거 아닌가. 내 의 지와는 상관없이 이런 불만 속에 벌써 3년 넘게 살아왔다. 나도 참 어지간 하다. 그렇잖아도 방은 좁은데 요즘 갈수록 방이 작아지는 느낌이다. 옷가 지며 사인펜과 컵 지갑 열쇠 휴지 따위에 밀려 밖으로 쫓겨날 판이다. 한기 가 느껴진다. 잠이 깨면 항상 이건 뭐 길가나 공원 벤치에서 자고 일어난 느낌이랄까. 몸이 뻑적지근하다. 요즘은 이놈의 방을 언젠가 벗어나야지 하 면서도 왜 난 이곳에 머물고 있을까. 내가 생각하기에도 골 때린다. 분명히 잠들기 전에 TV를 보다가 잠든 것 같은데 일어나 보면 TV가 꺼져 있다.

주위를 둘러봐도 침입의 흔적은 없다. 손을 댄 기억이 없는데……. 나는 변화를 두려워하는 사람인데 변화도 없고 변함도 없는 것들이라야 안심이 되는 사람인데……. 알고 보면 자면서 이리 뒹굴고 저리 뒹굴고 하다 보니 나의 발이 TV를 껐나 보다. 가끔 음료수를 먹다 책상 위에 놓고 깜박 잠이 든다. 깨어 음료수를 다시 먹으려다 깜짝깜짝 놀란다. TV 불빛에 비친 음료수 뚜껑 위에 바퀴벌레 한두 마리가 앉아 있다. 그놈들은 병뚜껑 속에 숨어 있다가 툭 건들면 잽싸게 움직여 달아나곤 한다. 인문학을 하고 나선 그런 작은 사소한 것들도, 과연 바퀴벌레 그들은 무엇을 욕망하는 것일까, 자꾸 스스로 질문을 하곤 한다.

손, 길, 그리고 집

김태우

평생 인연이 없을 거로 생각했던 기름때를 손에 묻히고 있다.

귀할 것까지는 없지만 곱게 자랐다고 내심 생각하고 있었지.

다른 이들이 나처럼 살았어도 그렇다고 느낄지는 모르겠네.

성공적인 것까지는 아니어도 없는 기반에 나름 운과 사람 따라줘서

먹고 자는 것에 불편함도 없었어.

하지만 한순간에 벗어난 길을 그만큼 잘못 걸었던 걸까.

아니면 운이 없었다고 탓해야 할까.

크진 않지만 나름 나에게 편안함을 주던 집도

건방지고 철이 없던 나를 받아주던 지인들도 모두 사라졌다.

이 손에 얼마나 더 기름칠해야 쉬는 날 뒹굴거릴 수 있는 집이 생길까.

어머니와 집

김연설

이 몸 새벽에 팔려서 몇 푼 쥐어 들고 와
한쪽 움푹 패여버린 침대에 걸처 누웠다.
뿌연 담배 연기
집안 구석구석을 점령한 퀴퀴한 냄새
내 눈은 마치 시장통에 버려진 검붉은 생선 눈깔 같아
거칠어진 손으로 눈을 비비니 효자손 왔다 간 듯 시원하긴 하구나.
방 안의 짐들은 겹겹이 내 곤함도 겹겹이 나를 누르고
지독하게 대를 잇는 가난도 끝을 모르고 겹겹이 쌓여만 가고
간간이 아련한 기억들이 떠오르니 그나마 수월하구나.
어머니 아침부터 푸성귀 밥상 차리느라 부엌에서 씨름하실 때
아침잠 없는 녀석 식전부터 이리저리 쑤시고 다니네.
어머니 목청이 천장에 울리고 내 귀청을 때리니
난 딴청을 부리며 달아났지.
어머니의 아침이
시끌시끌했던 아침이
그 금빛모래 같던 아침이 지금 너무 귀해서 찾을 수가 없구나.
꿈속에서나 볼까 잠을 청한다지만

날 비웃기라도 한 듯 매번 허튼 환영만 보여주고

철로 위에 폭군은 덜커덩 덜커덩 귀청을 때리니 아직 이른 새벽이구나.

이내 송장 덮듯 이불을 감싸고 덜 잔 잠을 청하며 기억나는 건

쌀독 가득 차던 때보다 텅텅 비워진 날들 많았던 기억들이지만

그 시끌시끌했던 그날 아침을 그 집을 잊을 수 있을까.

그런 날이 올 수 있을까.

그런 꿈 꿔도 될까.

저녁에 돌아갈 집이 있다는 것

양창선

잠. 잠은 중요하다. 우리 인생의 삼분의 일을 차지하기 때문이다. 우리는 밤이 되면 잠을 자야 되고 그래서 잠자리가 필요하다. 잠. 잠은 중요하다. 잠을 자지 못하면 빨리 늙는다. 면역력이 약해진다. 신경이 날카로워진다.

나는 이러한 생각을 서울역에서 무수히 많은 밤을 뜬눈으로 지새우며 몸으로 체득했다. 실제로 안 먹고 안 자고 돌아다니다 병에 걸려 2004년 말부터 이듬해 초까지 약 3개월 간을 병원에 입원해야만 했다. 퇴원해서도 6개월 동안 약을 복용한 다음에야 완치될 수 있었다. 입원할 당시, 영등포에 있는 보현의 집에서 건강검진을 받았는데, 담당 선생님은 나의 상태에 대해 이렇게 말씀하셨다. "영양 섭취가 부족하고 면역력도 약해져서 이 병이 온 겁니다. 병원에서 잘 먹고 치료를 받으면 나을 수 있습니다. 크게 걱정하지 않으셔도 됩니다." 그 말을 듣는 순간 나의 가슴은 덜컥 내려앉았다. 내 인생에서도 마침내 올 것이 온 것인가!

진료 소견서를 가지고 영등포에서 은평구에 있는 서북병원까지 향하는 동안 온갖 상념이 밀려왔다. 어떻게 병원까지 찾아갔는지도 모르겠다. 나는 이때의 충격으로 담배도 끊게 되었다.

이후 생각도 많이 바뀌었다. 이젠 무조건 식사를 챙기고 무슨 일이 있어도 잠을 자려고 한다. 잠자리라고 하면 일반적으로 가정집, 원룸, 고시원을 떠올리겠지만 우리 '숙자(노숙자)'들의 세계에서는 그보다 다양한 형태의 잠자리가 존재한다. 주로 기차역 안이나 그 주변에서 생활하지만 어쩌다 주머니에 돈이 조금 생길 때면 다방(약 3천 원), 만화방(약 4천 원), 사우나(약 6천 원) 등지에서 하룻밤을 보내기도 한다.

2006년, 나에게는 나만의 잠자리가 생겼다. 성공회 다시서기센터에서 자활을 해서 작은 고시원 방을 얻게 된 것이다.

그간 여러 차례 방을 옮겼지만 올해로 8년째 고시원 생활을 하고 있는 셈이다. 이번 겨울은 고시원 생활 중 가장 따뜻하게 보냈다. 고시원은 일반적으로 원장실에서 전체 난방을 조절하게 되어 있는데, 그리 따뜻하지 못하다. 그러나 지금 지내는 고시원에는 방마다 온도조절기가 설치돼 있어 본인이 스스로 방 온도를 조절할 수 있다. 조절기는 1단계부터 10단계로 작동하는데 3 정도만 설정해두어도 바닥이 뜨거워진다.

저녁 때
돌아갈 집이 있다는 것

외로울 때
생각할 사람이 있다는 것

혼자 있을 때
부를 노래가 있다는 것

– 나태주, 「행복」

저녁에 돌아갈 집이 있다는 것에 행복하다.

요즘 나는 눈물이 많아졌다. 지금 이 글을 쓰는 중에도 계속 눈물이 난다. 글쓰기를 하자니 과거를 떠올리지 않을 수 없고, 그것을 글로 표현하는 순간 감정이 격해져서 울컥해진다. 나의 아버지는 내가 너무 어렸을 때 돌아가셔서 얼굴이 잘 기억나지 않는다. 이후 어머니는 다른 곳으로 시집을 가셨고 우리 형제들은 뿔뿔이 흩어졌다.

나의 유년시절은 잦은 이사와 전학의 기억뿐이다. 초등학생 때에만 다섯 번이나 전학을 가야 했으니 그 시절의 친구가 한 명도 떠오르지 않는 것이다. 라디오와 카세트테이프를 자주 듣는 나에게는 대신 기억나는 노래들이 많다.

못 잊어 못 잊어 못 잊을 사랑이라면
언제까지 당신 곁에 나를 버리고 살 것을

못 잊어 못 잊어 못 잊을 슬픔이라면
사랑하는 당신 품에 돌아가서 안길 것을
낙엽 진 가을의 눈물 눈에 덮인 긴 겨울밤
못 잊어 못 잊어 당신을 못 잊어

-패티 김, 〈못 잊어〉

『탈무드』에 이러한 말이 있다. "비누는 몸을 닦고, 눈물은 마음을 닦는다."

나의 성격에 여성적인 면이 있다. 그러나 우리 사회의 보편적인 관념에서는 남자는 아무 데서나 울지 않는 것을 미덕으로 여긴다.

그러나 나는 계속 울보이고 싶다.

날마다 마음에 광이 나도록 깨끗이 닦고 싶다.

나의 잠자리는 나의 걸음으로 가로 세 걸음, 세로로 여섯 걸음밖에 되지 않는 작은 공간이지만 바로 이곳에서 오늘도 하루의 피로를 풀며, 마음을 닦으며 내일을 준비하고 있다.

잠 못 드는 밤

김연설

신호가 바뀐 것 같다.

어떤 차는 아스팔트에 바퀴자국을 크게 그리면서 달리는 것 같다.

베개가 크게 느껴진다.

가끔 신경에 거슬리는 시계 소리만 열심히 귓속을 통과한다.

TV도 없고 라디오도 없고 아무것도 없어서 가끔

그 절망에 눌려 반드시 잠을 청해야만 한다.

계획도 없고 같이 자는 친구가 힘든 하루 일을 마치고 와서 코골이가 심하다.

난 신경이 뒤죽박죽이 된다.

방구석에 그 녀석 며칠 신다 던진 양말 냄새가 뒹굴고 있어 코끝도 불편하다.

근데도 때론 애처롭게 느껴진다.

이 방 그 어디에도 자장가는 들리지 않는다.

더 아쉬운 게 있다면

잘 자라는 인사도 하고 내일도 기약하고 서로의 편안한 잠을 소원해주는 누군가가 없어서다.

천장까지 닿을 깊은 한숨과 함께 오지 않는 잠을 청해본다.

아주 크나큰 집

주의식

내가 잠시나마 머물며 지내던 곳!
아주 크나큰 집이다!
하루에도 수천 명 아니 수만 명이 오가는 그러한 집이다!
나 자신이 부끄러운 줄도 모르고
남의 시선은 아랑곳하지도 않고
아니 어쩌면 나를 좀 봐주쇼 하는 듯하다!

아침 6시만 되면 전원 기상
어디 출근이라도 하는 듯
밤새 술 퍼마시고 늦잠이라도 잘라치면
어김없이 청소하시는 아주머니 고함 소리가 들린다
청소하게 빨리들 일어나요!
에이 씨발 이 아줌마는 쉬는 날도 없나

투덜대며 쓰린 배를 움켜쥐고
무슨 놈의 보물 보따리라도 되는 양 베개 삼아 베고 자던
가방 하나 들고 세수는 물론이고

똥 싸고 오줌 쌀 시간도 없이 서울역 쪽으로 아니면
다른 곳으로 아침밥을 해결하기 위해서
너 나 할 것 없이 이곳을 빠져나간다!
몸은 천근만근인데도 말이다!

누가 이 마음을 알아주랴마는
무리를 지어 안전하고 편안한 궤도 위에 리무진
그것도 자신의 자가용인 양 널브러져 자는 사람
차창 밖을 하염없이 내다보는 사람
어느덧 리무진 차량은 서울역을 알린다!
무엇이 저리 바빠서 오라는 사람도 갈 곳도 없는 몸이 말이다!

지하도에서 어느 종교 단체가 제공하는 무료급식 먹어
배부르지도 않는 국과 밥 아니 짬밥이 어울릴 듯한 밥!
언제 먹었는지도 모르게 해치우고
이제는 어디로 가야 하나 고민을 한다!
오늘 점심은 천안에 가서 먹을까?
나의 리무진 타고 말이야!
재수 좋으면 쐬주도 한잔하고 말이야!

저녁은 집 근처 어느 교회에서
마음에도 없는 예배 한번 드리고 저녁밥을 해결한다!
청원 경찰의 눈치 살피다

열한 시 너머 집으로 들어간다!

벌써 술 퍼마시는 자 자리 펴고 누워 있는 자
무척이나 소란스럽다 주위를 한번 둘러보자
신문 한 쪼가리에 등을 맡기고 누워 있는 자
아니면 박스 한 쪽 담요 한 장에 등을 맡기는 자들이다!
신문 한 쪼가리도 구하지 못해 쭈그리고 앉아서 무릎잠을 청하는 자!
심지어 그냥 날바닥에 널브러져 자는 자도 한둘이 아니다!

거기에 비하면
신문 한 조각 박스 한 쪼가리 담요 한 장에 등을 맡기는 자가
오늘은 나도 모르게 부러울 뿐이다!
나에게 술 한잔하자고 하는 놈 어디 없나
한번 주위를 살펴보자
땡전 한 푼 없는 주머니에 손을 깊숙이 집어넣고 말이다!
오늘은 영 재수가 없나 보다!
에라 모르겠다 잠이나 자두자
내일은 여기를 떠날 수가 있을까 하는 꿈을 청하며!

드디어 아침이 왔구나
청소 아주머니의 말씀
얼른들 일어나요 하며 중얼거린다
저러다 얼어 죽으면 어쩌려고

어이구 정신 나간 놈들 하며 다시 한번 소리 지른다!

이렇게 우리는 어느 역전 바닥에서
노숙을 하던 한 사람이다!
그러나 비가 오나 눈이 오나!
술을 먹고 외박을 해도 따뜻하게 반기는 집

비록 역전 바닥이기는 하지만
내가 이 집에 들어오기까지는
우여곡절도 많았고 슬픔과 안 좋은 기억도 있다
오래전 일이지만
집과 마누라 자식 한번에 잃어버리고 허송세월을 보내다
안 좋은 마음도 가져보았다
하지만 그 길보다는 힘은 들겠지마는 사는 것이 나을성싶어
노숙생활까지 해보았다

하지만 지금은 나의 소중한 집이 너무나도 그립다

우리는 누구일까

여기는 게토Getto다

강○식

　내게 잠자리는 이면지로 묶은 연습장이다. 어두운 데 바로 누워 눈을 꼭 감으면 뒷면의 내용이 비쳐 보이는 적당히 안 깨끗하고 적당히 쓰기 편한 낙서장이 된다. 오늘은 무슨 '야부리'로 할까? 몇 십 년째 끝나지 않고 매일이 비슷해서 어디로 가야 하고 어디서 마쳐야 하는지 가늠도 안 되는 그 뻔한 이야기로 할까? 아니면 좀 전까지 읽던 그 책을 생각할까? 아니면 떠오르는 대로 아무거나? 주로 아무거나 뒤죽박죽, 콩 튀고 팥 튀고, 천방지축, 엉망진창, 막가파 생각 속에서 혼곤히 잠이 들고는 한다.

　누구야? 누가 코를 이렇게 골아대! 또 시작이다. 매일 같은 상황, 같은 소리. 레파토리 좀 바꾸지. 이럴 때는 목소리 더 큰 놈이 항상 더 나쁜 놈이다. 코골이는 한 놈을 깨웠지만, 외쳐댄 놈은 온 방 안 사람 모두를 깨웠다. 절대다수의 행복을 위하여 짖어댄 놈의 목을 쳐라. 그러나 용케도 안 맞아 죽고 사태가 수습되어 나는 다시 뒤척뒤척 공상 속으로 비몽사몽 TV 소리, 이 갈아대는 소리, 코 고는 소리, 뒤척이는 소리, 스마트폰 소리, 밖에서 웅얼웅얼 대는 소리들의 합창 속에서 잠이 든다. 여기는 게토Getto다.

밤 11시 04분

동○호

밤 11시 04분

드디어 TV가 꺼졌다 자자 오늘은 좀 푹 자자.

순간 들려오는 탱크 지나가는 소리.(전쟁 났나)

속았다 사람이 코로 낼 수 있는 최고의 소음

잽싸게 일어나 눈동자와 고개를 동시에 사방으로 돌려본다.

가로 8줄 세로 7줄 침대 16칸 꽉 찼다.

재수 옴 붙은 날이다.

전생에 나하고 무슨 원수를 졌기에 하필이면 바로 내 옆에서,

이런 가이새이.

담배 한 대 땡긴다. 아 나의 아름다운 밤이여 너는 어디로……

한 모금 깊게 빨아 한숨과 함께 허공으로 날려 보낸다.

나의 아름다운 밤은 언제 올는지.

내일은 꿈속에서나마 내 님을 볼 수 있었으면……

겨울나기

전영한

2016년 겨울에 방을 구하기 위해 용산구 동자동에 위치한 조그만 고시원을 찾아다니던 중 아무개 고시원에 들어가 주인을 찾아서 가격을 물어보았다. 고시원 방은 나무 합판으로 된 침대에 조그만 텔레비전과 합판 침대에 다 낡아빠진 이불이 있었다. 방 가격이 중요한 거라서 물어보니 17만 원이었다. 주머니에 있는 돈은 십팔만 원. 일단 가격이 맞아서 들어가 지내기로 했다. 문제는 이불이 낡고 얇아서 너무 추워 잠을 설친 적이 한두 번이 아니라는 것이다. 주인을 찾아가 이불을 바꿔달라고 해도 안 바꿔주었다. 내 주머니에는 오천 원뿐. 시장을 돌아다녀 보면서 저 이불을 덮고 자면 얼마나 따뜻할까 생각하며 울기도 했다. 지금도 고시원에 있지만 얇은 이불을 덮고 잔다. 겨울에도 보일러를 잘 안 틀어준다. 그전 고시원은 난방도 안 되고 따뜻한 이불도 없고 온기랄 것도 아무것도 없었다. 생각해보면 지금의 고시원은 천국이다. 이불 없이 지내온 2016년 겨울이야기.

동자동 쪽방

김휘철

보증금 따로 없이 월세 22만 원 나의 보금자리 동자동 쪽방. 주변 쪽방들 중에서 제일 형편없으면서도 방세만큼은 유독 비싸다. 자활근로 한 달이 끝날 즈음에 다시서기 선생들이 귀가 따갑도록 자활 한 달 뒤엔 반드시 방을 얻어야 한다고 뒤통수에 대고 따라다니며 세뇌하기에 쥐꼬리 급료나마 받자마자 이것저것 따져볼 겨를도 없이 급히 마련타 보니 얻어걸린 게 그렇다.

근년 들어서 방세가 일률적으로 오를 때에 얻었노라니, 지난해 추운 겨울이 안겨준 페널티도 단단히 본 셈이고. 어쨌거나 집도 절도 없는 신세에서 정식으로 집이 생긴 것이니 그 기쁨이란 달리 무삼하리오.

혼자 기분을 내며 막걸리를 먹노라고 방 가운데에 술 한 병을 놓고 순대 1인분까지. 잔을 펴고 앉아 양팔을 쭉 벌리면, 여전히 각각의 손목 하나 정도의 공간은 남을 만큼의 비교적 여유로운 공간이다.

그래도 방주인인 내가 '숏다리'여서 잠을 자는 데엔 지장이 없는 건 하늘이 굽어살핀 덕 아니겠나. 지금껏 살면서 짧은 탓에 이득을 본 건 거의 없지만, 이번만큼은 조상 덕을 제대로 보는 것 같아서 새삼 감사했다.

나는 성품이 웬만하면 두루두루 넘어가는 걸 선호한다. 이건 내 인격이 본래 원만한 탓이 아니라 이젠 나이를 먹은 탓인지 무언가를 가지고 따지고 시시비비 가린다는 게 여간 귀찮은 게 아니라서 그렇다. 이런 성품이 언제부터 나를 길들여왔는지 불분명하지만, 적어도 이제껏 살아오는 데서 적잖은 소용도 있었다 싶어 고치고 싶지 않다. 그렇지 않으면 원래의 쫀쫀하고 소심한 성격 탓에 벌써 무슨 일에든 우환을 얻어 숟가락을 놓았을 것이다.

어쨌든 궂은 날이나 창창한 날이나 밖이야 바람이 불든 비가 퍼붓든 간에 이 한 몸과 지친 허리를 마음 편히 눕힐 수 있는 나만의 공간이 생겼단 점에서 괜히 혼자 누운 채로 이리 굴렀다가 저리 굴렀다가 빈둥거리는 재미가 쏠쏠하다.

근데 소중한 이 공간엔 사실 나뿐이 아닌 크고 작은 여러 친구들이 함께 동숙을 하고 있다. 나보다 먼저 점유권을 행사하며 주거하고 있는 생명 중에는, 쬐금 귀엽기도 하고 정나미가 떨어지게도 생긴 바퀴벌레란 놈이 있는데, 감히 인간인 나를 보고서도 두려워하는 기색이 없다. 우리 친구 먹자면서 종종 마실을 와서 귀찮은 적이 더러 있고, 원래 습한 방이라니, 비라도 좀 되게 오고 난 뒤에는 민달팽이 무리까지 안부를 물으려는 듯이 대가릴 쳐들며 들이대는 통에 위급한 상황을 정리하느라 조금 바쁠 때가 많았다. 특히나 잡것의 민달팽이란 놈은 바퀴벌레보다도 딱 별로인 것이 제가 무슨 닌자도 아니면서 때론 은밀하게 나의 눈을 피하여선 밥솥 대신으로 주식인 라면을 끓일 때 쓰는 커피포트 주둥이 속으로까지 몰래 기어들어가 잠복하는 등 의외의 출몰을 하는 것이다. 한번은 아무 생각 없이 진라면을 끓였다가 먹으려고 밥그릇에 옮겨 붓다 뜨거운 열기로 이놈이 완전히 익어버린 걸 발견한 적이 있다. 그냥 먹어버리자니 약간은 찜찜하고 버리자니 살을 떼주는 듯이 아까워 그냥 그놈의 달팽이만 걷어내고 맛있게 먹었다. 내내 기분이 별로더니만 결국에 그날 저녁부터 며칠간 평소에

도 그다지 좋지 않았던 신체 여러 부위들로부터 제대로 된 항의가 빗발쳐 들어왔더랬다. 그야말로 컨디션이 개판이었다.

그 외엔 고시원 내 방엔 별로 특이한 물건이랄 게 더 없다. 가끔 선이 흔들리거나 연결이 안 좋을 때마다 뜬금없이 찌지직거리며 짜증을 내는 손바닥 두 개 크기의 텔레비전 한 대. 윗칸은 아예 냉동고가 고장 난 탓인지 녹아버린 누런 무로다가 흥건한 냉장고. 아랫칸은 바짝 말라 있어서 창고용으로 각종 조미료와 참기름, 된장, 라면 등 '쎄리' 처넣어 쓰고 있는데 이 것들이 내 방 사치품 총 목록이다.

무릇 사람이라면 범사에 감사할 줄 알아야 하고, 있을 땐 스스로 없었을 적을 돌아봐야 한댔다. 하지만 요즘 들어 나는 조만간 이 익숙해진 공간도 그만 떠나야 할 때가 되었다고 생각한다. 가야 할 때가 언제인지 알고 가는 궁둥이는 아름답다고 극찬한 시인의 말처럼, 세상 모든 건 인연 따라 모였다가 인연 따라 흘러가는 게 이치가 아닌가.

자연이야 벗하기엔 아무래도 좋지만 그래도 바퀴와 민달팽이랑 동무하긴 정신 나간 철학자의 말처럼 쉽지 않다. 게다가 자활 몇 달 동안에 기를 쓰고 모아둔 몇 푼의 엽전도 현재의 이런 나의 결심에 적극적인 지지를 보내고 있으니.

다음번엔 좀 더 인간에 가까운 생명체들로 벗을 삼아 살기 위해선 오늘 나의 가슴 저린 이별을 감당해야 할 것이다. 또 다른 아름다운 인연이 기다릴 습기 없는 쪽방을 꿈꾸면서, 지금보다도 더 영웅적으로 전투적으로 살아보리라.

나는 PC방에 간다

온○국

사람들이 많이 붐비는 서울역 앞과는 달리 남영동 쪽으로 빠지는 동자동 길목은 그리 사람들이 많이 다니지 않는다. 그런 곳에 위치한 상가들은 그다지 썩 장사가 잘되는 편은 아니다. 오락실, PC방, 만화방, 호프집, 미용실…… 그런 상가 가운데 가장 많이 들어선 것이 PC방이다. 이유야 잘 모르겠지만 지역에서 살아가는 사람들이 생활에 남는 여가 시간을 활용하는 곳이 아마도 PC방일 것이다. 지하철 4호선 출구에서 숙대입구까지 내 눈에는 3개의 PC방이 띈다. 타운, 스타, 서울 PC방.

나는 그중 타운 PC방을 이용한다. 그곳에 가는 특별한 이유는 없다. 요금, 시설, 서비스 이런 것들을 꼼꼼히 따져봐야 하지만 그럴 필요 없다. 이 모든 것이 크게 차이 나지 않기 때문이다. 업주들이 공모들을 한 것 같지만 그것도 아니다. 그러기에 사람들은 자신들이 주로 이용하는 PC방만을 찾는다. 타운 PC방 안의 좌석 수는 40개, 그래서 40명만 들어와 있는 게 정상인데 50명이 넘게 있을 때가 많다. 그렇다고 해서 40개의 좌석이 모두 PC를 이용하는 사람들의 것은 아니다. 그중 5~6대 정도는 그곳 터줏대감들이 자고 쉬는 곳이다. 이런 것들을 주인이 모를 리 없다. 하지만 묵인한다. 고객 관리 때문일 것이다.

이곳 사람들은 야박한 모습을 아주 싫어한다. 삶을 그렇게 살아왔기 때문이다. 그런 것을 잘 아는 주인도 그냥 넘어간다. 자신도 거기서 장사를 해야 하기 때문이다. 야박한 모습을 보이면 아마도 장사하는 데 지장이 있을 것이다.

PC방 안의 공기 사정은 그다지 좋지 않다. 수십 명이 내뿜은 담배연기, 며칠씩 밤을 새운 이들에게서 나는 냄새. 이 모든 것에 익숙하지 않으면 그곳에서 오래 견디기 힘들다. 나는 하루 24시간 중 주로 저녁 7시 이후에 많이 이용한다. 사람도 제일 많고 놀기에 적합한 시간이다. 가끔 낮 시간도 이용하는데 그곳 주인아줌마를 보기 위해서다. 아주 미인이다. 그러나 거기서 더 이상 생각하지는 않는다. 보는 것만으로도 만족한다.

내가 PC방을 이용하는 시간에는 여지없이 길환이, 금철이, 상철이, 그 밖에 안면만으로 인사하는 사람들이 있다. 그중 길환이가 제일 먼저 반긴다. "아이구 형님, 오셨습니까."라고 90도로 인사하고 담배 하나 입에 물리면, 절로 기분이 좋아진다. 하지만 이런 일이 자주 있는 것은 아니다. 모른 척할 때도 있다. 그렇게 할 때는 이유가 있다. 배가 고프거나 게임비가 부족할 때 내가 쉬이 도와줬기에 혹 보상을 바란다고 생각하기 때문이다. 나로선 배신감 느껴도 어쩔 수 없다.

금철이라는 놈은 내가 왔는지도 모르도록 게임에 빠져 있다. 내가 먼저 가서 아는 척해야 그제야 아는 척한다. 이놈은 길환이보다 더 심한 놈이다. 아쉬울 때만 아는 척한다. 나중에 백배로 갚을 것처럼 이야기하고 갚을 때가 되면 돈 받기가 그리 쉽지 않다. 받으려면 나도 비장의 수단을 써야 한다. 저돌적인 대항이다. 그렇게 해서 받아낸다. 그제야 겨우 손 떨면서 아까워하며 겨우 갚는다. 그러면서 하는 말, "앞으로 나 아는 척하지 마라." 그러면서도 때가 지나면 다시 아는 척한다.

상철이는 PC방에서 제일 바쁘다. 이곳저곳 동분서주하면서 게임머니 모으기 바쁘다. 이곳 사람들이 주로 하는 게임은 포커 게임이다. 나도 포커 게임을 한다. 어떤 달은 게임비에 너무 많은 돈을 쏟아붓는 무리를 할 때도 있다. 속이 좀 아프고 후회할 때도 있지만 어찌하랴, 이미 쏟아진 물. 며칠 지나면 또 잊어버린다.

PC방에 들어오는 문 출입구에는 눈에 띄는 글이 보인다. '음주자 절대 출입금지'. 다른 것은 이해해도 취객은 이해하지 못하겠다는 주인의 속내가 매우 강하게 담겨 있다. 빽빽이 늘어선 좌석, 좁은 통로, 조심성이 떨어지는 취객은 기어이 의자를 심하게 치고 지나가거나 의자에 걸려 손님 앞으로 넘어진다. 그 끝은 시비로 이어진다. '음주자 절대 출입금지'를 내건 이유가 손님들 간 싸움을 방지하기 위함도 있지만 무엇보다 중요한 건 기물 파손을 막기 위해서다. 싸우다 보면 어떤 것 하나쯤은 부서지기 마련이다. 주인에게는 막대한 손해이다.

저녁 시간 때에는 주로 아르바이트생이 가게를 보는데, 다음날 아침 출근한 주인은 손상된 기물을 보고도 누구에게 손해배상을 청구해야 할지 몰라 어리둥절해하곤 한다. 그래서 언제부터인가 주인은 아르바이트생과 시간을 바꿔 근무를 하고 있다. 속앓이를 좀 했던 것 같다. 음주자는 어딜 가나 대우를 못 받는다.

우리 PC방은 가끔 불청객이 온다. 바로 경찰이다. 불심 검문을 하기 위해서이다. 그런데 너무 잦은 것 같다. 어떤 날은 하루에 네다섯 차례나 온다. 이들을 반기는 자는 아무도 없을 것이다. 검문 도중 경찰과 언쟁을 하면 PC방 분위기가 다운된다. "우리 같은 사람 괴롭히지 말고 진짜 범인들이나 잡아. 진짜 범인들은 양복 입고 다녀. 알아!" 이 말에도 일리가 있어

보인다. 물론 이곳에 그들이 찾는 범인이 있을 수도 있지만 보통은 일을 못 나가는 날 갈 곳이 마땅치 않아 앉아 있는 사람들이 대부분이다. 그 사람들 속도 썩 좋을 리 없을 것이다. 그런 상황에서 화나는 것은 당연한 일이다. 길거리나 지하철 등에서 검문 받는 사람들을 보면 거의 허름한 옷차림의 사람들이다. 그럼 범인들은 모두 옷을 허름하게 입고 다니는가.

여느 때처럼 경찰 검문이 한창이던 어느 날 나는 경찰을 골려주려고 마음먹었다. 소녀시대 뮤직비디오 동영상을 틀고 그들이 오기를 기다렸다. 막상 기다리고 있으니 오질 않았다. 참 묘한 기분이 든다. 그러던 찰나 나타났다. 하지만 내 앞으로 와주어야만 한다. 검문을 피해 보기는 여러 차례 있었지만 검문 당하기를 바라기는 이번이 처음이다. 이 사람 저 사람 검문하더니 바라던 대로 내 앞으로 와주었다. "잠깐 실례하겠습니다. 신분증 좀……." 나는 대꾸도 않고 소녀시대 뮤직비디오만 계속 보고 있었다. "선생님, 선생님……" 경찰은 계속 외친다. 그제야 나는 말한다. "경찰 아저씨, 소녀시대 동영상 지금 세 번째 보고 있는데 좀 지겨운 것 같네요. 그런데 경찰 아저씨까지 하루에 4~5번씩 보니 지겹다 못해 짜증 안 나냐고요?" 주위에 한바탕 웃음이 흘러나온다. 그 말이 끝나자 경찰은 무척 화난 표정으로 나를 한동안 쳐다본다. 그러더니 목소리를 좀 낮춘다. "우리도 오죽하면 이러겠습니까? 협조 좀 부탁드립니다." 이런 상황에서 더 이상 골렸다간 안 될 것 같아 순순히 응해준다. 이 사람 저 사람 순조롭지 않은 검문에 그들도 지쳤는지 검문을 끝내고 힘없이 PC방을 빠져나간다. 경찰과 우리는 만나지 말아야 될 사이인데 아마도 하늘이 불가피하게 맺어준 인연인 것 같다. 그런 뒤 기분이 상쾌해지면서 어딘지 모르게 쓸쓸함마저 든다. 여기 안 오면 부딪칠 일도 없는데 그들도 우리와 똑같이 희로애락을 느끼는 사람인데 노엽게 했으니 왠지 미안하다. 우리가 마땅히 갈 곳이 없어 이곳에 왔다면 그들 역시 마땅히 검문할 곳을 찾지 못해 이곳에 왔을 것이다. 경찰과 우리가 어쩔 수 없이 만나야 된다면 서로 상호 간 기분 상하지 않는 선에서 잘 풀어갔으면 좋겠다.

이곳은 시작과 끝이 없다. 아무리 24시간 영업집이라도 시작과 끝은 어느 정도 있다. 24시간 한결같이 사람들을 맞는다. 그러기에 사람들은 한결같이 이곳을 찾는다. 이곳을 예찬하는 것은 아니다. 여길 찾는 사람들은 모두 각각이지만 어딘지 모르게 부족한 사람이라는 점만은 같다. 그 부족한 욕구를 이곳에서 대리만족하고 있는 것이다. 평범함, 아니 정상적으로 이 시대를 살아가는 4~50대의 중장년층이라면 아마도 하루 24시간이 모자랄 정도로 바쁘게 살아가는 나이대일 것이다.

하지만 이곳의 4~50대는 남는 게 시간이다. 어떻게 보면 불행이 아닐 수 없다. 이들도 여건만 주어지면 여느 사람 못지않게 바쁘게 살아갈 사람들이다. 삶은 퇴보했지만 아직 정신만큼은 퇴보되지 않은 사람들이다. 그러나 사회는 우리 같은 사람에게까지 손길을 뻗치기에는 많이 바쁜가 보다. 그렇다고 이 사회를 비관하는 사람들이 그리 많지는 않다. 주어진 여건대로 큰 불만 없이 그럭저럭 살아가는 이 사회의 가장 순수한 계층일 것이다. 경쟁상대를 경쟁상대로 생각하지 않는, 그렇기에 경쟁력이 떨어지는 우리는 다소 진보적이지는 않지만 어제의 모습이 오늘의 모습이고, 오늘의 모습이 내일의 모습이다. 발전이 없다고 비꼬지 말자. 구석구석 박혀 있는 달동네를 순수하게 살아가는 사람들을 사라지게 만드는 게 요즘 사회다. 점점 사라져가는 그런 사람들, 그런 사람들과 다를 바 없는 우리들. 우리는 그런 사회의 작은 울타리를 찾는다. 비록 내일은 기약할 수 없을지 몰라도 순수

성은 잃지 않는다. 이곳에 모여 인사 나누고 대화하는 사람들, 그래도 그
속에는 작은 꿈들이 있다.

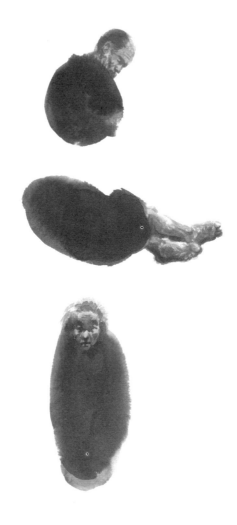

우리는 홈리스입니다

여수진

가진 것이 없어서
가난한 이들이라서
세상을 똑바로 바라보지 못하는
우리는 홈리스입니다.

마음이 여려서
별 뜻 아닌 말에 상처 입고
힘들어하며
스스로 상처받는 것을 두려워하기에
자신을 보이지 않는 끈으로 꽁꽁 싸매지만
따스한 손길, 따스한 말 한 마디를
그 누구보다 그리워하는
우리는 홈리스입니다.

과거에 어떤 사람이었는지
과거에 어떻게 살았는지
그런 것은 중요하지 않다고

현재에 처해 있는 형편으로 우린 평가받고 있지만
남들보다 가진 것이 많이 없을 뿐
그 누구보다 살고 싶어 하는
우리는 홈리스입니다.

현재의 삶이 힘겨워서
생각하기를 멈추었을 뿐
무수한 감정을 느끼는
우리는 홈리스입니다.

드러내놓고 싶지 않은
아픔들이 불쑥불쑥 심장을 뚫고 나올 때면
술의 힘을 빌려 밖으로 튀어나온 아픔들 장단에 휘둘리지만
숨을 쉬고 있다는 것이 원망스러워
숨이 멈추기를 기도할 때도 있지만
그래도
살자고, 살아보자고 질긴 생명 붙들고 있는
우리는 홈리스입니다.

하루 종일 계단 중턱에
무릎 꿇고 머리 조아리며 더 많이 가진 자들에게
손을 내밀 때면 머리 위로 손 위로 따가운 눈총이 쏟아지지만
살아야 하기에

살아야 한다고
살아보자고
힘겹게 손을 내밀고 있는
우리는 홈리스입니다.
남들보다 가진 것이 없기에
가지고 싶은 것이 너무도 많아서
더 많은 것을 가질 수 있다는 꿈을 가진
우리는 홈리스입니다.

한데살이

서○미

 거리에 계시는 분들을 노숙인이라고 부르기보다는 '한데살이 하시는 분'
이라고 부르는 게 어떨까요. 노숙인이라는 말의 사전적 의미는 경제적 빈곤
으로 인하여 정해진 주거 없이 공원, 길거리, 지하철 등을 거처로 삼는 자
라고 나옵니다. 하지만 지금 노숙인이라는 말에는 사전적 의미보다 더 많
은 부정적인 의미들이 담겨 있습니다.
 길거리에 누워 계시는 분들을 보면서 사람들은 게으르다거나 살아갈 의
지조차 없다는 시선으로 바라보곤 합니다. 그분들이 어딘가 아플 거라거
나 식사를 제대로 못하기에 일어나 있을 힘조차 없을 거라는 생각은 하지
않습니다. 거리생활을 하시는 분들 대부분이 한두 가지의 병을 앓고 계시
고 식사도 제때에 하기 힘들다는 것을 사람들은 제대로 알지 못합니다. 또
한 오랜 거리생활로 정신적인 상처를 가지고 계십니다. 어떤 사람도 거리로
내몰리고 싶진 않을 겁니다. 하지만 누구든지 거리로 내몰릴 수 있는 상황
을 맞닥뜨릴 수 있다는 것을 생각해볼 수 있길 바랍니다.
 한데살이라는 말은 순수 우리말이기도 하지만 한데라는 말은 생활 속에
서 많이 접했던 말이기도 합니다. 사전적 의미는 '하늘을 가리지 않은 데'
라는 뜻이지만 보통은 집이 아닌 곳을 말하기도 하고 추운 곳을 말하기도
합니다. 한데라는 말 안에 고생한다는 의미도 포함되어 있습니다. 그저 밖

에 있는 것이 아니라 그곳에 있을 수밖에 없는 힘든 상황들을 잘 표현해줄
수 있을 것 같습니다.

'노숙인'이라는 명칭

6기 2010. 5. 14 글쓰기

삐삐로 _

노숙인이라는 호칭은 정말 듣기 싫은 호칭이다. 주변에서의 따가운 시선 때문에 정신적으로 상처를 많이 받게 된다. 인간의 삶 자체를 포기하고 싶을 만큼 적대적인 사회 인식이 안타깝다. 사회에서 인식을 바꿨으면 하는 생각에 노숙인이라는 호칭 자체를 없애고 다른 호칭을 만들었으면 한다.

안빈수분 _

'노숙인'이란 하늘을 가리지 않는 곳에 잠을 자는 사람을 말한다. 이 용어가 적당하지 않은 이유를 적어본다.

성프란시스 인문대 6기 중에 한데서 자는 사람은 없다.

다시서기센터에서는 한데서 자는 것을 면하게 해주었는데, 노숙자라는 표현을 쓴다는 것은 맞지 않다.

더욱이 인문학을 배우면서 희망과 삶을 배우는 우리에게 노숙자라는 용어는 정말 어울리지 않는다. 그래서 나는 '자활인'이라는 용어를 쓰고 싶다. (자활: 자기의 능력으로 스스로 독립하여 살아감) 단, 여기(성프란시스 대학)에서는 '희망지기'나 '인희지기'라는 표현을 쓰고 싶다. (인희지기: 인문학을 공부하면서 희망을 이루고자 하는 친한 친구)

sammy _

노숙인이라는 호칭에 전적으로 반대한다. 노숙인이란 집 밖에서 사는 사람인데 잘못 와전돼서 쓰인다. 둘째, 세계 어디를 가더라도 집이 없는 사람들이 있기 때문이다. 셋째, 너무 인격모독처럼 들린다. 마지막으로 집이 없는 사람이라는 뜻의 '홈리스'라는 좋은 말이 있기 때문이다.

2010년 1월

故 문재식

나날은 쉼 없이 가고
덩그러니 있는 내 마음은
전봇대에 엉켜 있는 연이구나

지나는 바람아 제발 그만
흔들어 다오

햇님 달님

이우영

해 뜨는 하루에도 나는 산다
달 뜨는 한밤에도 나는 산다
해 뜨는 하루엔 환하게 웃는다
달 뜨는 한밤엔 지루하게 운다
해 뜨는 하루엔 달밤을 향해 뛴다
달 뜨는 한밤엔 해를 향해 몸부림친다
햇님 달님! 그 속에 내가 있습니다.
햇님 달님! 그 안에서 내가 삽니다.
햇님 달님! 언제까지 그렇게 살 수 있나요!

마음 등

김○현

가로등 밝게 켜도 사방이 어둡구나
이리저리 둘러봐도 주변은 안 보이니
마음 등 켜고 난 후야 길을 볼 수 있구나

내 모습 고독하니

김○현

내 모습 고독하니 그 모습도 멋있구나
이리저리 둘러봐 흠잡을 데 없음이야
만인의 질투 속에 혼자 고고하여라

하루를 마감하면서

김○탁

오늘도 어김없이 그렇게 온 세상에 어둠이 덮이고
하루를 마감하는 시간이 되었습니다.

혼자 있게 되는 밤이면 늘상 감정을 통제하지만
오늘 하루 몇 번이나 거짓된 마음을 품었는지
또 그렇게 돌아봅니다.

마음과 생각이 어찌 그리도 다른 모습인지
원하는 것과 말해지는 언어가 그리 다른지
또 절제와 자제가 어찌 그리 어려운지
날마다 생각은 커가지만
날마다 마음은 왜 좁아져만 가는지 모르겠습니다.

어쩌면 내일은 완전히 내 자신을 통제할지도 모르겠습니다.
그래서 하루를 마감하는 시간이 날마다 반복되는 까닭인지도……

내일은 오늘보다 더 좋은 하루

남을 더 용서하며 관용을 베풀 수 있는 그런 내가 될 수 있기를
기도하며 오늘을 마감해야겠습니다.

제2부

거리의 인문학

거울 속의 나

만남

이○원

성프대에 가면
오래 잊은 듯한 좋은 일이 있을 듯하네.
꽃을 사랑하는 디디미
스포츠맨 아도니스
식단 차려주는 거북이
분위기 띄우는 봉노선생
한마음으로 만난 도반선생들.
서로 만나 악수하면 외로움은 저만치 달아나네.

오고 가는 정담 속에 사랑은 피어나고
세월이 흘러
모든 것이 안개처럼 사라져도
이 순간 보석 상자에 담아두고 싶네.
사랑하는 이들이여,
우리가 함께했던 시간
지리산 둘레길 떠도는 바람은 알고 있으리.

리어카를 끌고 여름 바다로!

박진홍

나는 서울역을 돌아다니면서 여기저기 기웃거렸다. 하지만 몸이 안 좋아서 아무도 나를 일에 써주지 않았다. 어떻게 하다가 평택인가를 돌아다니는데 나보다 어린애가 고물을 줍고 있었다. 그걸 보고 나도 서울역에 올라와, 처음으로 고물을 모으기 시작했다. 돈을 좀 모아서 리어카를 하나 장만했다. 안에 두 명이 누울 만큼 큰 리어카였다. 나는 리어카에서 자면서 고물을 모아 팔았다. 한 60만 원 모았을 때 문득 바다가 보고 싶었다. 갑자기 그 생각이 리어카만큼 자라났고 간절해져서, 바다를 보지 않고는 못 견딜 정도였다. 난 준비를 했다. 리어카를 끌고 부산으로 바다를 보러 갈 준비를.

때는 봄에서 여름으로 막 넘어가기 시작한 5월. 나는 스물아홉이었다. 일단 단골집 고물상 주인에게 이것저것 도움을 받았다. 잠잘 침낭과, 고물 하다 보면 꼭 필요한 가위, 드라이버, 자석 등을 얻을 수 있었다. 자석은 무엇보다 중요했다. 왜냐하면 구리와 철의 가격이 전혀 달랐기 때문이다. 구리가 철보다 더 비쌌다. 그래서 구리인지 철인지 구별하는 게 필수적이었다. 자석을 댔을 때 붙으면 철이고, 안 붙으면 구리다. 리어카를 끌고 가는 사람을 가만 보면 대개 양쪽으로 포대기 하나씩 가지고 있기 마련이다. 한쪽은 구리 포대기, 다른 한쪽은 철 포대기. 철 포대기 쪽에는 으레 자석이 걸려 있었다. 준비는 끝났다. 주머니엔 60만 원. 나는 내처 부산으로 향했다. 그렇게 리어카 행군이 시작됐다.

길은 간단했다. 무작정 큰 길을 따라 부산 쪽으로 걸어가는 거였다. 가다가 길이 좁아지면 좁아진 대로, 산길이 나오면 산길이 나오는 대로, 포장도로든 비포장도로든, 자갈길이든 흙길이든 주구장창 걸었다. 돈이 떨어지면, 거리에서 파지나 구리나 철을 주워 그때그때 고물상에 가져가는 게 유일하다면 유일한 계획이었다. 잠은 물론 리어카에서 잤다. 리어카는 중앙에 바퀴 두 개가 있어, 제대로 세울 수 없다. 늘 한쪽으로 기울어진다. 그래서 나는 길가에 놓인 의자가 있으면 의자 등받이에 리어카 손잡이를 걸쳐놓고, 바퀴 뒤축엔 돌이나 파지로 받쳐놓았다. 그러면 리어카가 편평하게 균형을 잡았다. 그리고 그 안에 박스를 차곡차곡 쌓아놓고, 침낭을 놓고 잠을 잤다. 하늘이 지붕이 되고 아슬아슬하게 평행을 이룬 리어카가 내 침대였다. 그게 꼭 내 처지 같았다.

한번은 박스를 산처럼 쌓고 끌고 가고 있었다. 고물상에 팔아넘기려는데, 아무리 가도 가도 고물상이 안 보였다. 계속 가고 있는데 7시간인가 8시간 만에 길가에 있던 사람에게 조금만 가면, 금방 고물상이 나올 거라는 말을 들었다. 근데 조금 가서 보니 고물상이 있기는 있었는데 높은 언덕 꼭대기에 있는 거였다. 힘 팍 주고 오르막을 낑낑대며 올라갔다. 휴, 다행히 고물상 사장님이 돈을 많이 쳐주고, 내게 필요한 것들을 건네주었다. 그 고물상 사장님은 내게 이런 말도 했다.

"왜 어린애가 이런 일을 해? 이해가 안 가네. 차라리 이거 하지 말고 여기서 일해볼 생각 없냐?"

이렇게 묻는 말이 고마웠다. 하지만 선뜻 하겠다는 말은 나오지 않았다. 난 사람들에게 쉽게 다가가지를 못하니까. 특히 이혼한 뒤로는 더했다. 그

후유증이랄까. 나는 사장님에게 명함만 받고 고물을 판 돈을 들고 그곳을 나와 다시 부산으로 향했다. 사장님은 부산 갔다가 돌아오는 길에 한번 꼭 들르라는 당부도 잊지 않았다. 후한 고물상 주인들 덕분에 후에 올라올 때도 내려온 길 그대로 따라 올라갈 수 있었다.

리어카를 끌고 또 길을 갔다. 조치원에서 청주로, 거기서 대전으로 돌아서 부산으로. 계획이 그래서가 아니라 길이 그렇게 이어져서 그 길로 갔다. 리어카를 끌면서 나는 내 지난날도 끌고 있었다. 이혼한 와이프가 생각났다. 처음엔 같이 그림을 그리다가 만났다. 와이프는 병이 하나 있었는데, 긁는 병, 카드를 긁는 병이었다. 하지만 정작 헤어진 건 다른 것 때문이었다. 어느 날인가 아끼던 후배와 와이프가 압구정동 카페에서 만나고 있다는 소식을 들었다. 처음에 와이프는 전혀 아무 사이도 아니라고 했다. 그저 만날 수도 있는 일이라 나도 그러려니 하고 믿고 넘어갔는데, 전혀 아무 사이도 아닌 게 아니었다. 두 번째 걸렸을 때는 나한테 배 째라는 식이었다. 결국 이혼 수순을 밟았다. 혼인신고를 한 것도 아니어서 헤어지면 그대로 끝이었다. 아끼던 후배도, 와이프도 그렇게 잃었다. 그 뒤로 사람을 믿을 수가 없었다. 그림을 같이하던 이들이라, 그쪽 일로 만나는 사람들과도 모두 연락을 끊었다. 부모님은 이미 돌아가신 후였고, 나는 서울역을 전전하며 그냥저냥 되는 대로 살기 시작했다. 파지를 줍기 시작한 것도 그 이후였다.

리어카가 무거워졌다. 하루하루 지날 때마다 날씨도 점점 더워지고 있었다. 서울역에서 길을 내어 쭉 남으로 남으로 내려온 지 벌써 한 달 반이 지나 6월의 가장 뜨거운 때로 진입하고 있을 때, 드디어 부산에 도착했다.

해운대였다. 파도가 밀려오고 백사장엔 피서객들이 또 가족들이, 연인들이 바글바글했다. 그렇게 염원하던 바다를 보고, 순간 그런 생각이 들었다.

'내가 도대체 여기 왜 온 걸까.'

너무 보고 싶었는데 그래서 충동에 끌려 돌연 내려왔고 원하던 바다를 보면 가슴의 뭔가가 뻥 뚫리겠다 싶었는데, 막상 바다를 보곤 뜬금없이 후회가 몰려왔다. 난 여기 왜 왔나. 남들은 편하게 오는 길을 왜 이렇게 고생스럽게 왔는지, 허무했다. 놀러 온 가족들이 모래밭에서 깔깔대며 웃고 있었다. 나도 저런 때가 있었나, 되게 허무했다.

바다가 물었다.

"너 왜 왔냐?"

내가 대답했다.

"고물일 하고 있는데, 너무 힘들고 네가 너무 보고 싶어가지고."

바다는 말이 없었다.

나는 다시 리어카를 끌고 해운대를 서성이다 자갈치 시장에 들른 뒤, 내려온 길 그대로 따라 짚어 서울역으로 돌아왔다. 그래서 서울역의 웬만한 사람들은 다 안다. 어린애가 리어카를 끌고 부산까지 갔다 왔다는 걸. 그리고 그게 바로 나라는 걸. 물어보면 다 안다. 아마 그럴 거다.

칼

박은철

수많은 칼들이 한곳에 모여 있다
이 칼들은 조금이라도 다가오면
베어버릴 듯 시퍼런 날을 세우고
시뻘건 안광으로 서로를 경계한다

칼들의 모양도 색상도 다르다
날이 크고 칼자루가 긴 칼
날은 가늘고 길며 칼자루가 짧은 칼
날이 양쪽에 있고 칼자루가 중간인 칼
투박한 모양에 무엇을 다듬는 칼
작고 예리하며 섬세한 칼

무엇을 위해 사용하던 칼들인가
무엇을 위하고자 여기에 모여 있나
하나같이 날이 빠지고 녹슨 모습

칼날엔 슬픔과 증오가 교차하고
지나온 시간의 고됨과 아픔이 배어 있다

칼들은 다소 어색하고 낯설지만 대화를 했고
창피하다고 생각했던 자신의 치부도
털어놓기도 하면서 조금씩 다가갔다
자신을 되돌아보고 타인의 아픔을 생각하며
지적이 아닌 사랑으로 감싸주었다

증오와 슬픔의 눈빛은
어느새 온화한 눈빛으로 활기차 있고
자신의 쓰임을 다하기 위해 갈고닦기를 시작했다
고통과 슬픔의 쓰임이 아닌
사랑과 웃음의 쓰임을 위해서 말이다
서로의 벗이 되어……

고상한 삶

김연설

추위가 옷깃 속에서 좀처럼 떨어질 날 없던 늦은 겨울날에 우리는 한데 모였다.

온 세상에 널린 많은 얼굴들처럼 서로 어울리지 않는 표정과 눈빛들 그리고 그런 우리들을 이끄는 사람들이 주는 경험해보지 못했던 관심들에 우린 어쩔 줄 몰라 얼어버렸다.

그래선지 강의가 시작되고 두 시간 후 강의가 끝나고 무표정한 얼굴들로 끝나기 무섭게 집으로 내달리기 바빴다. 학기 초는 그런 시간의 연속이었다.

강화도에 갔던 날, 그 불편함과 뒤섞인 설렘은 아직도 생생하다. 사람들과 어울려 소풍을 떠나는 기분은 감출 수가, 어떻게든 감출 수가 없었다. 문득문득 떠오르는, 아직 마음을 모르는 사람들과의 부대낌 같은 낯섦의 긴장감은 잠시였다. 이내 어미를 따라가는 오리 무리처럼 나도 모르게 그 길을 사람들과 즐기며 걷고 있었다. 그렇게 서서히 나는 '성프인'이 되어가고 있었지 않나 생각한다. 체육대회도 참가하고 각종 행사에 참여도 하고 짜여진 각본대로 하나둘씩 우리 모두에게 주어졌던 인문학의 선물들을 조금씩 조금씩 소진해 나아갔다. 그런 시간 속에 지금까지 여러 가지 일들을 경험했는데, 가장 중요한 건 강의였다.

처음 그리고 두 번 세 번 강의를 듣는 동안 나는 늘 얼어붙었고 입을 다

129

물 수밖에 없었다. 내 삶 자체가 늘 나 혼자 잘난 듯 내 생각만 옳다고 믿어왔고 다른 사람들의 생각은 거기서 거기일 거라고 생각해왔다. 때문에 인생의 깊이를 다른 차원으로 생각하고 들려주는 이야기들에 나는 그만 그동안의 나를 잠시 저편에 던져두고 다른 이들의 이야기와 삶에 귀를 기울일 수밖에 없었다. 살아오는 동안 내 모습을 보면 스스로 도무지 알 수 없었던 일들과 내 생각의 짧음을 대충 마무리 지어버리고 아무도 안 볼 거라고 자신에게 둘러대며 슬쩍 얼버무리며 살아온 나는 '생각 많은 바보'라는 글자 말고는 달리 표현할 게 없었다.

학문의 깊이라는 게 이런 거구나. 미스터리라고 팽개쳐두었던 조각들이 퍼즐처럼 제자리를 맞추어가는 모습을 눈으로 보고 귀로 들었다. 난생처음 두 손 모은 겸손으로만 누군가의 이야기를 들을 수 있다는 걸 배웠다.

나의 인생에 덜 천치처럼 살고, 나를 덜 미워하고, 사람들을 덜 분리하고, 이런 거 생각이나 해보고 살았던가.

더 알고, 더 사랑하고, 더 안아주고, 그리고 나머지 인생을 나를 위해 즐긴다는 것, 그리고 그 기쁨을 함께하는 사람들을 만들어간다는 것이 나름 이해해본 인문학이라는 것이었다.

얼마 전 종국이 형이 조용히 나를 찻집에 데리고 갔다. 난 좀 혼나겠구나라고 생각하면서 찻집에 들어섰다. 그런데 내 생각과는 달리 뭔가 계획하신 생각을 말하려는 듯했다. 그러고는 무언가를 툭 던져주듯 인문학 달력을 만들어보란다. 이게 얼마나 힘든 작업의 과정이 될지 알지 못한 채 나는 덥석 물어버렸다. 그 후 수십 년 만에 처음으로 머리가 터지는 줄 알았다. 달력 이거 잘 만들어야지 하는 욕심은 늘어만 가고 생각은 나질 않고 실력도 부족해 엉성하기만 했다. 힘겨움에 부딪힐 때마다 학무실장을 붙들고 매번 도움도 받고, 네이버 지식을 통해 도움도 받고, 동기들 끌어들여 아이디어 달라고 매달리고, 그렇게 다 같이 정성을 모으다 보니 결국 하나씩 완성은 되고 있었다. 그래도 명색이 졸업 작품인데 같이할 수 있는 건 뭐든 생각해서 넣어야만 했다. 결국 생각해낸 많은 것 중의 하나가 '1년 동안 가장 기억에 남는 글자'를 써주시라고 설문지를 돌리는 거였다. 사진도 찍고 괜찮은 모양이 나와서 나름대로 흐뭇했고 나중에 사진 원본을 달라는 분들도 생겼다.

그때 나는 '고상한 삶'이라는 글자를 선택했다. 얼핏 보면 건방진 혹은 잘난 척이라는 느낌이 떠오르기도 하고 대개 사람들은 고상한 척하는 사람들을 싫어하기도 한다. 그런데도 굳이 이런 글자를 선택한 건 나름 인문학을 접하고 빠져보기도 하면서 느낀 점이 분명 있었기 때문이다. 또한 사전적 의미와는 조금 다른 의미로 나름 생각했기 때문이다.

우선 인문학이 대체 무어냐고 물음을 안 가져본 사람은 별로 없을 거다. 늘 그랬듯 정해진 정답이건 아니건 "이거다."라고 말하는 이는 엄청나게 많았다. 하지만 조금만 파고들어도 그냥 본인의 생각이 그렇다는 것이지 정해진 정답은 아니었고 마치 유명한 조각상을 보고 수만 가지 평가와 해석이 나오는 것처럼 자유롭게 해석할 수밖에 없는 개념이란 걸 느꼈다. 그렇게 하나하나 알아가는 과정에서 문득 떠오르는 게 있었다. 이거 결국 우리가 사람처럼, 누가 보더라도 사람 냄새나는 사람으로 잘 살기 위한 연습과 공부가 아닐까라는 생각이 들었다. 그중에서도 고상하게 살아가는 사람들과 품위 있게 살아가는 사람들의 높은 행복감과 만족감을 접하고서는 그 삶을 나도 동경하게 된 것 같다. '나도 고상한 삶, 더 높은 가치, 더 높은 만족을 위해서 나를 가꾸어야지.' 이 말이 지금 1년이 지나가고 있는 시점에서 나의 최대 관심사가 되어 있다. 이쯤에서 한 분의 이야기를 할까 한다.

2012년 2월 마음은 여리고 웃을 때는 아이처럼 해맑게 웃으시고 발표를 해도 너무도 순수한 생각을 말하곤 해서 우리를 도리어 맑게 만드시는 한 분이 입학을 했다. 수줍음도 많으셔서 부끄러움도 많이 타고 강의를 듣는 중에 이름이라도 부른다 치면 금방 얼굴을 파묻고 빨개진 얼굴을 들지도 못하시던 분이다. 시간이 지나면서 글도 쓰고 생각을 말해야 하고 그래서 생각에 잠겨야 했기에 그런 일들이 그분에게 벌어지면서 그분은 자연스럽게 서서히 변하기 시작했다. 속절없이 써버린 자신의 지나온 삶과 현재의 일그러진 모습과 그런 자신을 돌아보면서 삶의 방향을 스스로 계획하고 그런 걸 거침없이 내보여주는 사람이 되었다. 결국 주위의 모든 사람들이 그런 변화에 너무도 고마워서 참 많이 아끼는 사람이 되었던 분이다. 그랬다. 말을 시켜도 술술, 글을 써도 술술, 참 대단한 변화였다. 그런데 나중에 알고 보니 그게 다가 아니었다. 그 모든 게 그냥 저절로 이루어진 게 아니고 알고 보니 심하게 아주 심하게 술에 의지해 살았던 분이 처절한 사투를 벌이고 있었다는 것이다. 그렇게 술이라는 떼기 힘든 녀석과의 싸움, 내가 눈치를 채지 못할 정도의 흔들림 없는 하루하루를 만들며 홀로 이겨내셨던 분, 내가 짐작도 못할 힘겨움에서도 늘 웃으셨던 그런 분이었다.

술…… 왜 그렇게 끊어야만 했고 왜 군이 힘겨운 길을 가고 계신 걸까? 아마도 그분은 누군가에게 또는 자신에게 부끄럽지도 않고 창피하지 않은 삶을 보여주어야만 하는 이유가 생긴 걸 수도 있다. 늘 술에 취해 흐트러진 모습과 망가진 일상을 보면서 수치심을 떠올렸겠지. 그리고 인문학을 통해 더 좋은 삶을 보게 됐고 동기들과 함께하면서 누군가와 함께하는 즐거움을 포기하고 싶지 않았겠고 그래서 더 자신을 채찍질했던 걸 거다. 고개를 뻣뻣하게 들고 수치심도 모르고 주위에 친구도 없는 사람이 뭔가 척을 하는 것은 그저 고상한 척만 할 뿐이다. 그분은 적어도 그런 부류의 사람보다 한 단계 위였던 분임에 틀림이 없다. 정말 내 식으로 말해서 고상한 삶을 향해 나아가시려는 분 그 자체였다.

우리는 적어도 부끄러움도 수치심도 느낄 줄 알아야 한다. 이거 다른 말로 이성에 눈을 떠야 한다는 것일 수도 있다. 나 자신을 아끼고 가꾸면서 점점 사람들 속에서 떳떳해지는 무엇인가를 발견하게 되고 말과 행동이 그렇게 변해가는 모습을 사람들에게 보여주고 자연스럽게 고상한 척 있는 척 하지 않아도 결국엔 다른 모든 이들의 눈에서는 고상한 삶을 우리에게서 들여다보게 되는 놀라운 일들이 벌어진다고 생각한다.

정말 수치심과 부끄러움, 그 안에 숨어 있던 고상한 삶의 방정식을 이해하셨던 그분이 그것 때문에 요즘 우리들 얼굴을 보지 못하겠다고 숨어버렸다. 너무나 안타깝고 속상하다. 하지만 결국 우리가 마음을 열어놓는 한 다시 돌아올 거라고 믿고 있다. 나의 고상한 삶의 자장 안에 그분이 없다는 건 있을 수 없기에 꾸준히 찾아가서 모셔 오리라고 다짐해본다.

예쁘고 아름답고 반듯하고 화려하고 멋지고 배려하고 소망해주고 궁금해해주고 이해하고 기다려주고 잡아주고 기뻐해주고 바라봐주고…….

세상에는 이렇게 좋은 말들이 우리 주변에 널려 있다. 단 한 개의 단어를 집어 들기 위해서 오늘도 내일도 우리는 미래로 한 발 한 발 나가야 할 것이다.

인문학을 마치며 얼굴에서 광채가 나시는 분들이 많아진 걸 느낀다. 난 그래서 행복하다.

필사, 내 의지의 결과물

심○용

성프란시스대학을 알게 된 것은 입학 전 코레일에서 일하고 있을 당시였다. 작업반장님이 "성프란시스대학에 입학해보는 것은 어떠냐?" 권유하셨다. 당시 나는 글쓰기나 철학 같은 것을 배운다는 것에 막연한 흥미가 있어서 지원했고 얼떨결에 합격이 되어서 성프란시스대학에 입학하게 되었다.

성프란시스대학에서의 1년을 돌아보면 1학기 때가 많이 아쉽다. 그 당시, 집안일로 힘들어서 술에 의지를 많이 했다. 그래서 수업에도 많이 출석하지 못했는데, 그럴 때 주호 형, 일웅 형, 정 실장, 하나 샘이 옆에서 지켜주고 붙잡아주셨다. 특히 주호 형과 많은 대화를 했는데 내가 힘들다고 하면 언제든지 상담해줬다. 그래서 주호 형한테 가장 고맙다. 주호 형한테 많이 의지했고 인문학을 배우는 동안 더 가까워지고 더 친해진 계기가 되었다. 항상 주호 형한테 도움만 받은 것 같은데 형이 힘들 때, 내가 형한테 의지한 것처럼 형도 나한테 의지했으면 좋겠다. 1학기는 아쉽기도 하지만 그럴 때 도움을 준 사람들이 있었기에 1년을 무사히 마친 것 같아서 감사하다.

여름방학 때 오하나 선생님이 이끄는 글쓰기 조에 참여했다. '이 글쓰기 모임이 아니었다면 나한테 새로운 목표가 생겼을까?' 하는 생각도 들고 가장 기억에 남는 것이 없었을지도 모른다. 여하튼 인문학을 들으면서 가장 기억에 남는 것은 글쓰기이다.

그중에서도 오하나 선생님이 수업 때마다 강조한 필사는 특히 잊을 수 없다. 맞춤법과 띄어쓰기를 제대로 이해하지 못했는데 필사 덕분에 알게 되었다. 처음 필사를 할 때는 30분 쓰는 것도 벅찼고 힘들었지만, 지금 생각해보면 그런 과정들이 많은 도움이 되었다. 글을 쓰는 데 공포심이 많이 사라졌고 펜을 처음 잡아보니 감회도 새롭고 점점 어색함이 사라짐을 느꼈다. 필사는 글쓰기에 공포심을 가졌던 나에게 많은 도움을 주었다. 심심할 때마다, 잠이 안 올 때마다, 필사한 것이 큰 도움이 되었다. 하루도 거르지 않고 필사를 하다 보니 나중에는 손가락 검지에 굳은살이 박인 것을 보고 뿌듯하기도 했다. 또 하루의 필사를 마친 공책을 한 페이지씩 다시 넘겨볼 때마다, 지겹기도 했지만 '내가 완성해가고 있구나.'라고 느꼈다.

필사가 있었기에 글쓰기 수업이 점점 재미있어지고 기억에도 남는다. 내가 뭔가를 쓸 수 있다는 것이 가장 재미있다. 예전에는 지하철에서 누가 뭐를 쓴다는 것이 그저 부러웠다. 그런데 글쓰기 수업 때 '마구 쓰기' 시간이 있어서 나도 무엇을 쓴다는 것이 재미있었다. 그래서 지금은 나도 쉴 때나 할 일이 없을 때 글을 쓴다는 것이 좋다. 인문학과정을 통해 많이 배워서 모든 사람에게 고맙지만, 특히 오하나 선생님한테 감사하다. 필사 모임 때마다 들들 볶았지만 글쓰기 공포심을 없애주셨기에 감사하면서 웬수지만 '감사한 웬수'다. 지금은 중국에 가 계시지만 보고 싶고 언젠가는 같이 밥 먹고 싶다.

인문학 수업은 끝났지만, 필사는 계속할 생각이다. 필사하면서 한글을 알게 되고 띄어쓰기, 맞춤법을 알게 됐으니, 이젠 내 아들한테도 글자를 가르칠 수 있기 때문이다.

그리고 인문학이 끝나고 나서 새로운 목표가 생겼다. 지금 일하고 있는 직장에서 부지런히 돈을 모아서 임대주택에 들어가 가족과 함께 사는 것이다.

처음 굳은살이 박였지만 내 의지의 결과물인 필사를 알게 해준 것과 새로운 목표를 만들어준 성프란시스대학에 참 감사하다.

남현동 집맞이 후감 – 감4제와 함께라면

권일혁

오늘 저녁 학장 신부님께서 산동네 달동네 관악산 들머리에 있는 우리들의 남현동 매입임대주택을 방문하셨다. "마음은 가볍게 손은 무겁게(윤도령 왈)" 생필품을 듬뿍 가슴에 안고 환한 미소를 지으며 방문을 여셨다.

겸연쩍은 듯 "안녕들 하신가요, 어떻게들 지내시는지 방 구경 왔습니다." 라며 이 방 저 방 쭉 한번 둘러보시며 기도를 대신한 덕담을 건네주셨다.

그런데, 신부님이 들어오자마자 방 안에서는 돌풍이 휘몰아쳤다. 이른바 '이심전심 돌풍'. 어떤 지시나 의논도 없이 각자 '돌발적인 상황'에서 신속 정확하게 제 나름의 역할에 자연스럽게 돌입하는 '이심전심풍'.

문 회장님 왈, "청국장 하나 있는데 청국장이나 끓여내지 뭐." 하며 자신의 방으로 사뿐히 건너간다. 당연히 자신의 거처에 자리를 잡을 것으로 작정한 왕눈이는 방과 주방 사이의 여닫이 문짝을 드러내고 숙달된 초고속 청소를 끝내고, 수업 중에 못다 푼 한을 풀듯 신부님과 웃으며 재롱을 떤다. 나 역시 평소에 책상으로 쓰던 다용도 복합용 큰 상을 정리하여 닦아 내놓았다. 다른 학우들 역시 뿔뿔이 자신들의 방으로 흩어져 '분대 전투 상황'에서 각자 무엇을 해야 하는지 '돌발임무'를 수행하는 요원들 같았다.

밥이 모자란다고 자신들의 밥통들을 동원하고, 까페지기 '원빈 님'은 숟가락 모자람을 알아채곤 급기야 비상용 '나무젓가락'을 가져오고. 밥그릇

137

이 부족하자 각 방에서 총천연색 시네마스코프 밥그릇이 총출동하고, '예비 프란시스인'은 제 모습대로 깔끔하고 순진한 계란말이에 착하게 썬 소시지를 구워오고, '황해 님'은 재벌집 맏아드님답게 그 비싼 고춧가루를 무상으로 배급해 주겠다고 '대국민 담화문'을 발표하고……

각 방의 모든 자원들을 총동원해 정성껏 올린 집들이 상이라곤, 가지각색의 그릇에 담긴 거무튀튀한 쉰밥과 젖은 물기에 김이 배인 따뜻한 밥, 반은 군은 검은 콩밥, 그리고 접시 위에 놓인 것은 소시지 튀긴 것과 김 한 통, 김치 줄기 약간, 그 가운데 유일하게 김이 모락모락 오르며 후각과 미각의 감칠맛을 유혹하는 '청국장 한 냄비'가 우리의 마음을 담은 최선의 집들이 '맞이상'이었다.

그러나 오늘 난 정말 놀라웠다. 마음과 몸 모두가 딱딱한 회색빛 콘크리트 벽으로 이웃 간에 정이 메말라 '쉰밥 같은 서울' 한가운데서 이런 교감이 자연스럽게 연출되다니, 그 누가 할 수 있을까? 나의 학우들 사이에 어느새 이런 '무언의 소통'이 가능하다니, 어쩌면 나는 학우들을 불신하거나 몰랐던 것은 아닐까, 아니면 나 자신이 시건방지거나 하는 자성과 함께 신비롭기까지 하였다. 어느새 우리는 전체를 파악하는 주인이 되어 있었다.

오늘 '맞이상'을 차리며 희망의 인문학에서 배운, '말을 타고 달리다가, 내 영혼이 따라오고 있는지 말을 세우고 돌아본다.'는 인디언의 뒤돌아보는 삶과 인디언의 선물 문화와 그들의 가치관들이 불현듯 떠올라 흠칫 놀라움을 느꼈다.

언제였을까. 밤바람이 찬 오늘 같은 저녁 이렇게 방에 앉아 밥상 앞에 빙 둘러앉아 낯설지 않은 미소와 눈빛의 얼굴을 마주하며 일상의 코믹한 이야기로 흉허물 의식하지 않고 밥풀을 튀기며 '쩝쩝쩝 후후 후루루' 소릴 내며 게걸스럽게 음식을 먹어본 지가.

맞이상 후식으로 준비한 감 4개를 바치는 '감4식' 중 학장 신부님께서는 우리들에게 뭔가 생각의 매듭을 풀어주기 위한 조크로 "라면이 가장 많이 팔리는 곳이 어딘지 아십니까?" 하는 뜬금없는 질문을 던졌다. 우리 모두는 어딜까? 궁금해하고 있는데, 신부님이 대답하신다. "삼양동이 가장 많이 팔리지요." 삼양동 소재 삼양라면 공장에서는 컨테이너 박스로 수백 차씩 전 세계에 팔리니 당연히 많이 팔린다는 것을 그제야 알아차린 학우들은 환히 웃었다. 이어지는 '라면론'은 정말 우리가 살아가면서 내 주변을 더욱더 세심히 살피고 생각해봐야 할 의미가 듬뿍 담긴 말씀이었다. 신부님의 말씀을 들으며 새삼 지도자는 어떤 사람이어야 할까에 대해 생각해

보았다. "길을 여는 자, 끌고 가지 않으며, 밀고도 가지 않으며, 함께 더불어 새 길을 여는 자, 스스로의 가능성을 발굴하고 개척할 수 있도록 가능성의 길을 도와주는 자……."

오늘 밤 집맞이를 하면서 또 인문학의 소중함을 생각하게 되었다. 사람과 사람 사이에 생겨난 가지가지 뭇 인연들, 이것이 이야기면 문학이요, 지나면 역사요, 돌아보면 철학이며, 그 행위는 글쓰기며, 정신은 예술이 아닌가. 그 속의 주연과 연출자인 인간은 '찬란함'이었다. "인문학은 눈에 보이지는 않지만 모든 생성을 가능하게 하는 지하수다."(네이버샘 왈). 그렇다. 지하수며, 공기며, 바람이었고, 이것들을 먹고 마셔야만 존재의 의미가 부여된다.

눈에 보이는 것만이 대상이며 존재는 아니다. 그것을 가능케 하는 또 하나의 주인은 나와 너 그리고 우리 사이 속에서 사랑의 이름으로 서로를 부르고 있다.

갹출을 하여 전화 한 통으로 먹음직한 먹거릴 배달시켰다면, 조금은 그럴싸한 괜찮은 '집맞이 상'을 내놓았을 수 있었겠지만, 꽁꽁 언 우리들의 '사이마음'이 이렇게 풀어지는 신선함을 느끼지는 못하였으리라. 그간 수업 과정 중에 생긴 끈끈한 정으로 어우러져 연출한 '무엇을 향한 시작'이라는 제목의 퍼포먼스 작품이라고 내 나름의 의미를 부여해보았다.

그렇다. 우리는 우리도 모르는 사이 깊은 밤, 도둑고양이의 발자국처럼 자신도 모르는 사이에 더 크고 깊은 무엇인가를 깨우치고 배웠음을 확인하는 '성프란시스인의 밤'이었다.

오늘 밤 우리는 지극히 높고도 깊은 오직 비밀스러운 사랑만으로 행하는 주님의 뜻에 따라, 세상에서 가장 많이 팔리는 삼양동 라면을 가장 맛있게 요리하는 남현동 '함께라면'을 대접했다. 그래서 우리는 기쁜 오늘, 매년 10월 4일은 감사한 분들에게 함께라면과 감 4개를 사드리는 '성프란시스인의 감4제 날'로 제정하려 하는데, 동의하는가, 학우들이여.

눈사람

故 문재식

연탄재 굴려 눈사람 하나 만든다.
싸리비 자루에서 눈 하나 코 하나 미소 하나 가져왔다.
손 마디마다 하얀 눈가루 선명한데
뒤돌아본 내 발자국은 눈사람이 가져가버렸다.

남산

故 김문수

아침 안개를 헤치고 용산고 쪽으로 걸어간다
천천히 천천히
고혈압, 협심증, 고지혈증 살기도 힘들고
막막한데 내게 이런 병증이
병원에서 퇴원한 지 3개월
많이 나아졌지만 아직도 힘들다 그래서 새벽부터 산에 오른다
계속 오르막길의 연속이다 숨이 가빠온다
그래도 계속 걸음을 옮긴다 이제 후암동
주민센터를 왼쪽으로 끼고 올라간다 도로 앞
횡단보도를 지나 산의 초입이다 이제 반 왔다
힘들지만 천천히 계속 걷는다
진달래는 꽃이 져서 앙상한 가지만 있는 것이
꼭 지금의 내 모습이 투영되고 벚꽃 나무와 이름 모를 나무들이
새 순을 하나씩 틔우는 모습은 다가오는 미래의
내 모습 같아서 더욱 열심히 산에 오르는지도

김문수 쌤 오래 기억할게요

권오범

김문수 쌤 마지막 말씀이 생각나네요
쌤이 말씀하셨죠
이제는 사람들의 한쪽만이 아니라
다른 면도 보게 되었다고
그리고 보다 건강한 모습으로 여러 사람들을
더 많이 돕고 싶다고 웃으면서 하신
말씀들이 생각나네요
형님 이제 아무것도 걱정하지 마시고
편히 쉬세요 형님 고마웠고 감사해요
형님 그곳에서도 항상 건강하시고 웃음 잊지 마세요

거울 속의 나

故 고성원

인문학을 시작한 지도. 벌써, 8주? 9주? 흠…… 이것조차도 기억 못 하는 게으름. 나에게 인문학이란, 무엇인가? 어떤 것인가? 아직 깊게 생각해본 적이 한 번도 없다. 이것 또한 생각하는 것의 게으름이 아니겠는가? 카페에 글을 올리고 강의를 듣고 그것에 대해 정리를 하며 느낌을 카페에 올리고 마구 쓰고. 이러한 것들이 인문학을 충실히 하고 있다는 나름의 방증일까?

44년을 살아온 인생의 결과물은 아무것도 없다. 인문학을 접하게 된 것이 다행이라면 다행이지. 수없이 많은 변화를 겪으면서 꿈도 희망도 절망마저도 감내하지 못하는 나약한 존재가 돼버렸다는 사실. 그 사실조차도 인정하려 들지 않는 내 모습에 염증을 느끼게 되는 현실. 이 현실을 회피하고 부정하고픈 마음뿐이다.

어느 날 거울을 볼 수 없었다. 거울 속의 내 모습을 보기가 너무 두려웠다. 내 눈을 똑바로 쳐다볼 수 없고. 벗은 내 모습이 얼마나 부끄러웠던지 그만 그 거울을 주먹으로 내리쳐버렸다. 고독했다. 외로웠다. 슬펐다. 안타까웠다.

가슴 깊은 곳에 크고 묵직한 돌덩어리 하나가 누르고 있음을 느낀다. 숨을 쉬고 있지만 생각의 의식이 죽어가는. 숨이 목에까지 차올라 헉헉거리면서도 죽어간다는 것을 느끼지 못하고 살아가는 바보.

145

며칠이 지났을까? 기어이 일은 터지고 한참을 세상과 등진 채 다시 또 지난날의 전철을 밟고 심한 육체적 고통과 정신적 고뇌에 시달리며 견뎠다. 아니, 숨을 쉬고 있는 한 버텨야 한다는 잠재의식 속에 있었다.

어떻게 보냈을까? 온전한 정신으로 사물을 바라볼 수 있고 사람이 눈에 보이기 시작하고, 내 가슴속에서 잊혔던 의식이 가물가물 되살아날 때쯤, 아…… 하는 탄성뿐 한동안 아무 생각도 할 수 없었다.

"내가 또…… 내가 또."

그렇게 되뇔 뿐.

지난 3년여의 시간은 나에겐 죽어 있는 시간 같았다. 아무 생각 없이 그저 동물처럼 먹고 자고 싸고. 이 일 이외엔 생각해본 적도 없고 생각하기조차 싫었으니까. 의식적으로 지난 과거의 일을 떠올리지 않았다. 나쁜 기억, 좋은 기억, 행복했던 기억들. 그 모든 것들을 부질없다 생각했고 내 인생에 아니, 삶에 염증을 느끼고 살았다. 그때, 내게 다가온 인문학과 꽃미남 정경수 실장님. 이 두 가지가 내게 가져다준 의미는 크다.

일이 잘 풀리고 안 풀리고 하는 것은 지난 3년 동안의 삶과 별반 차이는 없다. 그러나 생각이 바뀌었고 삶이 변해가고 있. 내면의 가치를 발견하고 그걸 소중히 생각하는 지혜도 발견하였다. 어쩌면 마지막일지도 모를 내 삶의 기회이자 전환점이라 생각한다.

난 참 복이 많은 녀석이다. 생면부지의 사람들 아니었던가? 그들은 아낌없이 내게 응원과 칭찬과 격려로 힘을 북돋아주었고 그들의 그런 지지에 조금씩 움직이기 시작했다. 좋다. 참 좋다! 잠자고 있던 내 의식을 끄집어내어주고, 길을 잃은 삶의 방향을 잡아준다. 또한 그 길을 다시 잃어버릴까 봐 환한 달빛으로 그 길을 밝게 비춰준다. 고마운 사람들.

사랑하기 때문에 사랑한다가 아니라 누군가 나에게 사랑을 주기 때문에 사랑할 수밖에 없는 것 같다. 흔히들 말하듯 사랑은 에로스적인 사랑이 있고 아가페적인 사랑이 있다고 하는데, 후자가 주는 사랑을 받고 있는 것 같아 내 맘이 너무 부끄럽고 몸 둘 바를 모르겠다. 내가 사랑받을 자격이 없는데 그런 사랑을 주니 말이다. 단언하진 못하겠지만(아직 삶에 대한 확신이 들지 않음일 게다.) 점차 나아지길 스스로 기대하며 살아간다. 누구나 멘토가 될 수 있고 멘티가 될 수 있다는 생각이 든다. 언젠가 나도 나와 같은 이를 위해 희생하고 봉사하며 그의 삶의 방향을 바꿔줄 수 있는 멘토를 꿈꾸며 내 인생 3장의 서막을 넘기고 있다.

참, 난 요즘 거울을 보기 시작했다. 거울 속의 내 모습. 그때가 가장 진지하다. 눈을 꿰뚫을 듯 한참을 쳐다보고. 실오라기 하나 걸치지 않은 채 온몸 구석을 훑어보노라면 잠자던 내 의식이 꿈틀꿈틀 일어나려 한다. 마치 기지개를 펴듯 조금씩 조금씩 자아에 대해 새삼 알아가게 되고 '고성원'이라는 존재를 비로소 느끼게 된다.

동기 여러분! 거울을 한번 찬찬히 들여다보세요. 그 거울 속의 내 모습이 현재의 내 모습입니다. 부끄러움과 게으름과 나태함을 보았다면 지금의 내가 그러하답니다. 그 거울 속의 내 눈을, 실오라기 하나 걸치지 않은 내 육체를 뚫어지게 볼 수 있는 순간, 우린 이미 '노깡'에서 벗어나 새로운 세계(삶)에 발을 내딛는 것입니다. 이런 힘과 하고자 하는 의지는 혼자서는 할 수 없었지만, 인문학이 있어서 그리고 동기생 여러분들이 함께 있기 때문에 할 수 있음을 우리 모두 기억하였으면 합니다.

1년 뒤, 큰 변화보다는 작은 변화로 각자의 삶에서 멋진 인생을 설계하는 도약의 한 해가 되길 바랍니다. 인문학 9기생 파이팅!!!

마지막 편지

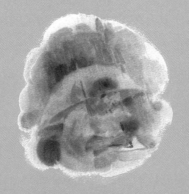

고성원 선생님을 보내며

9기 동기

2014년 2월 5일. 박남희 교수님의 겨울방학 특강이 끝났다. 그날은 성프란시스대학 1년 간의 모든 수업이 끝나는 종강 날이었다. 마지막 수업이 끝나자마자 진홍이는 사물함에서 짐을 빼기 시작했다. 그런데 책갈피에서 뭔가가 툭, 발밑으로 떨어졌다. 꼬깃꼬깃 접힌 쪽지였다. 그냥 쪽지가 아니라 진홍이 손바닥만큼 큰 대형 쪽지였다. 이게 책갈피에 끼어 있었는데도, 진홍이는 조금도 알아채지 못했다. 진홍이는 책을 안 보니까.

진홍이는 누가 장난을 쳤나, 하고 쪽지를 펴 보았다. 종이는 글쓰기 시간에 자주 사용하는 400자 원고지였다. 원고지 안에는 정갈하게 적힌 편지 글이 적혀 있었다.

TO : 진홍이에게

인문학 9기 고성원

진홍아!
'탭' 어떻게 되었냐?
이 형은 널 사랑한단다.

내 마음은 진심이니 그렇게 부담을 가질 필요까지 없단다.

다만, 네가 언젠가는 -졸업까지는- 형의 마음을 흡족하게 해줄 수 있으리라 믿어 의심치 않는다.

사랑하는 진흥아, 아울러 말 한마디만 더 하자면 네 또래 여자분 좀 소개시켜다오. 외롭다 못해 죽을 지경이다. ㅋㅋㅋ 원고지 칸이 모자라서 이만 마쳐야겠다. 사랑한다!!!

"어느 날 거울을 볼 수 없었다. 거울 속의 내 모습을 보기가 너무 두려웠다. 내 눈을 똑바로 쳐다볼 수 없고, 벗은 내 모습이 얼마나 부끄러웠던지 그만 그 거울을 주먹으로 내리쳐 버렸다. 고독했다. 외로웠다. 슬펐다. 안타까웠다."

　　- 고성원 「거울 속의 나」 中

고성원 (1970.5.21.--2013. 11.26)

평소 과묵했던 고성원 선생님은 팔방미인이었습니다. 만능스포츠맨이었고 손재주도 좋아 무엇이든 뚝딱 잘 만들었지요. 리더십도 좋아 다시서기센터 '두 바퀴 자전거' 노숙인 자활사업장에서 팀장을 맡기로 돼 있었습니다. 조폭에 몸담았던 과거를 씻으려고 무던 애쓰며 뒤풀이 좌석에선 항상 술잔을 엎어두었지요. 혼자 어쩌다 든 한 잔 술이 일주일 이주일 이어져 쓰러져도 결국 툭툭 털고 제 발로 일어섰던 터라, 그 마지막 술잔도 그럴 거라 별 걱정을 안 했습니다. 헌데 선생님은 우리가 몰랐던 심장질환으로 끝내 일어서질 않았습니다. 너무도 짧았던 43년의 생. 고 선생님의 동기인 성프란시스대학 9기 선생님들은 상주가 되어 학교장으로 고인의 장례를 치렀습니다. 성프란시스 9기 선생님들은 고인의 생애에서 마지막 1년을 함께한 가족이었습니다.

잘 가라 사랑하는 친구야

박일웅

이젠 널 보내려 한다
너한테 하고 싶은 말은
너와 함께 태워버린 편지 속에 담았기에
이젠 널 보내려 한다
더 이상 아파하지도 자책하지도 않을 거다
널 생각하지도 않을 거다
가끔 아주 가끔만 생각할 거다
그것도 조금만 생각할 거다
너도 가끔은 남겨진 사람들을 생각해줘라
이젠 정말 널 보내야겠다
잘 가라 사랑하는 친구야

웃음

성란희

정말 아쉽다
너무 보고 싶다
언제나 방긋방긋

내가 슬플 때
내가 힘들 때
즐거운 표정의 그 웃음

마음속에서만 생각해야 하는
웃는 얼굴의 모습을

그래도 나에게 희망을
듬뿍 담아주었던 웃는 얼굴을

항상 내 마음과 머릿속에
담아두어야지

나에게 웃음을 잃지 말라고 가르쳐주고
하늘나라로 가신 오빠

그곳에도 우리 9기생들 같은 식구들이 있나요
아니면 하늘 위에서 우리의 모습을 보며
예전에 함께 있을 때처럼 웃고 계신가요

정말 궁금해요
꼭 답을 알려주세요!
오늘 꿈속에 나와서 저에게 알려주세요!

고성원

주의식

지울 수 없는 얼굴
누구라도 무작정 닮고 싶은 사람

볼 수 없는 사람
허무하고 무정한 사람

해맑은 웃음
자신 있는 말투 잊지 못해
영원히 간직하고 싶은 사람

술이나 왕창 먹고 싶네

장성일

많이 힘들어요 정말루 오장육부
다 뒤집어지도록 술이나 왕창 먹고 싶다
정말루 술이나 많이 먹고 싶다

12/1 일기

박일웅

일요일 저녁 퇴근 후 우영이와 저녁을 하면서 술 한잔했다.

우린 이런저런 이야기를 하면서 의식적으로 그 친구의 이야기를 피하고 있었다.

하지만 얼굴에서 나타난 표정은 여전히 그 친구를 생각하고 있었다.

그 친구와의 만남이 좋은 일만 있었으면 빨리 잊혀진 존재가 됐을 것이다.

나쁜 일도 서로 다툰 일도 있었기에 더욱 정이 깊었나 보다.

우린 오늘까지만이다 하면서 서로를 위로했다.

앞으로 우리도 해야 할 일들이 있기에…….

황량한 사막에서 자라는 선인장도 꽃을 피우는데

우리도 언젠가는 꽃이 피는 날이 오겠지.

이 말을 위안으로 삼고 서로의 잠자리로 헤어졌다.

재회

박은철

가버린 님을 눈에 담아두지 않을 것이며
입과 귀로 다른 이를 슬프게 하지 않을 것이며
가슴 깊이 담아두어 다시 볼 날 두 손 잡고
말하리라 참된 삶 살다가 이제야 왔다고

고성원꽃

박미선(9기 자원활동가)

이곳에 와도 좋다고 허락해준 꽃,

편하게 있어도 괜찮다고 안심하게 해준 꽃,

함께 해주어 고맙다고 고백해준 꽃,

작은 것이라도 먼저 표현하는 것이

얼마나 용기 있는 일인지 일깨워준 꽃,

이제껏 받아본 그 어떤 꽃보다

내게는 귀하고,

또 아름다운 꽃.

바보 선생, 이젠 돌아가시오

박경장(글쓰기 담당 교수)

짧은 머리에 리시버를 꽂고 입가 환한 미소 지으며

도톰한 양 볼엔 장난기 가득한 얼굴이

봄 소풍 때 우리 기억에 박힌 선생님 얼굴이었소.

그런데 그 얼굴이 다시 봄이 오기도 전 겨울 길목에서

검은 리본 달린 액자에 끼여 있다니.

누가 골랐을까.

당신이 처음 우리에게 보인 모습 그대로

가실 때도 그 모습이기를.

짧아도 너무 짧은 44년.

"형은 내게 우상이었어요. 뭐든 잘했지요. 운동, 일, 말, 어떤 것도 형을 따라갈 수 없었습니다. 나는 약했지만 형이 있어 강했어요."

뒷모습이 어쩌면 그렇게 꼭 형을 닮았는지, 상주인 동생이 당신 자랑을 하더군.

하지만 정작 형 앞에서는 그런 말을 못했노라고 허탈한 웃음을 지어 보였소.

처음엔 너무 어처구니없는 이별에 우리 모두 말도 눈물도 막혀버렸지만

당신 가시는 마지막 길은 결코 외롭진 않았소.

당신이 곁을 준 성프란시스 인문학, 다시서기, 희망FC, 희망자전거, 서울역 식구들이

모두 모여 당신의 마지막 곁을 지켰다오. 살아 면전에선 하지 못했던 당신 칭찬하며.

달빛이 좋아 아이디를 월광으로 쓰셨던 당신.

달빛 아래 저 홀로 깊어가는 쓸쓸함을 누가 알았겠소.

못난 걸 보이지 않으려 했던 못난 사람.

아픈 걸 내색하지 않으려 했던 못난 사람.

서울역 일이란 일은 죄다 벌려놓고 책임이란 책임은 혼자 떠맡으려 한 못난 사람.

담지 못할 정은 여기저기 뿌려놓고

미안하다 말 한마디 없이 훌쩍 떠나버린 참 못난 사람.

제 영정 사진에서도 환히 웃고 있는 바보 고성원.

영월 여름수련회 때 동강 따라 올라가면 조양강 자기 고향이라며 자랑하더니만

무에 그리 여기가 좋다고 우리와 함께 서울역으로 올라오셨소.

이제 그 다정 병일랑 끊어버리고 돌아가소.

이승에서 지었던 육신의 업일랑 탈탈 털어버리고 돌아가소.

당신이 아이처럼 좋아하던 영월 동강으로

바람보다 가볍게 한줌 웃음으로 날아가소.

허나, 가거들랑 다신 돌아오지 마시오.

사람으로도 축생으로도.

이상한 불청객

비가 오는 5월 12일, 『전태일 평전』을 읽고……

정○교

비가 오는 5월 12일 토요일에 『전태일 평전』을 다 읽었다.

나는 비를 좋아한다.

비는 축복이며, 기쁨이며, 슬픔이며, 또한 그리움이고 하나님의 사랑이리라.

그래서 그런지 『전태일 평전』을 읽으면서 약간의 기쁨과 많은 슬픔과 넓은 사랑을 읽었다면 잘못 읽은 것은 아닐까?

나보다 15년 먼저 태어난 전태일 씨는 열두 살 때 처음으로 신문을 팔았다 한다. 이때만 하더라도 그는 가족과 같이 생활을 하였으니 조금은 사정이 괜찮았으리라. 나는 전태일 씨가 죽고 2년 뒤인 1972년, 4학년 1학기를 마치고 여름방학에 서울에 올라왔다.

그때 내 나이 10세. 며칠을 청량리 경동시장 주변에서 노숙을 하였다. 15년의 나이 차이에도 전태일의 어린 시절과 거의 흡사한 과정을 거쳐온 나. 하지만 나는 혼자였고 그는 항상 곁에 누군가가 있었다는 것, 그것이 나보다는 외로움을 덜하게 했으리라 생각한다.

그의 나이 16세에 평화시장 노동자로 첫발을 들여놓았다 한다. 나는 16세 때 북창동 블루빌라라는 곳에 안내로 들어가 문지기를 시작하였다. 그는 자신보다 어린 여자아이들을 많이 보며 그들의 노동조건에 연민의 정을 많이 느꼈을 것이나 나는 나 자신이 제일 어렸던 것으로 생각된다.

낮에는 양식을 팔았고 저녁에는 아가씨가 30명 정도 나와서 손님들의 술시중을 들었다. 물론 나 자신도 아침 9시경 청소를 시작하여 보통 밤 11시 30분경까지 일을 하였다. 낮 손님이 없어서 낮 시간은 휴식을 취할 수 있는 시간이 많았다는 것 외에는 긴 시간이었다.

그러고 보면 나는 작업환경이 좋은 곳에서 일을 하였던 것 같다. 14~15세 때 통나무를 종잇장처럼 얇게 깎는 공장에서 일했다. 12시간 맞교대를 하였고 월급은 1만 5천 원이었다. 당시의 자장면 한 그릇에 150원 곱빼기가 170원이었다. 평화시장처럼 2천 명 이상이 화장실 3개를 가지고 함께 쓰지는 않았으니 좀 편안한 생활을 했다.

나 또한 1974년에 서울역으로 왔다. 청량리에서 서울역까지 전철이 처음으로 달리던 그해 서울역에서 염천교 방향으로 장사하던 사람들이 줄을 이어 있었는데 거의가 돼지껍데기를 볶아서 팔았다. 한 사라에 50원 했던 것으로 기억하고 있다.

전태일. 참으로 사랑이 무엇인지를 알았던 사람이라 생각된다. 어린 소녀 시다들과 미싱사들의 작업환경이 좋지 않음을 잘 알고 있었던 그는 그들을 도우려고 미싱사에서 재단사 보조로 길을 빨리 바꾸었다. 자신이 미싱사로 있으면 어린 소녀 시다들과 미싱사들을 도울 수 없다는 이유에서다. 전태일 그가 도봉산에 살 때 가끔 자신의 차비를 아껴 점심을 굶고 있는 시다들에게 풀빵을 사주곤 하던 때가 1966년 18세 때의 일이다. 그는 그 나이 때 사랑이 무엇인지 알았고 세상을 똑바로 볼 수 있는 안목이 있었던 것 같다.

나는 어떠하였는가?

1979년 어느 날로 기억한다. 나의 나이는 17세였고 그 당시 나는 안내를 보았는데 가게 앞에서 껌을 파는 어린 소녀가 있었다. 그 어린 소녀가 아주 성가시게 굴어 나는 그 소녀의 뺨을 한 대 때린 적이 있다. 소녀는 코피를 흘리며 눈물을 흘렸다. 벌써 28년이나 흘렀건만 나는 그때 그 일을 잊지 못한다. 남들은 사랑을 받지 않고 자랐어도 상대방을 이해하고 사랑하여 도움을 주려 하는데 나는 그 어린 소녀를 때린 것이다.

전태일 그는 배움에 늘 허기가 졌던 것 같다. 나 또한 그러한 날들이 있어서 종로학원(중학 검정고시반)에 입학은 하였지만 한 달밖에 다니지 못하였다. 초등학교 4학년 1학기가 전부인 나에게 중학 과정은 힘이 들었고 또한 학원비 문제도 해결할 수 없었기 때문이다.

전태일 그에게 충격을 주었던 미싱사의 각혈, 병원에 데려가니 폐병 3기, 그리고 해고. 돈에 눈이 먼 업주들, 이들이 과연 인간이란 말인가. 물론 나는 그 시대에 가진 자가 되어보지 못하여서 업주들의 입장은 모르지만 그렇다고 폐병 3기나 되어버린 미싱사 아가씨를 해고함으로써 자기와의 인연을 끝내버리려는 업주의 마음을 나는 이해할 수 없다. 전태일은 이때의 경험을 통한 각성으로 자신의 육신을 죽여 세상을 좀 더 아름다운 곳으로 만들어보겠다는 확신을 가졌던 것 같다.

전태일만큼 열악한 환경은 아니었지만 내가 1981년경 명동 사보이호텔 앞에 '준' 레스토랑에서 일할 무렵 남들이 못 하는 말들을 윗사람에게 하였던 적이 종종 있는데, 그러한 일들로 윗사람들과의 관계가 조금은 멀어졌던 것 같다.

꿈 많고 아름다운 시절 20대의 전태일. 그는 그 아름다워야 할 20대를 평화시장이라는 곳에 자신을 희생할 준비를 하며 보냈다는 것이 참으로 슬펐다. 바보회의 창립. 인간적인 대접을 받을 수 있는데도 받지 못하고 기계 취급을 당하며, 업주들에게 할 말도 못 하여서 바보회라고 하였다니 가슴 아픈 일이 아닐 수 없다.

시대는 약간 다르더라도 나 또한 14~15세 때 일을 할 때 업주들의 얼굴도 제대로 본 적이 없는 것 같다.

예전에는 무척 심했을 공무원들의 안일함과 타락한 마음. 있는 자, 가진 자의 편에 서서 자신의 사욕만 챙기는 그들. 헐벗고 괴롭고 외로운 이들, 소외받는 자들은 생각지도 않는 그러한 공무원들이 아직도 적잖은 것 같다. 순진한 전태일은 자신들의 일을 근로감독관에게 이야기만 하면 모든 것이 해결될 줄로 생각하였나 보다.

그러나 나는 너무나 빨리 그러한 일들을 알아버렸다. 돈이면 무엇이나 해결할 수 있는 세상, 그러한 세상을 조금은 일찍 세상에서 체험하였다. 없는 자의 슬픔을 조금은 남보다 빨리 알았다. 나는 무엇을 이루어놓은 것은 없다. 물론 긍정적인 성격으로 행복한 시간도 있었다. 어쩌면 참으로 행복한 사람은 전태일 이 사람이 아닌가 싶다. 그의 육신은 죽었어도 그의 정신은 살아서 아직도 이곳저곳에서 자신들의 부당한 처우들을 개선해 달라고 많은 이들이 집회를 가지는 것을 볼 때 그는 죽어서 행복했을 것 같다.

나는 당신과 한 시대에 태어났더라도 당신과 같은 용기는 없었으리라 생각한다. 또한 남을 사랑하는 마음, 상대를 배려하는 마음을 전태일 씨 당신만큼 가질 수 없었으리라. 그리고 남을 위하여 죽을 용기도 나는 없을 것으로 안다. 근무시간과 열악한 작업환경, 저임금 그러한 나쁜 조건들을 고치려고 자신의 목숨을 버린 전태일 씨는 존경을 받아야 마땅하다. 그가 죽지 않고 제대로 교육을 받았더라면 이 나라를 위하여 무엇인가 큰 헌신을 하였으리라.

동대문 평화시장의 3만여 근로자들과 이 세상 모든 근로자들이 좋은 여건에서 일을 할 수 있는 그날이 하루빨리 오기를 바라는 전태일 씨의 바람은 어느 정도 이루어졌으나 지금도 가난한 나라에선 저임금에 힘든 일을 하는 어린 소년, 소녀들이 있습니다.

부디 당신의 그 열정이 사그라지지 말고 후진국의 소년, 소녀들을 일깨워 인간으로서 대접을 받아가며 살게 하여주십시오.

이 세상 근로자들이 평안을 느끼는 그날까지 당신의 사랑과 바람이 얼마나 컸었나를 그들이 알게 하여 후에 어린 소년, 소녀들이 학대받지 않는 세상이 되게끔 해주십시오.

이 세상 사람들이 주님 안에서 모두 평안하기를 바라며⋯⋯.

『반 고흐, 영혼의 편지』

김대영

『허삼관 매혈기』를 읽고 있을 때쯤 예술사 교재인 『반 고흐, 영혼의 편지』를 받았다. 지하철에서 핸드폰이나 만지작거리거나 멍하니 '인간 평점'을 매기는 것보다 나았다. 책을 보기 전 신문을 보았지만 수업실로 정기구독한 후로는 교재를 읽기 시작했다. 편지글이라 쉽게 읽혀졌다. 머리 아픈 말도 없고 장황하게 늘어놓는 말도 없었다.

고흐는 37세에 죽었는데 예술사 수업 시간에 보여준 프랑스 난쟁이 화가 로트렉도 37세에 죽었다. 동시대를 살았는데 고흐가 10년인가 좀 빠르다. 로트렉도 고흐와 교류를 했다고 하는데 그 이상은 모르겠다.

고흐는 정말 지독하게 가난했나 보다. 동생에게 보낸 편지를 보면 죄다 돈이 없다, 물감이 비싸다, 그림을 그리고 싶은데 모델료도 없다, 미안하다는 말이 구구절절 애절하게 많이 나온다. 오죽했으면 돈은 꼭 갚겠다, 못 갚으면 영혼을 주겠다는 말까지 했을까. 읽는 나도 우울할 지경이었다. 돈이 없는데다가 발작까지 하는데 물감을 짜먹기도 하였다 한다. 그렇지만 원하는 대로 그림을 그리고 싶은 열정과 폭발이 편지 곳곳에 보인다. 대단한 열정이다. 그만큼 고민한 것도 편지에 많이 보인다. 술을 먹는 얘기는 별로 나와 있지 않지만 저 정도 고수면 술도 어지간히 먹었을 것 같다. 거의 중독에 가까울 정도로 먹지 않았을까? 정신병이 있는 사람한테 약간의 술은 신경 안정제 역할을 한다고 들은 것 같다. 그러나 그 경계가 애매하다. 분명 고흐는 날마다 술을 먹었으리라 생각한다.

여자도 고수답게 여러 명 사귄 것 같다. 부모의 반대가 고흐의 인생을 반 정도 훼방을 놓지 않았나 하는 생각이 든다. 그래서 그는 다른 데로 탈출하여 그림을 마구 그렸으리라. 사랑을, 열정을, 집착을, 갈망을, 열망을, 해방감을 위해……

고흐가 자신의 그림은 멀리 두고 봐야 한다고 했다. 그때부터 그림이 나오면 팔을 짝 펴서 보는데 그림이 좀 달리 보인다. 밀밭을 그린 그림을 보니 정말 밀밭에 바람이 불어 너울너울 춤을 추는 것 같다. 나중에는 그림만 다시 보았다. 그림이 좀 달리 보이긴 하나 큰 차이는 없는 것 같다.

고흐는 1853년 3월 30일 태어나서 1890년 7월 29일 권총 자살로 삶을 마감할 때까지 그림 879점과 편지 668통이나 썼다고 하는데 한번 계산을 해봤다.

고흐가 산 날짜 : 13,625일이나 편지 쓰기 시작한 해가 1873년도임을 감안, 20년을 빼면 6,325일
고흐 작품 수 : 879(일주일에 한 점)
고흐 편지 : 668(9일마다 한 통)
4일에 한 번 꼴로 그림을 그리거나 편지를 씀.

아 나는?

『나르치스와 골드문트』를 읽고

양태욱

　사는 동안 세 끼의 밥을 해결하느라 일에 치여 살아온 터라 편지 한 통 써보지 못하고 책 한 권 읽어본 적 없는 나였다. 그 동굴에 갇혀 동굴 밖의 것에 대해 생각해본 적 없는 내가 인문학 책들을 처음 접했다. 처음에는 캄캄하고 머릿속이 텅 하니 멍해졌다.

　처음 『나르치스와 골드문트』를 읽었을 때, 땡전 한 푼 없이 방황하다 서울역에 도착했던 때가 생각났다. 서울역 앞, 다들 없는 사람들이 눈에 띄었다. 눈물이 왈칵 쏟아졌다. 배가 고파서 롯데마트에 가 시식 음식을 먹고 허기를 채웠다. 그런데 곁에 있던 친구가 옆으로 오더니 '식사를 하러 가자.'고 하여 지하도 배식장에서 처음 급식 배식을 받았다. 그 순간 목구멍이 메어 숨을 쉴 수가 없었다. 숟가락을 멈추고 피눈물을 흘리던 생각이 스쳐 지나갔다.

　『나르치스와 골드문트』를 읽으면서 도저히 인간으로서 상상도 할 수 없었던 망가진 인생, 고된 세월에 정신병에 걸린 나, 그래서 괴로웠고 사이코 같은 행동을 했던 나, 나의 뜻과 다르게 움직여지는 몸, 그런 것들이 떠올랐다.

　소설 속 골드문트는 사형 직전, 감옥에서 살아남기 위해 보이는 사람을 다 제거하기로 하고 온갖 잔머리 굴려 탈출을 시도한다. 자기 목숨을 구하기 위해 친구 나르치스마저 죽여야 하는 순간에 겨우 목숨을 건져 탈출을 했는데 또 다시 방랑의 길로 빠진다. 찌질하고 사이코적이고 속이 썩고 썩어 글로 표현할 수 없을 정도로 내 육체가 고통스런 표정을 짓는다.

거울 앞에서

서○미

두 눈을 꼭 감고 거울 앞에 섰다. 실눈을 뜨고 살짝 보려다가 곧 다시 감고 만다. 그러기를 수십 번 아니 수백 번 아니 수천 번. 내 모습을 똑바로 봐야 하는데 그래야 하는데 덜컥 겁부터 난다.

거울에 비친 모습이 내가 생각했던 것보다 더 더럽고 추하지는 않을까, 온통 일그러진 모습이면 어쩌지, 하는 두려움이 내 스스로를 볼 수 없게 만든다.

'그래, 까짓것 내 모습 좀 안 보고 살면 어때?'라는 생각이 들었다가도 잠시 뒤엔 '그래도 봐야지, 그래야 남은 내 삶을 당당하게 살지!'라는 생각에 다시 실눈이라도 뜨고 거울을 바라보려고 애쓴다.

그렇게 실눈이라도 뜨려 애쓸 때, 예술사 수업에서 만난 여러 사람의 자화상들. 그 우연한 만남이 나에게 용기를 주었다. 고흐의 자화상 몇 점이 연이어 보인다. 한 사람을 그린 자화상이 각기 다른 사람을 그린 것 같았다.

이름깨나 알려진 대단한 예술가인 그들도 거울을 보며 나와 같은 생각을 하지 않았을까? 그들도 처음부터 유명하진 않았겠지. 다들 과거가 있었고 현재를 거쳐 지금의 모습으로 남았겠지. 그들 또한 나처럼 거울을 보며 일그러진 자신의 모습을 연민에 차서 속상해하던 적이 있었겠지. 한 번도

171

만나지 못한 그들을 보며 예상치 못한 위안을 받는다.

　그리고 눈을 다시 떴을 때 나는 거울 앞이 아니라 마더하우스에 서 있다. 그곳엔 마더하우스에서 잠시 만났던 여럿의 여성들로 가득 채워져 있었다. 우두커니 앉아서 벽만 바라보는 사람, TV 앞에 멍한 눈으로 앉아 있는 사람, 옆에 사람을 붙들고 앉아서 사실인지 아닌지 알 수 없는 이야기를 쏟아내는 사람, 아무도 없는 방에서 고래고래 소리를 지르며 싸우는 사람, 빈 봉지를 끌고 하염없이 돌아다니는 사람, 아무것도 없는 싱크대를 한 시간 가까이 씻고 또 씻는 사람, 당당한 걸음으로 문을 열고 들어와 이것저것 찾으며 한바탕 휘젓고 나가는 사람, 자신을 포장하려 거짓말을 하는지도 모르고 거짓말을 하는 사람.

　그렇게 그들을 보고 있노라니 다시금 눈을 감고 싶었다. 이 모든 모습이 내 모습이라는 걸 인정할 수 없었다. 아니 싫었다. 나는…… 나는 이렇지 않다고 말하고 싶었다. 하지만 그럴 수 없었다. 그건 거짓말이니까 다시 나 자신을 속이며 살아가긴 싫으니까.

　지금 내가 할 수 있는 건 그저 두 눈을 크게 똑바로 바라보는 것밖에 없음을 안다. 바로 볼 수 있어야 바로잡을 수 있으니까.

　그저 보고 있는 것만으로도 죽을 듯이 아팠다. 내가 원해서 이런 모습으로 살았던 것이 아니라고 주변 환경이 나를 이렇게 만든 것이라고 나 자신을 위로하려 했지만 변명하고 있는 나를, 다른 이를 탓하고 있는 나를 발견할 뿐이었다.

　나를 본다는 것이 이렇듯 아플 것이라고는 생각하지 못 했다. 얼마나 많은 거짓말들로 나를 감싸고 있었는지 얼마나 많은 변명들로 나를 정당화시키고 있었는지 아픈 것만큼 부끄러웠다. 하지만 고개를 떨어뜨리거나 다시 눈을 감지는 않았다. 나를 감싸고 있던 거짓말들을 한 꺼풀 한 꺼풀씩 벗겨야 하고 변명들 대신 난 나의 모습을 인정하기로 했기에 당당히 고개를 들고 두 눈을 뜨고 있기로 했다. 그래야 앞으로 살아갈 많은 날들을 부끄럽지 않게 살 수 있다는 걸 이제는 알기에.

거울 앞에 섰을 때 거울에 비친 내 모습을 보고 아파하거나 부끄러워하는 것이 아니라 환하게 웃을 수 있도록 지난 시간과는 다른 시간을 살아가리라 다짐해본다. 거울 앞에서.

---

*마더하우스: 2009년~2011년, 서울역 앞에 있던 여성 일시보호쉼터. 마더하우스가 사라지고 나서 아직까지도 서울역 앞에는 여성을 위한 일시보호쉼터가 없다.

연극

유○관

나 태어나서 처음 본다.
너무나 좋았다.
셰익스피어 4대 비극.

내가 태어나서 처음 본다.
연극을

세상 참 희한해
나한테 이런 좋은 모습을.
세상은 아직 좋다.
슬픈 모습보다

기쁜 사실은
셰익스피어 4대 비극을 보고
나보다 슬픈 사람이 있는 줄을 알았네.

나 누구?

성프란시스대학에 다니고 있어요.
세상에서 가장 행복해.
누가 나 같은 사람 있을까.

사랑해야지
모두를.

하루가 하루가 다르게
성프란시스대학 학생처럼
살아야지.
이게 인연이야
세상이 고마워.

그동안 나를 아껴주고
사랑해주신 모든 분들께
감사합니다.

인문학 유튜브

이우영

   처음엔 작은 강아지처럼 서로 다른 눈빛과 말들로 세상 모든 사람과 소통하는 사람들의 모습들을 보았다. 꽤나 설렜고, 가면 갈수록 온 하루가 내 채널의 주요 채널로 이어진다. 그리고 웃음, 슬픔, 허무함, 놀라움 속에서 계속적으로 반복 리플레이 된다.

   어떤 하루는 인문학이 유튜브에 새로 나온 영화처럼 신기하고 재미있고, 설렌다. 또 어떤 날은 인문학이 시사 프로처럼 각자의 생각들이 풍선처럼 터져 시끄럽고 놀랍다. 그리고 또 어떤 날은 인문학이 시트콤처럼 실수로 꺾이는 나무젓가락 같다. 그러면 나의 하루는 웃음으로 피었다가 핀잔처럼 눈물로 고인다.

   그렇게 흘러간 하루가 내 머릿속에 좋아요, 아니요로 저장되면, 어느새 배터리 닳은 표시 모양을 한 달이 가라앉는다.

이상한 불청객

장지호

사각형 요에
달랑 이불 한 채이다.
그렇지만,
나에게는
더할 나위 없는
보금자리이다.
친구이며 가족이다.

적어도 잠자리에
있는 동안은
누구의 간섭도
차별도 받고 싶지 않은
나만의 세상이고 싶다.

그런데 요즘
이상한 불청객이
찾아오곤 한다.

글쓰기, 니체, 칸트……
별로 달갑지 않은
악령들이다.

나를 몰아붙인다.

오늘은 신령님께
빌어서라도 쫓아버려야겠다.
비나이다. 비나이다.
신령님께 비나이다.
그저 굽어살피시어
악령들을 멀리 보내주시옵고,
그리운 얼굴 보게 하여주시옵소서
신령님께 비나이다.

신령님께 빌어서인지
개운한 마음으로 잠자리에 들 수 있었다.
아침에 일어나 보니
멍~하다.
신령님이 너무 약했나!
다음에는 하나님에게 빌어봐야겠다.

연탄구멍

12기 공동창작시

일렬 구멍 나란히
불 지펴 온기 도는 온돌
내 아우의 방석 같은
그렇게 까맣던 것이 하얗게 되어
사람과 사람 사이를 이어주는 마술

봄에는 비료로
달고나 뽑기 살살이
양미리도 구워주는

뒤통수 조심해라
타다 남은 연탄재는 되지 말아야지
구멍 뚫고 뜨거운 불길로 말하는 연탄
나도 구멍 뚫고 살았다

환대

15기 공동창작시

어서 오세요, 빈손으로 오는 님이시여.
크림빵도 단팥빵도 필요 없어요.
당신을 마주할 때 나는 당신이 그립습니다.
눈물을 글썽이며 나를 안아주던 당신의 손이
너무나 그립습니다.
맞잡은 당신의 손에 못 자국이
가슴을 울리는 소리에 하늘만 봅니다.
왠지 가슴의 상처로 남네요.
사랑의 손길로 서로를 위로하며
손을 내민 건 나인데, 내가 오히려 당신에게 환영받다니.
서로 얼굴을 마주할 때 서로 같은 곳을 향할 때
서로가 서로를 위로해줄 때 또 감싸줄 때
사랑의 날개는 활짝 펼쳐집니다.
이 떨림을 누가 들어줄까요.
당신이 들어주길 바란다면 그건 나의 욕심일까요.

그래서 인문학 (1)

철학을 배운다

이○근

자랑할 일도 없기에 어디서부터 써야 하는지 모르겠지만 글을 쓸 수 있는 시간이 나에게 있다는 것만으로도 내게는 행복한 일이 아닐 수 없다. 그래서 과거에 일어난 일들과 어려웠던 내 삶의 이야기를 미약하나마 적어 보기로 하였다.

나의 노숙생활은 벌써 5년이 되어간다. 노숙이란 말은 잘 곳이 없음을 뜻한다. 그래서 추위를 피할 수 있는 곳이면 어디든지 간다. 지하도나 건물 속으로 말이다. 하지만 시간이 깊어지면 이곳저곳에서 셔터 내리는 소리가 들려오고 지하도 안에서 쫓겨 나오기 일쑤다.

찬바람을 박스 한 장으로 가리고 잠을 청하지만 쉽게 잠이 오지 않는다. 어렵게 잠이 들었더라도 편치만은 않다. 게다가 비라도 내리면 옮겨 다녀야 하기 때문에 쉬운 일은 아니었던 것 같다. 이렇게 노숙생활에 차츰 순응해 가야 한다는 것을 알게 될 즈음 더욱 술을 찾게 되었다.

누군가에게 의지하고 싶었지만 아는 사람도 없고 몸도 야위어 술에 의존하지 않으면 하루가 정말 버티기 힘들 정도로 괴로웠기 때문이다. 결국 독한 술은 나를 길바닥에 쓰러져 잠들게 했다. 그런 나를 누군가가 (그가 누구였는지 기억나지 않았지만) 4호선 숙대입구 전철역에 있는 다시서기 센터로 친절히 데려다주었다. 노숙인 상담보호센터라는 곳이었다. 이런 곳

183

이 있다는 사실도 모르고 살았으니 나도 참 한심했다.

다시서기센터에서는 거리에서 갈 곳 없는 노숙인들에게 상담을 해주고, 자활근로나 희망근로, 자전거수리 사업 등을 할 수 있게 해주기도 하고, 또 매일 저녁식사와 잠자리를 제공해주는데, 시설이 무척 깨끗하고 운영이 잘 되고 있는 곳이었다. 나는 이곳에서 자활근로를 하게 되었는데, 세탁실 근무 역할을 배정받게 되었다.

자활근로의 첫 발걸음이 시작되었던 것이다. 내가 해야 할 일은 담요와 수건 및 노숙하는 사람들의 옷 등을 세탁하는 일이었다. 세탁실 일과는 별도로 봉사활동도 신청하여 거동을 못하는 어려운 결핵환자들을 위해 하루 두 끼의 식사를 담은 큼직한 도시락 통을 전해주고 빈 그릇을 수거해 오는 일도 했었다. 나보다 더 힘들게 살아가는 사람에게 따스한 정을 나누는 것이 커다란 기쁨으로 다가왔다. 용기를 잃어버리지 않는다면 언젠가는 다시 일어날 수 있다는 희망, 그렇다. 희망을 전한다는 즐거운 마음으로 봉사를 했던 것이다.

세탁실에서 일 년 동안 일하면서 모은, 비록 적은 액수지만, 돈으로 나는 작은 방이지만 고시원으로 들어가게 되었고 컴퓨터도 하나 장만하였다. 처음에는 컴퓨터를 본다는 것 자체만으로도 신기했다. 컴맹이었던 나에게 변화가 오기 시작했던 것도 이때부터였다. '네이버 지식인'에서 컴퓨터와 관련되어 답변을 하다 보니 어느새 '지식인 영웅'으로까지 올라와 있었다. 컴퓨터와의 대화가 가능해지고 나서 블로그와 카페도 만들어보았다. 무료함을 달래려고 시작하였는데 블로그에 하나둘씩 댓글이 올라와 즐거워졌고 블로그 만든 지 몇 개월이 지나면서는 블로그 이웃들의 댓글이 늘어나기 시작하더니 이제는 하루에 백여 개의 댓글로 가득 채워진다는 것에 내가 더

놀랍기만 했다. 그렇게 외로움은 사라지고 입가에는 항상 웃음이 가득하고 즐거워져 있는 나 자신이 신기할 뿐이었다.

2009년 3월에 인문학 수강생을 모집한다는 소식을 들었다. 많은 사람들이 신청했지만 모두 합격하지는 않았다. 약 80명이 지원했다는데 합격은 25명 정도였다. 나는 당당히 합격되었고 어느덧 인문학을 시작한 지 벌써 12주차가 되었다. 처음에 시작할 때에는 '과연 잘 할 수 있을까?' 하며 몇 번을 망설이기도 했지만 이제는 그런 두려움이 사라져버린 것이다.

사실 노숙인이 글을 배운다는 것 자체가 말이 되느냐는 거다. 어디 가서 물어봐라. 노숙인이 인문학 한다고 하면 욕이나 먹지. 먹고 사는 것 자체가 힘이 드는데 꼴값 한다고 다들 수군거리지 않겠는가.

나도 인문학을 배우기 전에 그런 말을 했었으니까 말이다. 지난번 인문학 수강생을 모집할 때 내가 잘 아는 누군가가 내일부터 인문학 수업을 듣는다고 해서, 그런 걸 뭐하러 하냐고 핀잔을 주었던 적이 있었다. 중학교밖에 못 나오고 한 끼 식사도 제때 하지 못하고 늘상 술로 생활하던 나로서는 당연히 그렇게밖에 생각이 들지 않았던 것이다. 하지만 지금 생각해보면 그것이 아니었다.

인문학을 배운다는 것. 그 자체만으로도 변화가 시작되는 것이다. 지금까지의 생활을 완전히 탈바꿈 시켜준다. 삶, 그 자체의 본질을 바꿀 수 있게 해주기 때문이다.

인간에 대한 학문을 배우면서 참된 진리를 배우고 무엇이든 할 수 있다는 자부심을 깨닫는다. 남들과 다른 삶이 아니라 더불어 살아가는 법을 배웠고 동료들 사이에는 공동체의식이 생겼다.

중학교가 학력의 전부인 나에게 이렇게 많은 변화를 주신 학장 신부님께 감사드린다. 교수님들의 열띤 강의는 잠들어 있는 나에게 희망의 메시지를 던져주었고 꿈을 주었다. 성프란시스대학 강의실도 새롭게 마련되어 이사를 가게 되었다. 인문학에 관심이 있는 사람이라면 누구나 참여할 수 있는 공간이 마련된 것이다.

졸업하신 선배님들과 함께 낮에도 책을 볼 수 있고 우리가 함께 만든 식사도 나눌 수가 있다. 모르는 것과 아는 것의 차이가 중요한 것이 아님을 이제는 알게 되었다. 함께하는 것. 무엇인가를 나눌 수 있는 것. 손을 잡고 서로를 격려하는 배움 속에서 나는 철학을 배운다.

우리는……, 철학을 배운다.

이제 시작인걸요

조○근

미치겠다. 환장하겠다. 이놈의 팔자가 왜 이리 꼬이냐? 한때는 정말 잘 살아보고 싶었는데. 이게 아닌데. 나름 미련한 것도 아니고 부족한 것도 아닌 듯은 한데. 아니야, 남들보단 내 현실이 말해주고 있잖아. 난 부족한 게 확실해. 내가 부족하다면 그게 뭘까? 정신적? 육체적? 그것도 아니면 뭘까? 에이~~ 싸질러버릴까. 몽땅 너무 억울해. 이유는 알자. 그래, 인문학 그거 가르치시는 교수님들이 꽤 한다지, 아마 이 냄새 풍기는 곳에도 그들이 탐할 만한 것이 아직 남았단 말이지. 웃기고 있네. 참 어이없네. 아닌데. 내가 지금 저들에게 빼앗길 것은 냄새나는 몽뚱이(목욕, 세탁, 세면 불가 원칙)밖에 없는데, 그래 빼앗아봐라, 까짓것 털어봐야 먼지요, 들썩여보면 고린내뿐일걸. 난 손해 하나도 없네 뭐. 밥도 준다 하겠다, 환장을 해도 해보고 환장을 하든지 변하든지, 어라!! 변해? 어떻게 변하는 건데? 교수님들이 요술이라도 한대? 아냐, 그런 요술 말고 배운 사람이라고 너 진짜 넘어가면 어쩔래? 옛날 그 힘들던 때로, 아냐, 그래도 진리는 아름다운 거야, 진리 중에 진리라는 인문학을 하시는 선생님들이라 내가 안 가진, 아니 못 가진 그 무엇인가를 주시지는 못한다 해도 알려주실 거야. 제발 꼭 좀. 에라, 모르겠다. 질러보자, 눈 질끈 감고 아랫배에 힘주고 지원했다. 인문학 지원할 때 했던 내 생각들을 기억나는 대로 무작위로 적어봤다.

합격이라네. 그래, 안 시켜주면 내가 안 하나. 내가 다른 건 몰라도 오기 (나쁜 쪽, 좋은 쪽, 선과 악 구별 없음) 하나는 똑 부러지지. 오죽하면 인문 학도 오기라잖아(?). 근데 입학식도 하네. 밥은 맛있으려나, 에이 귀찮게 하 네, 그냥 밥이나 먹고 말지. 응? 배도 고프고 밥이나 먹으러 가자. 설마 옷 이 지저분하다고 못 들어오게 하겠나. 그래도 당당히(?) 엄청 고민해서 합 격했는데…… 많은 갈등이 시작됐다.

사실 노숙은 몇 가지 원칙을 동반한다. 생각 무, 소유 무, 염치 무, 안면 무, 그 외에도 많은 규칙과 나름대로의 인생철학까지 거의 무개념 하에 프 로그래밍화하지 않으면 노숙의 지고한(?) 경지에서 밀려나고 만다. 술을 먹 고 싸우고 하는 것도 일종의 노숙의 도에 이르게 하는 자기성찰적 수행 의 엄숙하고 지극히 정당한 우리식 철학이요, 인문학적 삶을 영위하는 노 숙 신앙의 삶의 방식이다. 특히 자의든 타의든 벼랑에 서 있다는 위기의식 은 상상을 불허한다. 그래서 무개념이 되지 않으면 아마 십 중 십은 미치고 말겠지? 이 미친다는 게 또 나를 얼마나 힘들게 하는지. 미치면, 아니 미치 지 않아도 그렇게 보이기라도 하면 연고 없는 나는 정신병원에 끌려가 소 위 우리가 말하는 뚜껑을 뗄지도 몰라 하는, 말도 되지 않는 생각에 벌써 또 반은 정신이 몽롱하다. 근데 왜 이쯤에서 나의 처지가 북한의 벌목공이 나 탈북해서 끌려가는 연변 꽃제비나 북한 여성 동무보다 하나도 나을 게 없다는 아주 비정상(?)적인 생각이 드는 걸까? 아니 그들은 차라리 세계에 그 유례가 없다는 비정상적, 악질적, 엽기적 인권 탄압 국가, 권력 세습 국 가의 국민으로 당연한 대우를 받는 거겠지만 여기는 멀쩡한 자유민주 대 한민국인데, 하는 생각에 안심은 쪼끔 된다.

첫 시간이다. 에이씨~~ 밥은 맛있더만 그래도 공부는 좀 그렇다. 대충

할 거면서 사람 귀찮게. 가만, 오늘 첫 시간이 박 뭐시나 여선생, 그래 맞아, 아직 한 번도 못 뵈었는데. 자원활동가 선생도 있겠고 방송국에서도 오겠는걸. 오매~~ 쪽팔린 거. 내가 그깟 밥 한 끼 먹고 코가 꿰였잖아. 그럴 줄 알았어. 그래, 그래, 내 얼굴 모양새 보니까 팔릴 쪽은 벌써 오래전에 팔아버리고 전혀 다른 모습으로 누가 봐도 전혀 모르게 변했다야. 아냐, 그래도 혹시 성프란시스대학 다닌다니까 아는 사람이 올지도 몰라.

그런 것도 문제지만 더 문제는 교수님이 여자라잖아. 요즘 인텔리들 특히 여자들 하고 다니는 거 그거 장난 아닌데. 좀 배워보려다 이나마 남은 내 숨찬 목숨 질식 안 하려나. 에이, 설마 그러시려고, 넌 왜 사람을 못 믿고 그래? 너 첫 시간, 첫 만남, 첫 인상 이런 거 좀 생각혀라. 이제 그래도 인문학 할 거잖아. 그래, 내가 양보란 거 그거 한 번 하자. 인심 쓰는 거라고. 내가 이럴 때 아니면 높으신 교수님들께 언제 인심 쓰냐? 진짜진짜 양보한다. 양보하는 김에 고린내도 좀 지우자. 여자시니까 제일 힘들걸, 근데 나 지우면 재미가 없으니까 사람 냄새는 남겨두자. 그래서 불쾌하시다면 어쩔 수 없지 뭐. 교수님은 힘이 세고 난 힘이 약하니까 내가 밀려나야지 뭐. 인생은 미완성, 그래서 약자는 강자의 먹이. 음!! 같이 공부할 사람들도 다 같진 않겠지만 대부분은 나오시기 힘드시겠지. 에이씨. 내가 또 한 성질 하지, 성질 값으로다가 다른 학우가 제일 싫어할 만한 자리에 이 한 성질이 앉아서 온몸으로 교수님과 맞짱을 뜨리라. 박 교수 넌 죽었어. 내가 오늘 끝장을 보고 만다. 계속 공부할 것인가, 말 것인가? 매는 빨리 맞는 게 낫다더라.

많은 상념과 갈증과 공포(?) 속에 맞은 첫 시간, 어느덧 시간은 흐르고 나 또한 시간 속에서 오랜만에 맞이하는 편안함에 깜빡 잠이 들었나 보다.

조금 소란스럽다. 교수님!! 정신이 든다. 오매~~ 쪽팔린 거. 왜 주책없이 잠이 오냐. 지금 정신 단디 차리지 않으면 안 되는데. 입구를 본다. 어라, 이게 아닌데, 내가 뭔가 세상을 잘못 보았고 잘못 생각했구나. 저분이 교수님. 수줍음 속에 당당함이라니. 다른 사람과 다른 점은 눈이었다. 크진 않지만 고도로 정련된 눈빛, 절제된 몸짓과 말씀, 그 속에 내재된 사랑과 배려, 완숙의 아름다움이 내 눈에 펼쳐졌다. 저걸 배울 수만 있다면. 내 생전 처음 씻지 않은 걸 후회했다. 사람이 사람에게 먼저 예우하면 그 예우에 화답치 않음은 배신이다. 지금 교수님은 나를, 우리를 예우하고 계시는구나. 당신의 예우에 최선을 다하겠습니다, 다짐했다. 요즘 나는 내가 설령 싫더라도 나에게 그게 전혀 아니라도 늘 교수님의 파란 가디건인가 그걸 두르신 모습을 떠올리며 그 사람의 진심이라면 눈 질끈 감고 겸허하고 감사하게 받아들인다. 아직 교수님에 비하면 그야말로 조족지혈이요, 월광충형月光虫螢이지만 끝까지 노력하려고 한다.

이윽고 첫 질문이다. "당신은 친구가 있나요?" 연이은 "친구가 없다면 이유가 무엇이라고 생각하나요?" 질문에 짜증이 난다. 아니, 실컷 좋은 감정을 받았는데 교수님이 왜 또 옆으로 가서서 남의 심사, 복장을 건드리시나? 취미도 고약하게. 그래, 나 친구 없소. 어쩔 건데요? "이유는 뭐라고 생각하나요?" 그야 내가 고집 좀 세고 술 안 먹고 사교적이지 않고 좀 거시기 하오. 좀 이상했다. 비싼 밥 드시고 비싼 차비 들여서 더 비싼 시간 투자하시고, 차라리 이 시간이면 여가활동으로 사용하셔도 더 효율적이실 분이 왜 우리와 이곳에서 이런 대화를. 더구나 교수님이 나하고 친구하실 것도 아니시면서. 그래, 교수님은 친구가 많으쇼. 친구 많아서 좋~겠습니다. 에이, 가만. 이게 교수님뿐 아니라 인문학 시작하고 첫 질문, 첫인상, 첫 대면……

이런 게 중요한데 그 중요한 자리서 첫 질문이라……. 이 대화의 가치는 분명 저 교수님과 나와의 대화 가치 이상의 중요한 그 무엇이 있구나. 지금 당장 느끼기보단 두고두고 알아보리라. 가능하다면 내 생각만으로. 그게 가장 효율적이니까. 그러나 안 되면 인터넷 등에서, 그것도 안 되면 직접 물어보리라. 여기서 설명: 배움의 가장 효율적 방법이란 자기 자신이 스스로 생각한 질문에 대한 답은 영원히 자기 것이 되지만, 남이나 정보 매체를 통해 얻은 지식은 음식으로 치면 인스턴트식 지식 즉 일회성 지식으로 전락함.

강의가 끝났다. 뭔 강의가 아무리 첫 시간이고 인사라지만 이렇게 싱겁냐. 겁나게 쉬워부네. 이런 공부라면 해주지. 사실 내가 안 하려고 하니까 그렇지, 하려고 하면 서울대는 삼류도 아녀!! 하버드나 옥스퍼드가 삼류여!!! 여기서 저는 감히 말하렵니다. 모든 지식이여, 무식(죽음)을 잘 들여다보십시오. 그 무식이 당신 지식의 모태였고 고향이었음을 기억하십시오. 무식들아 지식을 사랑해주세요. 지식(삶)의 말에 순종하십시오. 지식은 당신의 형제입니다. 형제를 사랑하지 않음은 행복의 첫 걸림돌입니다. 지식이 무식을 허용하지 않으면 허영이 나오고 무식이 지식을 따르지 않을 때 무지와 폭력이 나옵니다. 그냥 삶은 지식이요 죽음은 무식이다. 별 하나, 나 하나, 별 둘, 나 둘.

우리 교수님들께서 무식한 나를 허용하지 않으셨다면 결코 나는 행복하지 않았을 것입니다. 무식한 제가 교수님들께 순종하지 않았더라도 결과는 같았겠죠. 다시 말해서 이 아까운 시간에 교수님은 많이 지시하시고 나는 많이 순종해야만 가장 효율적인 가치가 창출된다고 생각했다. 어차피 같은 시간을 보낼 거고 지나온 내 인생이 결국은 나 잘난 맛에 살아서, 똑똑한 내 멋대로 살아서 이루어진 결과라면, 공인된 지식, 공인된 똑똑하신 분들이 시키는 대로 해보고 비교 분석해봐야 하고, 그러려면 그분들이 시키는 대로 전적으로 따라야 한다고 생각했다. 이런 자리 이런 시간이 그야말로 천금보다 더 귀하니까. 그렇다고 내 능력 이상의 것은 욕심내지 않겠다. 내 머린 용량이 있으니까.

어쨌든 이어서 뵌 교수님들은 하나같이 모두 겸손과 사랑과 배려로 날 이끄셨다. 박경장 교수님의 인내와 성숙한 인간이 보여야 하는 삶의 자세와, 안 교수님의 정련된 해학은 그분들의 평상시 가치관과 일상에서의 삶을 보여주신다. 이제 확실하다. 난 그동안 지식의 곁에 가보지도 못했구나. 진짜 어리석었구나. 난 그래도 일정 부분 내가 똑똑한 줄 알았는데 내가 정말 무식하고 또 무식하구나. 어리석고 어리석었구나. 에이 쪽팔려서 더 이상 못 앉아 있겠네. 그러나 여기서 그만두면 내 잘못은 영원히 고쳐질 길이 없다. 다행인 것은 교수님들이 이 점마저도 배려하시고 계시다는 거다. 못 이기는 척 모르는 척 버텨야 할 때다.

난 그런대로 강의에 적응해 나갔고 교재도 받았다. 솔직히 말해서 난 이과가 뭔지 문과가 뭔지 또 자연계가 뭔지 실업계가 뭔지도 모른다. 해보지도 않았고 알아보려고도 하지 않았으니까. 오히려 그딴 거 배우면 나같이 불평뿐인, 불만족한 인간은 얄팍함만 알게 되고 되지도 않은 억지로 인생만 더 피곤해지고 힘들지, 하는 불안감도 가지고 있다. 다시 말해서 선무당이 사람 잡고 모르는 게 약이지. 지금도 이렇게 불만이 많은 인생 적당히 잘못 알면 그림자 되어 내 나름대로 이렇게나마 조용히 쉬던 숨마저 헐떡이면서 허겁지겁 몰아쉬어야 될 것 같아서였다. 끝까지 못할 공부 괜히 맛보면, 끝을 봐야 직성이 풀리는 내 성격으론 요즘 말로 안 봐도 DVD다. 사실 어린 날부터 부모님께도 형제에게도 공부하겠다는 말은 못해봤다. 나 자신에게도 어차피 내 운명이 그러하다면 철저하게 돌아서야지 다짐하고 다짐했었다. 돈, 무엇보다 돈이 필요했고 돈을 위해서 열심히 일하면 되는 줄 알았는데, 인생은 그렇게 만만한 것도 아니었고 세상은 그렇게 호락호락하지도 않더라. 기본도 못 갖춘 내가 벌써 인생을 삐딱하게 보기 시작했으니 지금 생각하면 이렇게나마 숨 쉬는 것조차도 신의 가호로 받아들이고 산다. 그런데 인문학이 무언지 어데 쓰는 건지 알 게 뭐겠나.

드디어 조 무식이가 사고를 친다. 안 교수님이 "인문학을 뭐라고 생각하십니까?"라는 질문을 던지시며 이런저런 생각들을 나누는데 공연히 심사가 뒤틀린다. 그래, 서울대 교수님은 인문학이 뭔지 아셔서 좋겠슈~~ 나는 무식혀서 모른당께. 에라 저 교수님 심사나 내 심사나 나도 모르겠다. "저, 인문학 그것은 위선이랑께요." 교수님 얼굴을 얼른 살핀다. 내 생각으론 세상의 인간은 이런 상황에서 대개 두 가지의 반응을 보인다. 반론이든 화를 내든. 나는 그때 지으셨던 안 교수님의 얼굴을 평생 내 가슴에 새기고 살게 될 것 같다. 너무도 무력해하시며 슬픔과 인문학이라는 짐을 지신 지쳐 보이는 얼굴. 아, 내가 너무 심했나. 찰나의 순간이 지나고 교수님은 깊은 숨을 쉬시며 칠판에 '위선'이라는 한자를 쓰시고 그냥 강의가 끝났다. 난 나오면서 생각했다. 난 아무 잘못 없당께, 무식한 나에게 고렇게 어려운 걸 물어보신 교수님 잘못이여. 지금 생각하면 골치 아픈 자리가 낯설어 그만둘 구실을 찾고 있었던 게 아니었을까? 생각이 된다.

선무당이 사람 잡는다. 무슨 말일까? 왜 선무당이 사람을 잡을까? 어떻게든 살아봐야겠는데 배운 게 무당질이다. 근데 그것도 제대로 배운 게 아니다. 그러다 보니 상대를 다운시키든지 잡아버려야 내가 살지 않겠는가.

멀쩡하게 놔두면 자기가 선무당인 게 알려지겠거든. 그래서 선무당은 아예 사람을 다운시키든가 잡아버린다. 나 또한 그렇게 살아온 게 확실하다. 인생도 제대로 배우지 못한 내가 사람 행세는 해야겠거든, 그래서 적당히 어르고 적당히 넘어가려 했는데 그게 안 되니까 다른 사람이 안 잡히고 다른 사람은 못 잡으니까 나 자신을 잡아버린 게 바로 나인걸, 지금의 내 모습인걸, 인문학에서 배웠다. 나에게 이걸 알게 하시려고 그렇게 많은 시간을 다듬어주신 교수님들께 말씀드리려 한다. 교수님 이제 시작인걸요.

지나온 삶과 성프란시스대학

사상철

나는 글씨도 잘 못 쓰지만 열심히 글을 써볼까 합니다.

저는 초등학교 2학년밖에 배우지 못했지만 글을 쓰려고 연필을 잡았습니다.

이 글을 읽어보는 분들이 저라는 사람을 좀 알 수 있게 되기를 바라면서요.

저는 많이 배우지 못했지만 이 글은 최선을 다해서 씁니다.

명륜보육원에서 살다 6~7세쯤 인덕원에 있는 어머니 집으로 오게 되면서 내 인생은 달라졌습니다. 어머님과 함께 살면서 고아원에 있는 누나가 보고 싶어 보육원을 찾아가곤 했지요. 그래서 지금도 누나 생각에 눈물이 나곤 합니다.

누나는 보육원에 살다가 미국으로 입양 가고 나는 어머님 사시는 집으로 오게 되었습니다. 와서 살다 보니 어머님이 좋아하는 (양)아버지 김창희 씨와 사이가 안 좋아졌습니다.

매일 술 마시고 집에 오시면 뒤뜰에서 싸우는 소리만 들렸습니다. 지금 생각해도 내 성격이 변할 수밖에 없는 것 같습니다. 힘이 든 집 생활은 점점 지쳐만 가고 집을 두 번 세 번 나갔다가 돌아오기도 했습니다. 결국 나는 어머님께 말씀을 드렸습니다.

"엄마 나 집 나갈게요."

어머님께선 이렇게 말씀하셨지요.

"그래 나가서 살아보렴." 힘들면 다시 오라고 하시면서요.

그래서 나는 집을 나왔습니다.

내가 집을 나온 것은 아마 1979년(당시 10세) 6월쯤이었던 것 같습니다. 왜냐하면 그 당시 박정희 대통령이 돌아가셨거든요. 그래서 기억하는 것 같습니다. 내가 서울역에 처음 온 날이기도 했습니다.

집 나올 때는 돈도 좀 있었습니다. 하지만 점점 돈도 떨어지고 배도 고팠습니다. 주로 남대문 시장에서 얻어먹고 살았습니다.

집을 나온 지 한두 달쯤 지났을 때입니다. 서울역 파출소에서 어떤 분이 소년의 집(마리아수녀원)에 가서 공부하라고 말씀해주셨습니다. 그래서 나는 소년의 집에 가서 공부를 했습니다. 그곳 생활이 힘들지 않았습니다. 어려서부터 공동 생활의 경험을 이미 해봤기 때문입니다. 친구들과 금방 친해지면서 삶이 좀 풀리는 것 같다는 생각도 들었습니다.

인문학을 처음 배울 때는 인문학이 무엇인지 몰랐습니다. 인문학을 어떻게 해야 하는지도. 하지만 인문학을 배우면서 내가 혼자가 아니라는 생각이 들었습니다. 동무들 그리고 함께 공부해온 형님들 그리고 동생들도 있었습니다.

함께 웃고 함께 공부해온 선생님. 저희들을 가르쳐주시는 교수님들 그리고 무엇보다 저희들을 지켜봐주시는 임영인 신부님, 뒤에서 우리를 이끌어주신 이선근 선생님, 함께해주신 송수경 자원활동가 선생님…….

모든 선생님들께 감사하는 마음이 드는 것 같습니다.

지금은 인문학을 배우면서 가장 행복한 순간인 것 같습니다. 왜냐하면 처음 해본 경험이 많았기 때문입니다. 뮤지컬도 보러 가고……. 〈지킬 앤 하이드〉라는 뮤지컬을 보면서는 성선설과 성악설에 대해 생각해보게 되었습니다. 성선설은 인간이 태어날 때부터 지킬 박사처럼 선하다고, 성악설은 하이드 씨처럼 악하다고 말합니다. 하지만 저는 어떤 말이 옳은지 그른지 모릅니다. 안성찬 교수님! 그걸 알 수 있는 날까지 열심히 공부해볼까 합니다. 제가 태어날 때는 선했는지 악했는지 몰랐지만 언젠가는 알 수 있을 것 같습니다.

그리고 미술관도 가보았습니다. 그림을 보러 미술관에 갈 땐 김홍도 그림을 보고 싶었습니다. 하지만, 김홍도 그림은 얼마 안 걸려 있고 서양 그림이 좀 많았습니다. 어떻게 받아들여야 할지 몰랐는데, 김동훈 교수님이 그림에 대해 설명해주시면서 조금은 이해를 할 수 있었습니다.

역사를 가르쳐주신 박한용 교수님과 함께 절에도 가보았는데 그때 내 마음에 제일 와 닿았던 것은 사천왕들이었습니다. 동서남북을 지키고 있는 사대천왕들, 보기에는 무서웠지만 지금은 그분들 덕에 내가 살고 있는 것은 아닐까 하는 생각이 듭니다.

박한용 교수님 말씀이 마음에 와 닿아서 사대천왕들 이름이나마 기억하려고 합니다.

사대천왕의 이름은 광문천강역사, 동방천강역사, 증장천강역사, 지국천강역사입니다. 광문은 칼, 지국은 삼지창과 보탑, 동방은 비파를 들고 있고, 증장은 마귀를 발로 밟고 있습니다. 동방은 지국천왕 서방은 광목천왕 남방은 증장천왕 북방은 다문천왕이 수호한다는 박한용 교수님 말씀을 듣다 보면 부처의 세계로 가는 듯한 느낌을 받습니다.

쓰지 않던 글을 쓰려다 보니 정말 힘들었습니다.

왜냐하면 너무 못 배운 내가 글을 읽을 줄도 쓸 줄도 잘 몰랐기 때문입니다. 하지만 박경장 교수님 말을 듣다 보니 다른 건 몰라도 하나는 확실히 알게 되었습니다. 첫 글자는 항상 떼어 쓴다는 것.

그래서 지금은 첫 글자를 떼어 쓰는 연습을 많이 합니다. 박경장 교수님께서 시를 써보라 하셔서 집에서 여러 번 써봤지만 잘 안 되었습니다. 그중 하나를 여기에 써볼까 합니다.

제목은, 바다

바다는 우리가 오면 언제나
웃는 얼굴로 반겨주네
하지만 우리는 바다가 주는 수많은 것을
잘 알지 못하네
바다는 넓은 마음으로 언제나 함께
인간과 더불어 살아가려고 하는데
인간은 바다의 마음을 잘 모르는 것 같네
어부들은 바다 생물들의 씨를 말리고

바다를 찾아온 사람들은 쓰레기

마구 버리고

견디지 못한 바다는 화가 나선

파도로 이야기하네

함께 살자고……

박남희 교수님과 이야기를 나누다 보니 문득 생각이 나서 이 글을 씁니다.

철학은 이해하기가 참 힘들었습니다. 하지만, 박남희 교수님 말씀을 듣다 보면 조금은 이해가 되었습니다.

처음에는 포기할까 하는 생각이 머릿속을 뒤덮기도 했는데 이렇게 끝까지 수업을 듣게 될 줄은 몰랐습니다. 지금은 철학을 조금 더 배웠으면 합니다. 그래서 집에서는 철학책을 조금 더 읽고 있습니다.

철학은 삶에 대한 생각을 하게 합니다. 내가 말하는 것보다는 다른 사람 말을 얼마나 이해하는지 이런 게 열심히 살아가는 것은 아닐까 합니다. 철학은 정말 이해를 잘하면 인생을 살아가는 데 큰 힘이 됩니다. 철학책을 읽다 보면 하이데거나 소크라테스, 칼 마르크스처럼은 철학하지 못하지만 내 인생에 철학 한 구절은 새길 수 있는 것 같습니다. 그래서 저도 철학을 새겼습니다.

"우리는 오늘 죽을 수 있다."는 어떤 철학자의 말을 들었습니다. 아무리 삶이 힘들더라도 오늘밖에 살지 못한다면 막 사는 것보다는 오늘의 삶에 최선을 다하는 사람이 되었으면 합니다.

여러 선생님들, 내일보다는 오늘에 최선을 다하는 삶을 살면 인생이 조금은 변하지 않을까요? 내일 떠오르는 태양보다 오늘 우리에게 빛을 비춰주는 태양이 아름다운 것은 아닐까요? 하는 마음이 듭니다.

철학을 배우면서 매일 맞이하는 오늘을, 최선을 다하는 삶을 살아볼까 합니다. 인생에 철학은 꼭 필요한 것 같습니다.

문학책을 읽다 보면 졸음이 밀려오고 거기서 읽은 내용을 생각만 하면 머릿속을 망치로 얻어맞은 느낌을 받습니다. 정말 말 못 하면서도 무슨 말이든 한마디 해야지 하는 내 마음을 선생님들은 이해해주십니다. 틀리면 몰라서 그런가 보다 하고 환하게 웃어주시는 선생님들이 계시는 교실에 참 가고 싶습니다.

문학 시간은 짧았다는 생각이 듭니다. 나만 그런 줄 알았더니 그렇지 않았나 봅니다. 다른 선생님들도 시간이 짧았다고 말씀하십니다.

문학을 하다 보면 내가 잘못 살아온 것 같은 생각이 듭니다. 조금 더 책을 읽고 공부도 해야겠다는 마음이 듭니다. 내가 문학을 배우면서 책을 다 읽어본 것은 두 권 정도였습니다. 39년을 살아오면서 읽은 책이 두 권이었습니다. 그래서 정말 한심한 생각이 들기도 합니다.

아직도 책은 정말 읽기가 힘이 듭니다. 책 한 권을 읽는 데 두 달 정도 걸립니다. 그래도 이 정도나마 읽을 수 있다는 점에서 정말 교수님께 감사한 마음뿐입니다.

안성찬 교수님, 지금부터는 좀 더 많은 책을 보고 생각을 조금만 더 해볼까 합니다. 이 정도라도 읽고 쓸 수 있게 해주셔서 행복합니다.

평생 책 한 권도 제대로 못 읽고 글 한번 제대로 못 써보았지만, 인문학을 하면서 저는 조금이나마 변화된 삶을 살 수 있었습니다. 제가 할 줄 아는 것은 없지만, 최선을 다하면 행복이 온다는 것을 알았습니다. 그동안 함께해주신 모든 선생님, 교수님, 다시서기 선생님들, 그리고 임영인 신부님 고개 숙여 감사드립니다.

나는 4년의 결혼생활을 버리고 서울역으로 왔습니다. 하지만 그것은 잘못된 결정이었던 것 같습니다. 그러지 말았어야 했는데, 그땐 그걸 몰랐습니다.

지금부터 다시 생각해볼까 합니다. 열심히 노력해서 이 힘든 세상 속에서 살아가 볼까 합니다. 시간은 결코 길지 않습니다. 내 아들 초등학교 졸업하기 전에 일어나 볼까 합니다. 죽어도 좋습니다. 병신이 돼도 좋습니다.

열심히 살아볼 것입니다. 2013년 안에 아들과 함께 살 생각입니다. 아무리 힘들어도 포기하지 않을 것입니다. 맑은 물에 자라나는 콩나물보다는, 차라리 흙탕물에 자라나는 연꽃처럼 피어볼까 합니다. 지금은 더럽고 지저분한 생활을 하지만 내 아들을 위해 열심히 살아갈 것입니다.

모든 선생님들 지켜봐주셔요. 꼭 성공합니다.

행복한 삶을 꼭 살고 맙니다. 내일을 위해 오늘도 열심히 달려보겠습니다.

내 이야기 들어볼래요?

故 전태선

내가 성프란시스대학에 온 것이 무엇을 배우기 위한 것은 아니었습니다. 오히려 사람이 그리워서 왔다고 한 게 정답이겠지요. 더 이상 혼자 있다간 벙어리가 될 것 같았어요. 집에 텔레비전이 있는 것도 아니고. 근 2년 동안은 창살 없는 감옥생활을 했어요. 손기정체육공원에 운동 나간 것을 제외하곤 대부분 집에만 있었으니까요.

성프란시스대학에 들어와서 좋은 선생님들을 많이 만났고 그래서 사람이 그리워 사람을 만나야겠다는 나름의 목적을 달성한 것 같아요. 전 졸업이 목적은 아니었습니다. 아니, 졸업을 하고 싶기도 했어요. 졸업한 모습으로 아내와 딸을 만나고 싶었거든요.

술을 자주 마시는 편이지만 마지막으로 마신 것은 일주일 전이었습니다. 웬일인지 지금은 술 생각이 나지 않네요. 술이 좋아서 마시는 것은 아닙니다. 아내와 이혼하면서 (사이가 나빠서 갈라진 것은 아니었어요. 좋은 사람 만나라는 의미로 보내준 것이었지요.) 하나 있는 딸은 엄마와 함께 있어 했어요. 지금도 살아계시는 부천의 부모님은 손녀를 많이 귀여워하셨지요. 부모님은 제가 이혼할 것이라고는 짐작도 못하셨을 겁니다. 그런 생각이 날 때면 술로 잊곤 했어요. 그 생각을 하니 지금도 속이 쓰리네요.

가족이 보고 싶어요. 아내도 딸도 그리고 부모님도……. 거의 만나 뵙지 못하지만 부모님, 그리고 아내와 딸이 잘 지내고 있다는 것이 그나마 위로가 됩니다.

한번은 술김에 아내에게 연락을 했어요. 그리고 만났지요. 할 이야기가 참 많았는데 참 이상도 하지 정작 만나니까 아무 말도 안 나오더군요.

여보, 딸아……

* 이 글은 전태선 선생님이 하신 말씀을 그대로 받아 옮긴 글입니다.

그래서 인문학 (2)

펜과 노트

故 김석두

2009년 3월 어느 날 인문학을 시작하면서 노트와 펜과 책 몇 권이 내 손에 쥐어졌다. 노트 몇 장을 뒤적이며 이런 물음이 떠올랐다. 이 노트 안에 무엇을 채울 수 있을까. 책을 보면서 1년이란 인문학 과정을 잘할 수 있을까. 사실 한 30여 년 만에 다시 책과 노트, 펜을 들고 읽고 쓰고 한다는 것은 인문학이 아니었으면 나에게는 있을 수 없는 일이었다.

산다는 것에 아무 생각이 없었고 바람이 불면 바람이 부는가 보다, 비가 오면 비가 오는가 보다, 눈이 오면 눈이 오는가 보다, 꽃을 보면 이쁘다, 아름답다, 매사에 이런 생각이 전부였다. 현실에 만족을 못 느끼고 하루하루 살아가기 버거웠다. 당시 내 친구는 술이었다. 산다는 게 무의미하고 힘들고 막막하고 이렇게 살면 안 되는 줄 알면서도 술과 벗하고 사람이 좋아 지내온 세월, 나 자신이 미워도 너무 미웠다.

2007년 5월 노숙을 하고 아침부터 술을 먹고 혼자 남산에 올라가는데 왜 그렇게 눈물이 나는지, 그렇게 많이 울어본 적이 없는 것 같다.

그런데 울고 난 후 문득 나에 대해 생각을 해보게 됐다. 나는 누구인가. 나는 왜 여기에 있는가. 나는 어디서 왔을까? 아~ 이렇게 미련한 놈, 이렇게 모자란 놈이란 생각이 들었다. 그래 나를 찾자. 나를 있게 한 부모님이 계시고 부모님의 부모님이 계신데 어디선가 나를 지켜보고 계실지도 모른다는 생각이 들었다.

이렇게 건강하게 낳아주신 것도 행복한 일인데 부모님이 주신 몸을 생각 못하고 혼자의 몸이라고 살았던 나 자신이 부끄럽고 못난 놈이란 말이 수없이 입에서 맴돌았다.

그래 일을 하자. 돈은 나중이고 건강한 몸을 주신 것도 고마운데.

2007년 9월 다시서기센터 문을 두드렸다. 이종만 선생님과 일자리 상담 끝에 자전거 일을 시작하게 되었다. 고마운 분들을 위해 열심히 일했다. 조그마한 보람도 있었다.

그런데 점점 현실에 만족을 못 느끼고 더 큰 마음, 큰 욕심, 큰 생각이 머릿속에서 맴돌고 있었다. 나 자신을 생각 못하고 그동안 고마웠던 선생님도 생각 못하고 모든 분들을 잊어버리고 또 할 수 있다는 자만심에 일을 그만두고 내 생각대로, 내 나름대로의 자유를 누렸다.

그런데 자유는 오래가지 않았다. 자유를 느끼면서 나 자신을 잃었다. 나 자신은 조그마한 구속이 있어야 사람이 되겠구나 생각하면서도 구속은 싫고 항시 할 수 있다는 자만심이 나를 에워쌌다. 짧은 생각으로 인해 다시 전의 내 모습으로 돌아갔다.

그런데 다시 한번 나를 거두어주신 고마운 분들이 계셨다. 사랑하는 신부님, 이종만 실장님, 이형운 팀장님께서 다시 나를 붙잡아주었다. 다시 자전거 일을 시작하게 되었다. 다시는 실망을 드리면 안 되겠다는 생각이 항시 내 머릿속에 자리 잡고 있다. 남들이 볼 때 자그마한 일이겠지만 열심히 하고 있다. 해마다 하는 용산 자전거 나눔 행사, 2008년 필리핀   까부야오 빈민촌 자전거 나눔 행사. 신부님, 선생님께서 곁에서 도와주시고 힘을 주셨기 때문에 자전거에 희망을 가지고 이런 모든 일들을 열심히 하고 있는 것 같다.

존경하는 교수님, 자원활동가 선생님.

인문학을 시작하고 저에게는 저 자신이 깜짝 놀랐을 정도로 많은 변화가 생겼습니다. 남을 바라보는 눈, 생각하는 마음, 이해하는 마음, 자신을 낮출 줄 아는 마음, 멀리 볼 줄 아는 마음……. 인문학을 배우지 않았으면 내가 어떻게 펜을 들고 필기를 하고 책을 읽고 필기해둔 노트를 보면서 나를 생각하고 채찍질할 수 있었을까요.

아쉬움이 남지만 인문학을 졸업하고서도 이 노트와 펜과 책은 나에게 있어서 아주 소중한 힘이 될 동반자입니다. 힘들고 포기하고 약해질 때마다 꼭 필기해둔 노트를 펼치겠습니다. 삶에 많은 도움이 될 겁니다.

인문학을 시작하고 제가 좋아하는 글귀가 생겼습니다.

'틀에 박힌 자유보다 구속받는 자유가 좋다.'

'일단 시작했으면 상대가 너를 주목하고 있다는 사실을 명심하라.'

항시 생각하며 살겠습니다. 언제나 열성적으로 가르침을 주셨던 교수님, 때론 친구처럼 격의 없이 친절히 가르쳐주셨던 자원활동가 선생님, 너무 수고 많으셨습니다.

항시 뒤에서 관심과 애정을 주셨던 신부님, 다시서기센터 선생님, 정말 감사합니다.

저도 인문학을 배웠다는 것이 헛되지 않도록 열심히, 천천히 더 나아진 삶을 위해서 노력하겠습니다.

내가 살아온 길

이○원

나는 왜 가난하고 소외된 밑바닥 인생이 되었을까.

가정 환경과 성장 배경, 타고난 유전자 차이도 있겠지만 지금 사회에서 주요 일꾼으로 활동하고 있는 이들도 처음 시작은 비슷했을 것이다.

내 인생의 전환기는 20세 이후이다. 동기들이 대학 진학이나 직업전선의 길로 나갈 때 나는 공무원 시험 준비를 했다. 시험에 몇 번 쓴잔을 마시고 결국 28세(1987년) 때 보건복지부 시행 의료보험조합(지금의 국민건강보험공단) 6급 사무직에 합격했다. 온실의 화초처럼 나약하고 내성적인 성격을 바꾸어보고자 직장 동료들과의 잦은 회식에도 빠지지 않고 참석했다. 그렇게 되풀이되는 일상의 따분함 속에서 1년 간 좋은 감정으로 교제하던 동료 여직원이 있었다. 하지만 그녀는 현실에 안주하는 남자보다 야망이 큰 남자를 좋아했다. 말단직에서 벗어나지 않으면 만남을 계속 이어갈 수 없다는 고백을 듣고 회사에 사직서를 제출하게 되었다. 내가 만족하는 일을 하고 싶었지만 무엇보다 가장 큰 이유는 그녀의 변절이었다. 몇 년 후에 괄목상대한 모습으로 다시 만나고 싶었다. 결국 1990년 1월 4일, 2년 2개월의 짧았던 첫 직장과 이별하였다.

군 제대 후에는 서울 동아일보 지국에서 총무 생활을 잠시 했었는데, 다시 그곳 신문지국에 들어갔다. 신문배달과 수금 업무를 하면서 남은 시간

틈틈이 7급 공무원 시험공부를 했다. 결국 응시연령 제한으로 허송세월만 보내게 되었다.

불규칙한 식사와 영양결핍으로 큰 병을 얻어 고향인 안동으로 내려왔다. 안동 성소병원에서 수술을 한 후 6개월 간 집에서 요양을 했다. 다시 기운을 차린 뒤 안동시 소재 (주)새한 축산 관리부에 입사를 하였다. 부모님을 모시면서 매달 꼬박꼬박 적금을 들면서 성실하게 일하던 그 시절이 나에게 가장 행복했던 시기였다.

하지만 그것도 잠시, 1997년 IMF 사태로 회사 재정이 악화되면서 권고 사직을 당했다. 내 인생에 또 다른 시련이 닥친 것이다. 엎친 데 덮친 격으로 그해 11월에는 평소 건강하시던 아버지까지 간암으로 세상을 떠나셨다.

막막했던 나는 모아두었던 돈을 가지고 무작정 서울로 왔다. 어릴 적부터 친한 사촌 형이 있었는데 부산에서 수석 사업을 한다며 돈을 빌려달라고 하셨다. 형에게 2천만을 빌려주고 매달 이자를 송금 받았다. 송금이 뜸하기에 부산 형네 집으로 찾아갔으나 형은 사업을 부도내고 이미 가출한 상태였다.

가진 자본도 없고 기술도 없는 내 앞날은 막막하기만 하였다. 노동부 주관 실직자 재취업 교육을 받으면서 1999년 열관리기능사, 고압가스기능사 자격증을 취득하였다. 하지만 많은 나이와 경력 부족으로 취업이 쉽지는 않았다. 가진 돈으로 생활하다가 결국 무일푼이 되었다.

김대중 정부 시절에는 직업이 없는 사람들도 쉽게 신용카드를 발급받을 수 있었다. 당시 건축 인력 일을 나가고 있었는데 카드 대금을 내기가 힘들어 카드를 5개까지 발급받아 사용했다. 돌려막기를 하면서 근근이 버티다가 결국 신용불량자가 되고 말았다. 건축 인력 일을 하면서 배운 경마 때문이었다. 한때는 내수경제를 살리려고 무분별하게 카드 발급을 해준 정부 정책을 원망했다. 하지만 결국에는 나의 과소비와 줏대 없음을 나무라야 했다.

신용불량으로 취업은 어려울 것 같아서 건축현장 일을 계속했다. 그러던 가운데 일을 하다 3미터 높이에서 떨어져 손목이 골절되고 허리를 다쳤다. 산재 종결 후 장애 보상금으로 생활을 하였는데, 얼마 가지 않아 그 돈마저 떨어졌다. 그렇게 강변고속터미널에서 노숙생활을 시작하게 됐다. 6개월을 거리에서 보내던 중 경기고속 영업부 소장을 우연히 알게 되어 터미널 화물운송부에서 3년간 일을 하였다. 하지만 그 일도 수화물이 점점 줄어들자 내가 일할 몫도 덩달아 줄어들었다. 무슨 역마살이 끼었는지 직장생활을 오래 지속하지 못하고 방황하는 인생이 계속 이어진 것이다.

무엇이 문제점일까. 되돌아보면 나는 노력도 부족했고 끈기도 없었으며 야망도 없었다. 세상에는 자수성가한 부자보다 부모를 잘 만나서 물려받은 유산, 인맥으로 상류층이 된 사람들이 많다. 하지만 내 운명은 이미 가난의 질곡에서 탈출할 수 없는 팔자이었던 것 같다. 지금의 가난에서 탈피하고자 발버둥 친들 현재와 달라지기 힘들 거라는 생각이 든다. 유산도 없고 학력도 없고 인맥도 없다. 게다가 게으르고 야망도 없다. 그러나 이대로 주저앉을 수는 없었다.

다시서기센터를 이용하면서 정신적으로 황폐하고 나태해지는 시간을 오랫동안 보내고 있었다. 뭔가 새로운 자극이 필요한 시점에 인문학을 만났다. 학창 시절부터 책을 읽고 간단히 일기도 썼으니 나에게는 친숙한 학문이었다. 인문학은 전문적인 기술 교육처럼 당장 현실에는 적용할 수 없지만 이성적 판단 능력과 지적 역량을 키우고 사고력을 향상시키는 것이 목적이 아닐까 한다. 애플 창업자 스티브 잡스가 제품개발 과정에서 왜 인문학을 강조했는지를 알 것 같다. 제품을 사용하는 대상이 인간이기 때문에 인간에 대한 이해를 갖고 만들었을 것이다.

박경장 교수님에게서 자아 찾기를 통한 존재감을 배웠고 안성찬 교수님에게서 중용의 도를 배웠으며 박한용 교수님에게서는 측은지심을 배웠다. 또 김동훈 교수님에게서는 여유와 소통을 배웠으며 박남희 교수님에게서 레비나스의 '시간과 타자'를 통해 나를 객관화시키고 어떤 대상을 치열하게 사랑함으로써 비로소 보람과 행복이 온다는 것을 배웠다.

성프란시스대학에서 내가 얻은 것은 많다. 단순히 수업을 통해 지식을 얻었다기보다 타인과 어떻게 소통하는지를 알았고 동기들과 조금씩 가까워짐에 따라 내 안에 있는 소외감과 외로움을 잊을 수 있었다. 정말 소중한 것은 그것을 잃어버렸을 때에 가장 절실하게 느끼게 된다.

마지막 졸업여행은 내 생애 가장 아름다운 기억이 될 것이며, 죽을 때까지 잊지 못할 것이다. 1년 동안 시간을 함께해주신 교수님, 자원활동가, 7기 동기생님들께 깊은 감사를 드린다.

인문학을 만난 이야기

이○복

몇 해 전인가. 영등포 주민센터 입구에서 수급자를 포함한 차상위 계층을 위한 인문학 과정이 있다는 포스터를 본 적이 있다. 그 포스터에는 여러 가지 혜택을 준다는 문구가 있었던 것으로 기억된다. 인문학이란 단어 자체가 생소할 뿐만 아니라 하루를 겨우 살아가는 내게는 교육과정이 가슴에 와 닿지 않아서 그냥 지나쳐버렸다. 그런데 서울역 다시서기 상담소에서 겨울철 심야자활을 마칠 무렵, 다시 그곳 선생님의 권유로 자의 반 타의 반으로 성프란시스대학 인문학 교육과정을 신청하게 되었다. 인문학을 하며 뒤죽박죽 얽혀 있는 시간들을 정리하면서 지나온 과거와 현재 생활과 미래를 자주 생각하게 되니 인문학이 어찌 보면 우리 같은 처지에 놓여 있는 사람들에게는 지금과 같은 생활을 조금이라도 발전적인 방향으로 개선할 수 있는 계기 같은 것이라 보고 싶다.

강의 자체보다는 많이 놀러 다니고 저녁을 제공해주고 하는 것에 마음이 동했고, 혹시나 무슨 혜택을 주지나 않을까 하는 생각이 들어 신청한 것을 부정하지는 않는다. 하지만 차츰 강의가 진행되고, 신입생 MT 여행과 동문 체육대회 같은 모임에 참석하면서부터는 혼자만의 지난 생활에서 벗어나 동무들과 대화를 하고 여행을 하고 맛있는 음식을 먹고, 대학교수님과 자원활동가 선생님들과 대화를 나누는 경험을 하게 되었다. 이 속에서 나도 모르는 사이에 지금 생활에서 겪어보지 못했던 자신감과 관계에서의 편안함이 가슴 뿌듯하게 내 가슴 한가운데 자리를 잡아가고 있는 것을 느끼게 되었다. 처음에는 책을 받아서 2~3장을 읽으면 졸리고 괜히 눈이 침침해지고 하여 그냥 덮어버리는 것이 다반사였는데, 차츰 시간이 지나자 책값이 아까운 생각이 들어 대충이라도 보기 시작한 것이, 언제부터인가 주위에서 쉽게 접할 수 있는 소설책으로 손이 가는 것에 내심 나 자신도 놀랄 때가 있다. 내가 언제 근 30년 가까운 세월 속에서 지금과 같이 책을 읽어보았나 돌이켜보면서, 사람이 어울려서 생각하고 같은 목적으로 무엇인가를 논한다는 것이 사람을 변화시킬 수 있는 묘한 마력을 가졌다는 것을 알고 새삼 놀라웠다.

교수님께서 강의하는 내용 자체가 무슨 뜻을 담고 있고 무슨 답을 요구하는지 모를 때가 많고, 알지 못해서 교수님의 질문에 답을 제대로 하지는 못하지만, 그래도 노트에 열심히 필기하는 것에 행복감을 느끼며, 이 흔적들이 좋은 추억으로 남을 것이라 생각하기에 나는 오늘도 적는다.

종강이 며칠 남지는 않았지만 내가 끝까지 오리라고는 생각도 못 했다. 차츰 시간이 지나면서 오기 아닌 오기가 생겼고, 이제 유종의 미를 거둘 수 있어서 가슴 한구석에 뿌듯함을 느낀다. 사실 교육과정 중간 중간 생활고에 지쳐서 그만두고 싶은 생각이 여러 번 들었다. 하지만 내가 언제 이런 수준 높은 강의를 들어볼 수 있나 하는 생각을 하면서 언젠가는 나도 인생에 대해 돌이켜볼 기회가 있을 것이라는 사치스러운 생각을 해본다. 인문학을 하면서 불확실한 미래에 대해 답을 구하고자 한 것들이 나중에는 결실을 맺을 수 있지 않나 한다. 내가 답을 구하고자 하는 것이 졸업 후에 가능할는지는 몰라도 시도는 꼭 하리라. 내가 배운 것, 느낀 것이 꼭 실현되리라는 믿음, 앞으로의 생활에 대한 자신감이 내가 지금까지 해온 인문학에서 얻은 것이다.

"인문학 과정이 지속되는 한 언젠가는 가진 것 없고 기댈 곳 없는 이들의 희망학교로 발전되리라 믿고 있기에 교육을 받았고, 희망을 갖고 졸업을 합니다."

깨지지 않는 거울

김대영

눈이 가득 쌓인 이른 아침, 어느 쉼터 공터에 관광버스가 몇 대씩 들어오고 당시 현실과 어울리지 않는 그들의 목적지와 대상을 알았을 때, '인문학'이라는 말을 처음 들었다. 누구는 잠을 자지 못해서 늦은 밤이든, 이른 새벽이든 꽁초를 찾아 헤매는데 달랑 가방 하나 들고 버스에 올라타는 그들의 모습이 그렇게도 부러울 수 없었다.

그렇게 1년이 지나고 그 시절을 되돌아보는 시간이 왔다. 부러워하던 관광버스에 가방 하나만 멘 채 가볍게 올라타 봤고, 사회보호계층(실직 노숙인)에서 두 단계 상승해 차상위계층(최저생계비 120퍼센트)을 넘어 '공공근로 계층'으로 올라서기까지 했다. 작년에 처음 알게 된 '사회복지사'라는 것도 인문학 수업을 들으면서 과정을 마쳤고, 내 생애 최초로 자격증이라는 것을 취득했다. 이제는 나와 같은 처지에 있는 사람들을 상담하는 일을 한다.

이게 다 인문학 덕분이라고 말할 수는 없다. 인문학은 현실과 동떨어진 측면이 있다. 오히려 하루 종일 일하고 저녁에 수업을 듣는 이에게 더 많은 피곤을 안겨줬다. 하지만 수업을 듣는 순간은 마음이 편했다. 같은 처지의 동료들이 있어서 그런지 몰랐다. 오히려 나보다 더 험난하고 어려운 처지에 있는 동료들도 있었다. 교수님도, 자원활동가 선생님도 살갑게 대해주셨다.

더럽고 냄새나고 이빨도 없어 발음이 줄줄 새는 얼토당토않은 얘기들을 신앙고백 들어주듯 들어주시고 말씀하신다. 수업 시간에는 많이 배우고 높은 분들이나 하는 얘기들도 많이 나누었다. 물론 인문학 과정을 졸업한 후로는 그런 얘기를 할 기회도 없고 공간도 없어졌지만 심화 수업을 통해 그나마 갈증을 풀기도 한다. 아쉽게도 아직 심화 수업에 참석을 하지 못했다. 심화 수업 일정을 보며 꼭 참석해야지 하면서도 아직 방탕함과 게으름이 몸과 마음을 유혹한다.

인문학은 현실을 또 외면한 채 풍물이라는 것도 알려주었다. 사회복지 시설에서 공연을 하고, 졸업식 때 공연도 하게 했다. 오 이런, 많은 사람들 앞에서 공연을 하게 만들다니……. 개인 사정으로 지금은 풍물을 하고 있지 않지만 다른 동료들과 인문학 6기 후배들은 아직도 풍물을 하고 얼마 후에 있을 공연 준비도 하고 있다. 얼마 전 한일강제병합 100년이 되는 날, 성균관대에서 공연을 하기도 했다. 직접 공연하지 않았지만 얼마나 자랑스러웠는지 모른다. 풍물패 '두드림'은 그렇게 인문학을 통해 알게 됐다.

인문학은 호사스럽게도 연극, 영화, 뮤지컬, 박물관 관람도 모자라 지리산 여행, 남도 여행까지 하게 만들었다. 기껏 시장통 한구석 냉동 수입 삼겹살에 소주나 먹으면 잘 먹는 거였고 남산 올라가는 것이 고작이었는데 버스를 대절하여 이리저리 유람까지 하게 되었다. 불과 작년 겨울, 쉼터에서 버스에 올라타는 그들을 부러움으로 바라보던 나였는데…….

여행은 정신없이 시작됐고 지나갔다. 그 속에서 먹는 음식은 맛도 맛이거니와 소화도 너무 잘되어 늘 배고플 지경이었다. 네모진 강의실을 벗어나 사방팔방 뻥 뚫린 자연 속에서 나누는 대화들은 그 어떤 책이나 말씀보다 새로운 경험이었다. 거기다가 막걸리까지 곁들이니 천국이 따로 없었다. 그 천국에서 노래방까지 갔으니……. 마치 첫 소풍을 다시 갔다 온 것 같았다.

인문학은 많은 친구들을 만들어주었다. 선배도 알게 되고 후배도 알게 됐다. 글쓰기를 가르쳐주시는 박경장 교수님 댁에 겨울 땔감 나무를 한다는 핑계로 가서 고기도 구워 먹고 등산도 하고 축구까지 한 날이 있었는데 친한 이웃집에 놀러 간 것 같았다. 동료들끼리 편을 갈라 축구를 할 때도, 길가 '적당한' 곳에서 막걸리를 마실 때도, 남산에 올라가 소주를 깔때도, 자전거를 타고 한강 공원을 갈 때도, 몰래 사온 소주를 풀 더미 속에서 먹을 때도 그랬다. 하지만 술 먹고 같이 싸울 때는 인문학을 관두고 싶었다. 그런 동료들이 졸업을 하고 각자의 길로 가고 있다. 어느 동료는 교육청 상을 받기도 하고, 문학상을 수상하기도 하고, 정식 직원으로 채용되어 열심히 일을 하기도 하고, 임대주택에 입주해 안정적인 생활을 하기도 한다. 서울역에서 자주 보는 동료들도 있고, 술 한 잔 기울이는 동료도 있다.

인문학은 무엇보다도 나 자신을 많이 돌아보게 만든다. 생각하기도 싫은 과거지만 뒤를 돌아보게 만들어 앞으로 나아가게 만든다. 그것은 보이지 않는 거울을 만들었다. 거울을 통해 이 세상을 다시 보게 만들었다. 겨우 몇 발자국을 떼어서 그런지 아직 그 옛날의 못된 습성이 남아 있다. 그래도 거울은 깨지지 않고 늘 내 앞에 있어 '인간이 되어라' 주문을 외운다. 카드빚을 갚기로 하고 신용 회복 지원 신청을 했고, 욱하던 성질도 많이 죽어 경찰서 가는 일이 없어졌으며, 지나친 음주와 술주정으로 파출소 가는 일도 없어졌다. 아직 술을 끊지 못했지만 남들처럼 살지는 못하더라도 지난날처럼 살지는 않을 것 같다. 그래도 내 몸에 흉터를 가끔씩 보면 한심하다 못해 안쓰러울 때도 있다. 그 안쓰러운 인간과 같이 사는 우리 집사람에게 한없이 고마움을 느끼며 미안한 생각뿐이다.

이제 인문학이라는 보호막과 끈이 없어졌다. 다시금 그 혜택을 입을 수 없으니 가로등도 없는 어두운 도시 골목을 걸어가는 것 같다. 차라리 산길이었으면 별이라도 보고 갈 텐데 말이다. 이제 신분 상승은 없다. 영원한 '공공근로 계층'에 머물지라도 내가 할 일이 있고 내가 하고 싶은 일이 하나둘 생겨날 것이다. 어차피 진흙탕에서 뒹구는 인생, 모래 위에서 뒹구나 자갈에서 뒹구나 더 이상 땅으로 꺼지지 않으면 인생 성공인 듯하다. 그러다 보면 남을 위해 일하는 시간은 늘어날지도 모른다. 인문학이 나에게 준 건 깨지지 않는 거울 하나였다.

성프란시스 10기, 그 1년의 과정

불위

졸업이 가까워지면서 헤어짐이란 슬픔 띤 단어를 생각하게 된다.

2014년 1월 이맘때쯤, 거리에서 우연히 마주친 미소꿈터장 박성광 신부님으로부터 인문학과정에 대해 건네 들었다. 몇 해 전부터 듣던 이야기이고, 어쩐지 번잡하고 귀찮을 듯해 별 관심이 없던 것이 그날따라 새삼스레 마음이 당겼고, 추천을 받아 며칠 후 면접에 임하게 되었다. 2층 계단을 오르니 협소한 공간에 대기자가 여럿 있어 더욱 좁아 보였다. 떨리는 마음으로 순서를 기다렸다.

책을 보든가 아니면 졸면서 강의를 듣던 김상수 샘, 처음 본 날부터 꼿꼿한 자세로 또박또박 발표하던 초기 부회장 노신근 샘과 함께 면접장 의자에 앉았다. 전면에 심사위원으로 위치하신 여재훈 학장님과 안성찬 교수님의 우람한 풍채에서 풍기는 아우라에 기가 죽어 '여기를 어찌 지원하게 됐느냐?', '예전에는 어떻게 살았느냐?', '앞으로 어떻게 살 것이냐?' 등의 질문에 어찌 대답할지 몰라 버벅거리는 나와는 다르게 유창하지는 않지만, 자신만만하게 답하는 그들을 보며 "시작하면 죽이 되든 밥이 되든 끝까지 가야죠."라고 답한 것 같다.

아직도 이 자리에 남아 있다는 것이, 개근하는 성실함까지는 아니었어도 그때 그 말을 어느 정도 지킨 것 같아 뿌듯하다.

〈잔〉

마음을 비운 너는
일상에 지친 나에게
향기로운 여유로
삶을 적신다

꽃을 피운 너는
일상에 메마른 나에게
아름다운 미소로
마음을 적신다

한 잔의 차를 마시며
오늘은 너의 곁에서 내가 되어보고
내일은 너의 품에서 꿈을 꾼다

3월, 화창한 봄기운 속에 우리들을 위한 입학식이 거행되었다.

처음 본 대한성공회 본관은 소담하면서도, 거룩한 모습이었다. 우리들이 봄을 맞기 위한 최적의 장소인 듯했다. 이런 곳에서 출발해 감회가 남달랐다. 말없이 모든 일에 책임감을 갖고 소신껏 일하는 권순진 샘이 대표해 신입생 인사와 다짐을, 큰 덩치로 지금도 코레일에서 일하고 있는 이상용 샘과 어느 날 갑자기 사라져 소식도 모르는 채 떠난 오광희 샘 사이에 앉아, 정신적 지주이신 김성수 총장님과 성공회 분들, 끊임없이 후원해주시는 코

닝의 임직원분들과 아직은 알지 못하는 동문 및 여러 분들의 축복을 받으며 성대하고 거룩한 첫걸음을 뗐다.

〈그래도〉

사시사철 어두침침,
다닥다닥 붙어 소리도 낼 수 없는
반 평도 되지 않는
4층 구석 방

그래도
숨을 붙이고 누워
빛 가닥 꼬리라도 잡아볼 수 있는
보금자리

첫 강의, 문학 (안성찬 교수님)

훤칠한 외모에 스마트한 마스크, 단추도 잠그지 않은 벨트 달린 바바리코트에서 우러나오던 지적 풍모는 범접하기 어려워, 쉬이 말도 붙이지 못하고 오늘까지 왔다. 조금 섭섭함은 있지만 문화를 경작하며, 플라톤을 배우고 아리스토텔레스를 이야기하고 괴테를 생각했다. 젊은 어느 날 문학도처럼 『햄릿』을, 『나르치스와 골드문트』를, 그리고 『객지』를 소년소녀의 마음이 되어 읽으며 문심文心을 되찾는 듯, 문학과 조금은 가까워진 것 같다. 노신과 임어당에게서 생활을 발견하고 "아Q를 버리고 몽실 언니처럼 살고 싶다."는 마음은 오늘도 아Q의 아둔함 속에 사는 삶을 되돌아보게 하며 몽실 언니처럼 살다 가신 어머니가 왠지 그립다

〈사모.思母〉

고개 숙여
눈물 꽃을 바치옵니다
할 일 없이 지내던 젊은 어느 날

슬며시 불러 술 한 잔 주시며 건네던 당신의 말씀
훗날 처자식이나 먹여 살리겠느냐?
그 말씀에 화가 치밀어 얼굴을 붉히며 반항하던 지난날
자신만만하게 살 수 있다 믿었던 미래는 당신의 걱정 그대로

정말 부끄럽습니다

무덤도 찾지 못하고 불효를 용서해 달라고
무릎 꿇고
눈물 잔으로 올리옵니다

두 번째 강의, 예술사 (김동훈 교수님)

어린 듯 친숙해 가까이하고 싶은 얼굴, 우리에게서 배우며 자신의 어려움을 극복했다 하시던 교수님의 열정적인 모습은 친숙함보다 더한 동질감을 느끼게 하곤 한다. 우리와 가까워지려고 많은 질문을 던지시고, 그 답을 유창히 받아넘기던 한상렬 샘의 앎에 탄복했는데, 이종운 샘과 같이 지금은 잊힌 사람이 된 것이 안타깝다.

고대부터 현재까지 이어지는 예술의 흐름과 숨겨진 의미를 찾아 그 교훈을 알려주시며, 교수님은 은연중에 우리가 삶을 통해 이카루스와 같은 인간으로 살길 바라신 것 같다.

반평생 넘어 첫 2세를 갖게 된 것을 진심으로 축하드립니다.

〈이카루스〉

"시작이 반이다."라는 말이 있다.

마음만 다지고 행하지 않는 일이 우리 삶의 다반사다.

바라는 것, 하고 싶은 것은 얼마나 많은가

그러나 스스로 계획한, 미미한 일에서도 하찮은 몸짓조차 없다.

얼마나 공허한가

거기 산이 있어 오른다는 어느 산악인처럼

챔피언이 되기 위해 끊임없이 노력하는 운동선수처럼

비록 결과는 모르지만

실패를 두려워하지 않는 불굴의 도전 정신으로

삶을 채웠으면 좋겠다.

봄 수련 여행, 횡성서림에서

몇 대의 승합차에 나눠 타고 간 여행은 기대 반 설렘 반으로 우리를 대화로 이끌었다. 처음 본 김영민 샘은 약간 취기가 섞인 강일구 샘의 질문에 나이에 맞지 않게 구렁이 담 넘어가듯 좋은 쪽으로 대화를 이끌었다.

어느새 우리들이 탄 승합차는 신작로 옆으로 난 방죽 둑길을 따라 산중턱에 멈춰 섰고, 이제 여행이 시작되었다. 박경장 교수님의 환영을 받으며, 하늘과 가까워진 마을에서 맑은 쉼을 토해내면서 우리는 인문학에 잠겼다. 잠자리를 배정받고 간단히 짐을 정리한 뒤 교수님과 센터 선생님, 그리고 우리는 서로 안면을 트기 위해 편을 나눠 활에 그들의 얼굴을 담아 쏘고, 끈끈함을 위해 이어달리기, 피구, 족구 등으로 저녁식사 시간까지 친목을 다졌다.

몸이 좋지 않은 초기 회장인 박영훈 샘(빠른 쾌유와 건투를 빕니다)이 몇몇 동기의 도움으로 밥과 찌개를 끓이고, 교수님과 선생님들이 고기를 굽고, 우리는 옆에서 상을 보며 얘기를 나누고 한 식구처럼 즐겁게 식사를 하였다. 술에 대한 염려도 있었으나 어른답게 각자 주량껏 마셔 별문제 없이 넘어갔다. 학장 신부님을 비롯한 후발대의 도착은 횡성의 밤을 더욱 화목하고 활기차게 만들었다. 피곤했던 나는 그 활기찬 회합에 같이 하지 못하고, 양해를 구한 후 별을 새긴 눈동자로 내일을 위해 잠자리에 들었다.

〈할매의 술국〉

저녁이 익던 굴뚝에 연기가 끊기고
찾는 이 없는 촌 가게,
할매의 술국만이
읍내 장 보러 간 할배를 기다리며
난로에서 졸음을 태우며 익어간다

신작로 끝자락으로 멀어져 간 자식,
그 손잡고 콧노래 부르며 같이 올까
고개 넘는 발길에 손주 얘기 묻어올까
할매의 술국만이
읍내 장 보러 간 할배를 기다리며
보고픔에 젖어 꿈길을 서성인다

세 번째 강의, 글쓰기 (박경장 교수님)

하회탈처럼 웃음 지으시며 늘 함께했던 옆집 아저씨 같은 교수님, 아니 그냥 오지랖 넓은 형님, 우리가 가는 곳이면 어디든 가시며 동무처럼 이야기하고 아낌없이 자기 시간을 내주시던 선생님. 같이한 시간은 다시 오지 않겠지만 글쓰기 시간은 모두를 기다린 듯 오늘도 숙제에 몸살이 난다. 한두 개씩 비기 시작한 자리는 반을 넘어가고, 권태기인지, 마음이 무너진 듯 모든 것이 회의스럽고 싫다. 학교도 가기 싫고 모든 것이 귀찮다.

〈무너지다〉

듣는 둥 마는 둥 강의를 마치고 급히 PC방을 찾아 컴퓨터를 켠다.

이 사이트에 로그인 해보고 저 사이트에 로그인 해보고 곧 다시 다른 사이트에 접속해보다가 짜증스럽게 스위치를 끈다.

주인에게 컴퓨터가 좋지 않다고 괜한 타박을 해보나 반응이 없다.

힘없이 무거워진 발걸음으로 오늘따라 높아 보이는 계단을 올라 4층 방문을 연다.

낮에 먹고 씻지 않은 그릇들이 발길에 몸서리친다.

놀란 바퀴벌레는 재빨리 어디론가 숨어든다.

창 너머로 어둠이 스며든다.

여기저기 놓여 있는 물건들은 언제 정리했는지 생각도 나지 않는 방에 개지 않은 이부자리 속으로 몸을 숨긴다.

불 켜는 것도 잊고 이 생각 저 생각에 몇 시지, 머리는 돌고 잠은 오지 않는다.

슬며시 얼굴을 내밀어 천장 너머 하늘을 본다.

별도 보이지 않는 하늘은 너무나 깜깜하다.

꿈도 꿀 수 없는 밤이 밀려와 마음이 무너진다.

여름, 센터에서의 어수선한 쪽방 생활

한 학기를 마치는 종강 파티는 즐거움보다 빠져나간 동기들의 빈자리를 생각하게 했다. 그리고 나와는 무관한 듯한 강의실 임대 문제가 발생하여 이사에 앞선 잠깐의 쪽방 생활, 빈곤하게 살아와서 그런지 나에게는 더한 친밀감으로 정을 쌓는 듯하였다. 좁은 공간에서 너의 숨소리를 들으며 공수해온 도시락을 까먹고, 글쓰기 모임을 같이하던 자원활동가 샘들의 수고에 감사를 표하고 싶다. 일이 겹쳐 참석하지 못한 여름 수련회는 지금도 애석하다. 동해를 보며 대망을 키우고, 설악산 자락에서 호연지기를 품었을 동기들이 부러웠다. 인문주간에 맞춰 이사를 준비하던 우리는 공사에 박차를 가하기 위해 동문들과 완공에 한 손 보탠 것에 보람을 느끼며, 새로운 후암동 시대를 같이한 것이 기쁘다. 이사와 함께 우리의 장기를 자랑하는 인문주간은 여러분들을 모시고 뜻깊게 치러졌다 한다. 같이하지 못해 미안한 마음이다.

〈산과 나〉

하늘을 우러러 숨 쉬고
새와 얘기하며 나무와 거닌다
골에 취해 내와 노닐며
풀에 누워 흙에 산다

벗어버린 몸짓도 거짓인 양

버리지 못한 아쉬움으로
몸부림치는 내일이
부끄럽다

네 번째 강의, 철학 (박남희 교수님)

듣는 것만으로도 골치 아픈 단어 - 철학. 철학을 생활로 옮겨 우리에게 어떤 희망, 비전을 강하게 전하려고 몸부림치시는 교수님의 모습이 너무 아름답습니다. 우리의 반발을 투정으로 여기시고 어떨 때는 어머니같이 타이르고, 어떨 때는 누나처럼 어르시며 자신의 말을 그대로 따르지 않으면 고함치는 미소가 아름답습니다. 철학을 통해 '인간은 무엇인지, 무엇을 생각해야 하는지, 실존이란 무엇인지' 등의 생소한 것들을 배우며 어느 날부터 '왜 사는지, 어떻게 살아야 하는지'를 생각하게 되었습니다.

〈우리〉

네가 없으니 벽이 서고
벽이 막히니 나만 있다

나를 버리니 틈이 좁아지고
틈이 사라지니 네가 오다

네가 있으니 좋고
나만 남으니 괴롭다

우!
시간의 흐름에
삶을 헤매는
너와 나

다섯 번째 강의, 국사 (박한용 교수님)

"역사를 가르치지 않는 나라에서 민족혼을 찾는 것은 어리석다 못해 아둔한 것이다." 수더분한 모습에 털털함이 매력인, 초등학교 구멍가게 주인 같은 우리 교수님 – 박한용. 어찌 보면 친형님 같고 거리에서 우연히 만나면 막걸리라도 같이하고 싶은 친구 같은 교수님 – 박한용. 건강이 좋지 않으심에도 불구하고 출강하여 중국 그림을 가르치며 그것과 다른 우리의 것을 정선을 통해 보여주시고, 김홍도와 신윤복의 그림으로 서민과 살려하시는 그 모습이 그리울 것입니다.

〈그리움〉

눈이 오려나 마음이 찌뿌둥
허리가 아프시다는 아버지는

한 잔을 찾으신다

정情을 한 됫병 퍼주시던 과붓집에서
받아오던 주전자 술맛은
쓴 삶이다

어머니의 푸념을 안주 삼아
일력日歷을 찢어 궐련을 말아
한숨을 피우시던 아버지가 그립다

2015년, 해도 바뀌고 졸업이 얼마 남지 않은 인문학과정, 다하지 못한
아쉬움과 고마움, 끝을 잘 마무리할 수 있을지, 생뚱맞은 생각에 눈물이
앞을 가린다. 졸업여행에서 차마 못다 한 마지막 정을 쌓고, 졸업 후 떳떳
한 사회인으로 다시 만났으면 좋겠다.
끝으로 정경수 국장님의 헌신과 노고에 무엇으로도 고마움을 표시할 수
없어 고개 숙여 그의 밝은 앞날을 기원한다. 항시 건강하길…….

〈만남을 위한 헤어짐〉
-회자정리會者定離

헤어진들 어이 잊으리
인연의 뿌리는 영원한 것을

떠나버리면
추억을 먹으며
만날 날을 기다립니다

지난날
그 욕도 칭찬도
다 정情인 것을
보기 위해 헤어집니다

죽어서라도 보고픈 그대여

〈친구야〉

여보게
해가 바뀌었다네
몸은 어떤가

밥은 먹었나
얼굴 좀 보게 오게나
살긴 어떤가
얘기 좀 하게 오게나

자네가 있어 좋다네
문은 열려 있으니
언제든 오시게

몰랐다

첫사랑

김성배

나는 밤기차를 탔고
너는 보내고
우리 사랑 끝인 줄 몰랐네.

지독한 가난
너는 방직공장으로
나는 조선소 땜쟁이로
내가 너를 찾았고
네가 나를 찾았을 땐
둘 사이 밀물 썰물 되어
끝내
슬픈 옹이로 남았네.

앞집 뒷집 울 없는 초가집
큰 항아리 장독 뒤에 숨어
용케도 잘 숨어 키운 사랑,
밤마다 별이 지도록

꽃씨를 묻었지.

눈 감으면
여전히 예쁜 얼굴 그대로인데,
거울 속에 비친 세월은
너 없고 나도 없는
늙다리 사내만 있네.

별은 어디에

김성배

졸린 가로등을 애처롭게 붙들고
머리를 처박은 채 가쁜 숨을 몰고 있다.
연신, 흔들리는 세상을 추스르려
안간힘을 써보려 하지만
허우적거리는 꼴이라니
모두가 떠나버린 자리를
사내는 털지 못하고 뒹굴고 있다.
새벽은 올까, 내일 태양이 뜰 것 같지 않아
별조차 없는
무책임하게 잠들어버린 세상.
그렇게 도시의 밤은 별을 삼킨다.
허물을 더하고, 한 움큼의 하얀 바람이
사내의 머리를 힘껏 때린다.
사내는 애써 버티던 가로등을
풀썩 그제서야 놓아준다.
아련한 첫사랑이 붉어진
눈동자를 덮고, 볼을 타고 별이 떨어진다.

인연

조O근

어떻게 잊으라구요
어떻게 잊으라구요
철없던 사랑 어떻게 잊으라구요
어떻게 잊으라구요
살긋한 세월 어떻게 잊으라구요

어떻게 잊으라구요
어떻게 잊으라구요
세월이야 물처럼 흘러갈 수 있지만
사랑이야 바람처럼 날아갈 수 있지만

어떻게 잊으라구요
어떻게 잊으라구요

내 가슴 날마다 우는 비가 오는데
슬프던 당신 얼굴 어떻게 잊으라구요

내 가슴 흐르는 분홍색 우는 비
당신이 모른다고 어떻게 잊으라구요

살긋한 향내음
우는 비가 오는데
어떻게 잊으라구요 어…… 떻게
어떻게…… 잊으라구요

몰랐다

정봉준

장미꽃 흐드러지게 피어
사랑이 가는 줄 몰랐다

구름 속에 그렇게 많은
양 떼들 모여 사는 줄 몰랐다

산들바람 불어와
해가 뜨거운 줄 몰랐다
아카시아꽃 태울 줄 몰랐다

사랑이 저만치 가는데

정봉준

사랑이 저기 가는데 나는 왜 눈물만 흘리고 있나

한번쯤 해보기나 했을까 그저 남들이 말하는 사랑이 그리워

눈물만 흘리는 건 아니었을까

사랑한다면서 진정 사랑한다면서

무서워 망설이며 울고 있는 건 아니었을까

내가 너를 사랑하니까 너 또한 나를 사랑해야 된다는 얄팍한

장사꾼 속성 때문에 망설이며 눈물만 흘리는 건 아니었을까

살면서 단 한 번이라도 사랑을 위해 몸부림치며 울어는 보았을까

사랑이 저기 가는데 이제라도 잡아야 하는데 눈물만 흘리며 망설이는 건

사랑하는 마음을 처음부터 갖추지 못한 건 아니었을까

사랑하고 싶은데 사랑하고 싶은데 꽃인들 별인들 바람소린들

사랑하고 싶은데 왜 슬퍼하며 눈물만 흘리고 있었을까

사랑이 자꾸 가는데 시간이 자꾸 가는데 인생이 자꾸 가는데

님 1

고형곤

보름달 바라보니 달 속에 님의 모습이
저 님이 내 님이었나 가물가물 기억이 안 나네
나에게 님이 있었나 애초부터 없었던 것 아닐까

님 2

고형곤

봄여름 싱그러운 가을날 고운 모습 보여주는 님
그 누가 심통 부리나 고운 님 떠나가네
기나긴 동지섣달 밤 님 그리워 어찌 잠들꼬

비와 웃음

박성진

누군가 내 곁을 떠날 때면 비가 내렸다. 그리고 웃었다.

열 살 때 처음 어머니가 내 곁을 떠나던 날은 추석 전날이었다. 어머니는 작은형과 나에게 말씀하셨다. "추석 지나고 오면 아마 엄마는 없을 거다. 솔직히 힘들어서 못 키우겠다. 갔다 와서 엄마 없으면 아버지한테 전화해서 데리러 오라고 해라 난 모르겠다." 부모님은 이미 이혼한 상황이라 어머니는 할머니 댁에 같이 가지 않으셔도 상관없어서 우리 형제가 그곳에 가고 없는 시간에 홀가분하게 떠나는 기회를 잡으시려는 것 같았다. 그러곤 기차표를 끊어주시고 플랫폼으로 들어가는 우리를 보고 계셨지만 어린 내 눈엔 어머니의 표정이 하나도 슬퍼 보이지 않았다. 오히려 억지스런 슬픈 표정이 웃고 있는 것처럼 보였고, 때마침 흐리던 하늘이 한 방울씩 쏟아내기 시작했다. 기차를 타고 비 내리는 창밖을 바라보았다. 순간 창문에 비친 내 얼굴이 어머니의 마지막 슬픈 듯 웃는 얼굴로 바뀌면서 나도 모르게 웃었다.

첫사랑이 떠날 때도 그랬다. 스물한 살 그때까지의 인생에 나를 진심으로 대하는 유일한 사람이라 믿었던 그녀는 절대 변하지 않을 거라 맹세했지만 다른 남자를 만났다. 그것도 내가 자주 다니는 길 조그만 공원, 그네에 앉아 있는 그녀를 보고 기쁜 마음에 빠른 걸음으로 그녀를 향해 걸어갔다. 손을 들며 그녀를 부르려는 순간 어디선가 나타난 차에서 내리는 그 남자를 보고 달려가 안기는 그녀를 보았다. 그날 밤 그녀의 집 앞에서 벽에 머리를 '쿵쿵' 박으며 기다리고 있는 날 본 그녀는 내 주변 공간을 겨울왕국으로 만들어버리는 말을 했다. "아. 저런 미친…… 적당히 하고 가, 짜증나니까. 너 아까 공원 앞에 있는 거 나도 봤어, 너도 봤으면 알아서 좀 해!" 난 정말 한마디 하지 않고 돌아서서 터덜터덜 집으로 향했다. 오는 길에 또 비가 내린다……. 이놈의 비는 정말이지 시원하다. 집 마당에 그냥 대자로 누워서 비를 한참 동안 맞았다. 누워서 내리는 비를 계속 보고 있으니 그 빗방울들은 점차 깨진 유리조각이 되어 내 온몸에 박혔다. 그 박힌 조각들이 내 몸 깊숙이 파고들 때쯤 내 의식은 희미해져갔고, 그 순간 난 웃었다. 분명 기절하기 직전까지 웃었던 것 같다.

2013년 가족들을 떠나 수진이와 힘든 걸음을 시작할 때도 비가 내렸다. 그때 수진이가 말했다. "우린 항상 어디 가려고 하면 비가 오네." 그랬다. 항상 누군가 내 곁을 떠날 때도 비가 내렸지만. 내가 누군가의 곁을 떠날 때도 비가 내렸다. 그때도 나는 웃고 있었다.

친구와 사랑을

조○근

어디서 오셨는가?
이 환희!
어디서 오셨는가?
이 기쁨!

햇빛 타고 오셨는가?
구름 타고 오셨는가?
배꼽 위 내 속에서 오셨던가.
정강이 뼈 내 중심에서 오셨던가.

하늘 향해 눈물 한 방울 떨굴 수 있다면
언 땅에 이 몸 눕혀 편히 쉴 수 있다면
양 검지 나눠 들고 너의 힘든 삶 속에
살며시 다가가 간질일까 하는데…….

서해

故 천성우

서해바다 한쪽을 돌고 돌아 뒤척이니
변산반도 품속에 채석강 있었다
힘겨워 버려두었던, 태고의 순수의 모습과
꼭 한번 보고파 하던, 폭발하는 분노의 겨울바다

12월의 파도치는 해변에 서니
바람은 내 뺨을 때리고
큰 파도는 저주받은 굳은 심장을
분노하듯 나를 심하게 때린다
폭발을 멈춘 화산처럼 식은 화산처럼

저 멀리 싸늘한 회색의 하늘 아래로
끝없이 아득하다 아득하다
수평선이 아득하니 떠오른다

속세를 떠나온 광활한 느낌
시선을 어디에 둬야 할지

초점을 어디에 맞춰야 할지

고요히 돌아본다
스치는 곳마다 신비한 자연의 극치
너와 동화될 수밖에 없는 순리

둘러보니 어느새 정든 학우들의
눈동자에도, 웃음소리에도,
버려진 개구쟁이의 천진함 속에서
무엇을 바라고 무엇을 꿈꾸는지
그 무엇을 향한 외침의 몸부림이 보인다

자연!
모든 게 꿈만 같다
우주 만물 꿈속의 존재가 아닌지……

학우여!
깨어지고 깎이어질망정 변치 않는 태고의 자연
영원히 부대끼며, 다시 깨어나는 바다처럼
이 12월의 채석강, 서해의 바다와 함께한 파도의 꿈은
영원히 변치 않게 고이고이 깊이 간직하자꾸나

밤하늘 저 달을 보며

정○복

밤하늘 저 달을 보며
작은 바람을 가져봅니다
매일매일 변하는 달의 모습을 보며
우리들의 마음은 늘 변함이 없기를……
시시각각 바뀌는 달의 위치를 보며
우리들의 믿음은 늘 그대로 있기를……
구름 속에 숨는 저 달을 보며
우리들의 만남은 늘 당당할 수 있기를……

엄마 나 왔어

어른······아이

박성진

아이였던 나는
한겨울 티셔츠 한 장만 걸치고
연신 흐르는 콧물을 소매로
훔치면서도 즐거웠다.

어른인 나는
한겨울 아무리 껴입어도 싸늘하고
춥기만 하다.

아이였던 나는
어렵게 구한 과자를 친구에게
거침없이 내밀었다.

어른인 나는
양손에 과자를 들고도
친구의 과자를 탐낸다.

아이였던 나는
돈이 없어도 동네를 뛰어다니기만 해도
눈에 보이는 모든 것이
신기하고 즐거움의 대상이었다.

어른인 나는
주머니에 두둑하게 돈이 있어도
잠시 동안의 즐거움이 있을 뿐
돈이 줄어들면 내 생명이
줄어드는 듯한 허탈감을 느낀다.

아이였던 나는
먹을 것이 없어 하루 한 끼를
라면만 먹어도 배부르고 행복했다.

어른인 나는
배고픔에 분노하고
라면을 먹어야 하는 것에
더 분노한다.

아이였던 나는
가족들의 폭력에 잠시
고통받고 슬퍼했지만

그래도, 가족이 있음에 행복했다.

어른인 나는
누가 폭력을 가하지도 않고
뭐라고 하지도 않는데도
불행하다고 말한다.

아이였던 나는
아무것도 가진 게 없었고
굶주림과 추위와 폭력
주위 모든 것이 불행한
여건을 등에 지고 있었으나
그것들이 전혀 무겁지 않았기 때문에
행복했다.

마귀 찾아 스무고개

김○일

일곱 번째 고개 입구에서 한 여인을 만났다.
나의 어머니라 한다.

여덟 번째 고개 입구에서 그녀는 떠났다.
눈물은 나지 않았다.

여덟 번째 고개를 지나던 어느 밤
한 여인이 나의 이름을 목놓아 불러댔다.
'마귀가 왔다~'

나는 담요에 말려져서 숨겨졌다.
이상하게 눈물이 나왔다.

아홉 번째 고개 입구에서 다른 여인을 만났다.
나의 어머니라 한다.

난 달구지를 끄는 소처럼 살게 되었다.

열 번째 고개를 돌아가기도 전에 그녀는 떠났다.
눈물이 나진 않았다.

열두 번째 고개를 내려가다 또 다른 여인을 만났다.
나의 어머니라 한다.

그녀의 품에 안겨 젖을 물었지만 따뜻하진 않았다.
그녀가 온 이후로 네 시간 이상 잠을 잘 수가 없었다.
신데렐라 콩쥐팥쥐가 동화 속 얘기만은 아니라는 걸 알게 되었다.
열다섯 번째 고개 중턱에서 그녀는 떠났다.
눈물 따윈 나오지 않았다.

스무 번째 고개를 내려올 무렵
알 수 없는 장소로 이유도 모른 채 끌려갔다.

남녀노소가 모여 있었고 몇 명의 여인이 나를 보며 울어댔다.

한 여인이 유난히 더 울어댔다.
이상하게 눈물이 계속 나왔다.
그때 그 마귀였다.

모정

故 김영조

두 해 전,
무더웠던 여름이 다 갈 즈음에,
10년에 걸친 졸렬한 방황을 끝내고
내 고향인 어머님께 돌아가고 싶어졌다.
허구한 날 생각만 해왔지.
도대체 무엇이 이 길을 막는지…….

이제 나는 다시 살아가고 싶어졌다, 새롭게.
그럼 먼저 어머님께 살아 있음을 보여줘야 한다.
그리고, 지난날을 용서받아야 한다.
하느님이 나를 용서하여 살려주시니
무엇인가 해야 하지 않는가?
맞다. 부모를 공경하라 하지 않는가?
그래, 그래야 살아가는 보람도 이유도,
가족과 함께 아니면 나 혼자 별 수 없구나.

부랴부랴, 꼬깃꼬깃 가슴속 깊이 접어놓은 주소 쪽지.

부동산에 들러 용인 산 154-1번지를 짚어보고,
마음이 산을 달린다.
왜? 그곳에 계실까?

주소로는 외진 골짜기,
아, 십여 년 전에 듬성듬성 지어지던 새 집들.
이곳, 아주 큰 저수지에 낚시 가자던 동생.
눈에 익은 지형에 변해진 아담한 가옥들,
마음이 조금 안도가 되어간다. 두메산골은 아니기에……

도무지 번지의 집이 보이질 않고,
군데군데에 자리한 음식점만 보이고
오전에 도착한 이곳이 이제 그늘로 선선해진다.
다시 오던 길로 내려가다 건축 현장 사무실에 들러
번지를 찾아보니, 이 길보다 더 외진 길옆에 집 한 채
달음질쳐 올라오니, 저 앞, 손바닥만 한 뜰 안에
구부정하게 엎드린 자그마한 두 분!

굽은 허리에 두 손 짚어 엉거주춤 일어서는 아버지,
그 옆 배추와 고추밭 사이에 키가 비슷하게 엎드린……
내뛰어 열 발자국 거리인데, 동그랗게 부드러운 하얀 향기,
엄마네…… 너무 자그마하게 보여…… 눈에 뿌연 연기가 가리며
더 하얗게 보여, 잠시 발 멈추고 꿀꺽 지난 설움을 삼키고,

"아버지."

소리나는 쪽을 바라보고도 날 못 알아보고 두리번,

찰나에, 목소리만으로 아들을 본 하얀 어머니가 아버질 향해

"영조예요!" 그리고 한 손으로 잡풀 한 움큼 들은 채

고추나무 키만 한 걸음으로 절뚝 나서며

"영조야!"

잰걸음으로 다가선 내 눈과 마주친 주름진 눈에서

내려오는 굵은 눈물……

"아버지, 영조가 왔어요."

그리고 밭에 무너지며 앉은 채.

"영조 왔네."

엉엉 소리가 귀에서 내 눈으로 뿌옇게 들려온다.

엄마 나 왔어

동○호

바깥 생활 만 11년 동안 나는 20여 차례 집에 들락날락했다. 그때마다 집 앞 계단을 올라서는 무게는 천근만근이었다고 해도 과언이 아니다. 노부모 두 분을 동생한테 맡겨놓고 내 마음대로 편하게 살겠노라고 했지만 실상은 그렇지 못했기 때문이다. 하지만 그때마다 나를 반겨주는 목소리가 있었으니 내 어머니시다. "엄마 나 왔어." "응 웬일로. 밥 먹자." 밥그릇 가득 채우다 못해 높이 올려 쌓아주는 밥상은 나를 뭉클하게 한다. 손수 생선을 조각내어 밥그릇 위에 올려주시는 분. 아직도 아이들 취급받는 것이 싫어서 "내가 알아서 먹을게요." 하면 엉뚱한 질문을 해댄다. "며칠 있다 갈 건데?" 그 질문에 한 번도 대답해본 적이 없다. 내가 집에 들어가면 집안 공기가 상당히 무거워진다. 그 분위기를 바꾸기 위해서 평소 하지도 않으시던 농담까지 해가며 아버지 눈치를 보신다. "아버지 저 왔어요." "응, 왔냐. 씻고 옷 갈아입고 자라." 이게 전부다. 절대로 내게 무어라 하시지도 않고 질문도 하지 않으신다. 아들이 온갖 사고를 칠 때마다 아버지라는 죄 때문에 그 뒤치다꺼리를 다 해오셨으니 그럴 만도 하다. 아마 자식이 아니라 원수라는 말이 이래서 나온 것 같다.

내 방문을 열고 들어설 때마다 항상 깨끗이 정돈된 모습에서 어머니의 마음을 조금 헤아릴 수 있었지만 일부러 외면해버린다. 날씨가 추워지면

밖에서 떨고 있는 것은 아닌지, 비가 오면 이 비를 피해 잠자리에는 들었는지, 이 큰아들 때문에 가슴 한구석에 큰 구멍이 뚫리신 분이다. 콧대가 높기로 하늘을 찌르고도 남으실 분이 이제 연세가 드시어 푹 기가 죽으셨다. 항상 내가 있었던 곳이기에 이렇게 편하건만 무엇 때문에 밖으로 도는 것인지 나도 나 자신을 이해하지 못한다. 하지만 무엇 때문에 그러는지는 나는 알고 있다. 알면서도 제대로 하지 못하는 내가 미웠지만 무엇보다도 항상 남아 기다리는 내 어머니 앞에서는 뒤돌아 눈물을 흘릴 수밖에 없었던 나.

아침에 눈을 뜨자 이미 가족들은 아침 식사를 끝냈다. 내가 집에 들어갈 때마다 한 번도 아침밥 먹으라고 깨우지 않는다. 따로 내 상은 차려져 있고 일어난 나를 보고 얼른 어머니가 밥을 푼다. 씻고 밥상 앞에 앉자 다시 물어오시는 질문. "오늘 가?" 대답하면 오늘 가는 것이다. 대답하지 않으면 오늘은 가지 않는 것이다. "네." 하고 대답하자 아버지의 고개가 나를 향한다. 입에서 나오는 저 한숨소리. 무슨 뜻인지 그 느낌이 가슴을 파고든다. 옆에 있던 동생이 "왜 며칠 쉬었다 가지……." "아니, 바빠." 그러자 웃어버리는 아버지. 동생이 얼른 부모님 몰래 호주머니에 무엇인가 넣어준다. 틀림없이 돈이다. 집에 올 때마다 나는 세 사람의 돈을 뜯어간다. 식사를 끝내고 방에 들어오자 어머니가 따라 들어와 또 호주머니에 무엇인가를 넣어준다. 이번에도 틀림없이 돈이다. 나갈 준비를 모두 마치고 "아버지, 저 갑니다." 그러자 "응, 가라." 항상 하는 대답이다. "돈은 있나?" "네, 있어요." 그러자 이불 밑에서 봉투 하나 꺼낸다. "가져가." "됐어요. 돈 있어요." "가져가." 못 이기는 척하고 받는다. 뒤돌아서서 계단을 지나오는 마음이 또 무겁다. 무언가 뒤통수를 찌르는 기분이 들어 돌아보자 베란다에 나와 계시는 어머니. 나 같은 것도 아들이라고, 불쌍하신 분이다. 이렇게 할 수도 저렇게 할 수도 없는 아들. 이제 포기하실 때도 되었건만……

이것이 지난 11년 동안 집에 20여 차례 들락날락하면서 반복된 나의 모습이다. 나는 지난 9월 집으로 들어갔다. "엄마, 나 왔어." 매년 똑같은 인사건만 하시던 일을 멈추고 얼른 일어나신다. 이번에도 밥상 앞에서 매번 반복되는 어머니의 질문에 아직도 대답을 하지 않고 있다. 아니, 영원히 대답하지 않으려 한다. 하긴 4개월이 지난 지금 언제 가냐는 질문이 없어졌다. 다만 언젠가는 이놈이 갈 것이라고 생각하고 계신 듯하다.

지난달 집안 행사가 있어 두 동생 가족들과 모두 모여 집안일을 상의 중, 5월이나 6월 있는 집안의 한 문제를 해결하기도 하였다. 처음으로 집안일에서 내 의견을 물어봤지만 알아서 하라고 책임을 회피한다. 그러자 어머니는 "너는 몸으로 하면 돼. 너에게 무엇을 바라는 사람은 아무도 없다."라고 하시자 제수씨가 "어머니, 그때는 아주버님이 안 계실 수도 있어요." 순간, 모두가 아무 말이 없다. 제수씨가 무안했는지 나에게 "아무 걱정 마시고 편하게 지내세요."라고 한다. 아니 이게 무슨 소린가. 나는 이번에는 나가지 않는다. 물론 가족들에게는 나가지 않는다는 말은 하지 않았다. 그렇지만 이제 나 스스로 내 인생을 조금씩 바꿔가려 한다. 내가 있어야 될 곳에 있을 것이고 내가 해야 될 일이라면 할 것이며 가족들에게 도움은 되지 못할망정 고통을 안겨주는 일은 두 번 다시 없을 것이다.

이제 나는 내 어머니의 가슴에 난 구멍을 조금씩 메우려 한다. 설사 그 구멍을 다 메우지 못한다 하더라도 조금이나마 더 메우려 노력할 것이다. 그러기에 오늘도 저녁 늦게 대문을 열며 큰 소리로 "다녀왔습니다."라고 외친다. 이 큰아들 때문에 긴 밤을 한숨소리로 넘기셨던 그분을 위해서라도 내가 결심한 모든 것들이 녹슬지 않도록 하기 위해 열심히 오늘도 나를 닦는다. "요새는 내가 잠을 아주 잘 자." 어머니의 이 한마디가 오늘도 나를 강하게 한다. 동영호, 파이팅. 나는 잘할 것이다. 틀림없이 잘할 수 있을 것이다.

아멘

권일혁

그토록 저리는 그리움의 안타까운 마음이
이리 스산하게 내려 젖어
가슴속에 울화가 차분히 뭉쳐드는 것은
임의 잔잔한 미소 앞에 서면
너무 죄송하여 다른 선택이 없기 때문입니다.

당신의 가는 흰머리
가혹한 삶의 주름살 그늘에
각인된 그 기억의 잔상이
부끄럽게 버거운 저의 삶과 버물려
어찌할 딴 도리를 찾지 못하기 때문입니다.

꾸중 섞인 관심을 짜증스레 듣다가
앞으로 몇 번이나 더 들을 수 있을까 하다
울컥 눈물이 치솟아
덥석 부둥켜안고 한없이
이 한밤을 꽉 채워 통곡하고 싶었습니다.

전생을 다해 몹쓸 놈에게 바친 당신
어느 새 노파가 된 당신이 이리도 안타까운지
당신의 몹쓸 놈을
하늘이 알고, 내가 안다.
하늘의 뜻이다. 기다려라던 당부의 그 말씀
임의 그토록 애절한 믿음이 저를 살렸습니다.

어머니, 새해입니다.
저도 이날이 꼭 반갑지만은 않을 만큼
꽤나 살았나 봅니다.
갈 수만 있다면
그토록 지겹던 그 헌 해로 돌아가
지지고 볶고 뒹굴고 싶습니다.

이제 얼마 남지 않은 듯하여
순간순간이 귀하고 너무너무 안타깝습니다.
임이여,
임이여.
몹쓸 놈의 가슴에 담고 진정 하지 못한 말
이제 그만 그 걸레와 행주를 내려놓고
당신만을 위해 살아주십시오.
하늘이여
이 여인에게

부디부디 강건하게 천수를 다하도록 도와주소서.

아멘!

그 아이의 집

이재진

"나 왔어. 알아보겠어?"
그 사람은 빤히 앞사람을 쳐다본 후
"응."
힘없이 대답하더니
"집에 가자" 한다.

그러더니 나서려는 듯 윗몸을 일으킨다.
그러자 옆에 있던 사람이 얘기한다.
"오늘은 못 가고 내일 가세요."
난 알고 있다. 그리고 옆 사람도 안다.
내일도 모레도 가지 못한다는 걸.

그러나 그것을 알지 못하는 그 아이는 기어이 가고픈지, 일어나 침대 아래로 두 발을 내린다.
이내 허리를 세우더니 앞장서라는 듯 나를 빤히 쳐다본다.
한때는 한 아이를 업고 들로, 병원으로, 밭으로 다니던 그 사람.
그 사람은 지난날을 모두 잊은 채 아이가 되어버렸다.

그 나이 많은 아이가 가고 싶어 하는 곳, 집은 어딜까?
꼭 잡은 손에선 가고자 하는 마음만큼 간절함이 느껴진다.

그러더니 아이는 비 오는 창밖에 서서 나를 바라본다.
빗소리는 없다. 맑은 날에 축축한 비.
아이에게만 내리는 비는 금방 그칠 것이다.

시간을 되돌릴 수는 없는 걸까요?

노기행

9년 전 일인 것 같다. 보육원에 찾아가 장 선생님을 뵙고 우연찮게 누나 전화번호를 알게 되었다. 서울로 돌아온 후 몇 번 전화를 걸었다. 다이얼을 눌렀다가 받으면 끊고, 받으면 끊고를 반복하다 용기를 내서 목소리를 냈다.

그렇게 부평 어느 예식장 지하 카페에서 누나를 만났다. 큰누나는 그때나 지금이나 얼굴 보긴 힘들었고 작은누나만이 나왔다. 지난날을 얘기했다. 어렸을 때보다는 덜했지만 그때도 누나와 나는 서로 마주보고 있을 정도로 가깝지는 않았다. 누나가 얘기를 할 때면 난 아주 큰 잘못을 한 아이처럼 바닥에 눈을 박고 손만 만지작거렸다. 서로의 안부를 묻곤 앞으로의 생활, 어떻게 살아가야 되는지에 대해 이야기를 나눴다. 누나는 나의 앞날에 대한 걱정과 함께 잘 살아야 한다는 말을 했다.

누나는 가방에서 통장과 도장을 꺼내 나에게 건네주었다. 그렇게 헤어지고 난 집에 돌아와 한참을 그대로 있었다. 누나가 건네준 통장과 도장을 꺼내 들었다. 돈을 바라고 만난 건 아니지만 내가 얼마나 형편없게 보였으면 이런 걸 주었을까 하는 생각에 마음 한쪽이 불편했다. 그나저나 큰누나는 어떤 모습으로 변했을까? 중1 때 보고 여태 못 봤다.

어머니가 돌아가시고 친할아버지 손에 이끌려 담양에서 광주로 왔다. 그곳은 노씨 성을 가진 사람들이 대부분이었지만 나에겐 아주 낯설었다. 기억을 되짚어보면 증조부가 계셨는데, 할아버지는 서당을 가지고 계셨다. 서당에서 한참 떨어져 산기슭에 증조부의 집이 있었는데 그분은 언제나 붓을 잡고 계셨다. 나에게도 몇 번 붓을 잡게 한 기억이 떠오른다. 그렇게 광주 일곡동에 잠시 머무르다 다시 할아버지를 따라 인천으로 가게 되었다.

어딘지는 모르겠지만 할머니와 단둘이 살고 계셨고 가끔 할아버지를 따라 고모 집에 놀러 가곤 했다. 고모를 처음 봤다. 고모 집은 누가 봐도 아주 잘 살았는데 피아노도 있었다. 고모에겐 두 명의 딸과 한 명의 아들이 있었다. 그중 작은누나는 미대에서도 꽤 잘나가는 학생이었던 기억이 난다. 집 내부에는 항상 작은누나의 상패와 누나가 그린 그림, 조각상이 셀 수 없이 많았다. 그 누나를 무지 잘 따랐는데……. 하지만 날이 갈수록 고모부 눈치를 보게 됐다. 어느 날 갑자기 고모가 황당한 얘길 했다. 나에게 친누나가 두 명씩이나 있다고. 지금 생각해도 어이가 없다. 이때 내 나이 열두 살, 무슨 이유였는지 모르겠지만 그렇게 누나 얘길 몇 번 듣고 나서 주말이면 고모 집에 낯선 여자 둘이 있었다. 그 여자 둘이 나의 누나였다. 고모는 항상 나와 그 여자 둘을 마주하게 하고 사소한 얘기까지 해가면서 친누나임을 강조했다. 하지만 서로를 이해하기엔 너무 어린 나이였다. 그렇게 며칠이 지나고 할아버지 손에 이끌려 또다시 어디론가 가야만 했다.

주위에는 산이 둘러싸고 있고 운동장이 있는 학교 같은 건물이었다. 그리 넓지 않았는데 나는 할아버지와 그곳에 들어갔다. 조그마한 사무실에는 며칠 전 보았던 그 여자 둘과 나이 지긋한 노신사가 있었다. 그곳은 보육원이었다. 고아원과 보육원은 조금은 차이가 있었다. 이곳은 부모가 생활이 어렵거나 나같이 부모님이 안 계시고 어려운 사람들이 있는 곳이다.

노신사와 할아버지가 말씀을 나누고 할아버지는 며칠 있다 다시 온다는 말만 남기고 사라지셨다. 그 노신사는 우리나라 사람이 아니었다. 날 양자로 데려가기 전 얼굴을 보러 왔다고 했다. 원장님과 얘길 나눈 뒤 노신사는 손을 흔들고 떠났다. 누나들은 나를 남 처다보듯이 보며 소곤거렸다.

무섭게 생긴 원장님과 낯선 분위기. 정말 이곳이 싫었다. 그렇게 보육원 생활에 익숙해져갔다. 하지만 누나들과는 여전히 말 한마디 하지 않고 같이 지내는 애들조차 차갑고 정붙이기가 만만치 않았다.

어느 날 그때 그 노신사와 고모가 찾아왔다. 고모는 중학교만 졸업하고 외국으로 갈 것 같다고 했다. 이때까지만 해도 양자가 뭔지 외국이 어디에 있는지 자세히 알지 못했다. 중학교 1학년이 되던 해, 2년만 참으면 이곳과 한국에서 벗어날 수 있다는 생각으로 내 머릿속은 가득 찼다. 노신사는 서울 미군부대에 계셨던 분이었다. 일주일에 서너 번씩 찾아오시곤 했다. 하지만 고민이 있었다. 누나들이다. 누나들과는 아직 대화는커녕 서로 마주칠 때도 인상을 찌푸렸던 것 같다. 누나들과는 연년생이다. 큰누나는 그림과 글에 재주가 있고 작은누나는 보육원에서도 알아주는 모범생이었다. 하지만 나에게는 그 둘이 너무나 어색했다.

1학년 겨울방학이 시작되던 해, 원장님이 날 찾는다는 소리에 원장실로 달려갔다. 원장실에는 그 노신사와 연령 대가 비슷한 외국인 여성이 있었다. 내 기억이 맞다면 원장님은 다음 주쯤에 미국으로 가야 한다고 했다. 순간 당황은 했지만 어차피 갈 거면 빨리 갔으면 했다. 그렇게 얘길 마치고 밖으로 나가려는데 밖엔 누나 둘이 앉아 있었다. 역시나 날 처다보지도 않았다. 그렇게 내 방으로 돌아와서 많은 생각을 했다. 갈 때 가더라도 누나들에게 한 번은 내 마음속 이야기를 꺼내고 싶었다. 보육원에서 제일 나에게 많은 얘길 해주시고 잘해주신 장 선생님에게 부탁을 드렸다.

저녁을 먹고 난 뒤, 누나와 마지막이 될 수도 있는데 자리 좀 만들어달라고 장 선생님께 부탁했다. 장 선생님이 마련한 방으로 들어갔다. 작은누나가 있었다. 무슨 말부터 꺼내야 할지 막막했다.

선생님이 음료와 먹을거리를 꺼내주시고 자리를 피해주셨다. 서로 방바닥만 쳐다보고 고요함만이 방 공기를 감쌌다. 어느 정도 시간이 흘렀을까 누나에게 한 가지만 물어보고 싶었다. 동생이 있는 줄 알고 있었는지……아버지 사진이 있는지…….

큰누나는 내가 어렸을 때 그러니깐 갓난아이였을 때 보육원 문 앞에 버려졌다고 한다. 무슨 이유였는지 모르지만 큰누나가 그렇게 보육원에 오고 작은누나는 누군가에 의해 들어오게 되었다고 하는데 자세하게 얘길 해주진 않았다. 한 가지 정확한 사실은 날 미워할 수밖에 없었다는 것이었다. 난 아들이란 이유로 외할머니 댁에서 편안히 가족의 사랑을 받고 보살핌을 받았다는 것이다. 맞는 말이긴 한데 나도 아픔이 있었다. 남들처럼 누나소리도 해보고 싶었고, 친구와 다투고 상처받을 때 누나가 복수도 해주고 야단도 쳐주는 그런 누나가 있던 친구들이 마냥 부러웠다고 고백했다. 뭐가 그리 서러웠는지 우리들은 한참을 울었고 누나들도 고모를 통해 동생이 있단 이야기를 처음 들었다고 했다. 아버지 사진은 한 장 있긴 한데 큰누나가 갖고 있다고 했다.

보육원엔 아주 잘 사는 친구가 하나 있었다. 그 친구는 주말이면 부모님이 찾아와 외식을 하곤 항상 우리에게 자랑질을 했다. 약이 오르기도 했지만 마냥 부러웠다. 그 친구 주위엔 항상 애들이 따라다녔고 뭐든지 그 친구 위주로 진행됐다. 사고도 항상 끊이지 않았다.

어느 날 밤 그 친구가 내 방에 찾아와 자기랑 어디 좀 가자는 것이다. 좋은 구경시켜줄 게 있다고. 산으로 둘러싸여서 5시만 돼도 어두워지기 시작하는 곳이다. 그 친구를 따라 산 중턱쯤 올라갔을 때 땅속에서 그 친구는 뭔가를 꺼내기 시작했다. 까만 봉지 안에 담배와 술병이 있었다. 친구는 자연스럽게 술을 권했다. 자존심이랄까 아니면 지고 싶지 않아서일까 친구와 두 살 많은 형이 주는 대로 난 마셨다. 처음 마셔보는 술이었기에 금방 취기가 올라왔다. 콜록거리면서 담배도 피워대고 친구 놈은 우리가 자기에 대해 아무것도 모른다며 화를 냈다.

그 친구는 솔직히 주말마다 오는 부모님이 싫다고 했다. 지금 오는 부모님은 친부모가 아니라고 했다. 양자로 갔다가 몇 번 도망 나왔는데 계속해서 찾아오는 거라며 친구 놈은 친엄마가 평택에서 식당을 하고 계셔 언젠가는 엄마한테 가고 말 거라고 말했다. 항상 멋진 옷에 많은 친구들을 거닐고 다니던 친구에게 이런 아픔이 있었는지 몰랐다. 그렇게 술이 오가고, 난 정신을 잃었다.

눈이 부셨다. 여긴 어디이고 친구와 형은 어디로 간 것일까. 시끄러운 소리에 눈을 떠보니 난생처음 와보는 경찰서다. 손목엔 차디찬 은팔찌가 차여 있었고 온몸이 시큰시큰 아려왔다. 추운 겨울이라 온몸이 찌뿌둥하다. 보육원에서 원장님이 찾아오시고 원장님과 난 다시 보육원으로 돌아왔다. 이때가 새벽 2~3시쯤 되었을 때. 보육원에 도착했을 때 그 친구와 형이 식당 바닥에서 무릎을 꿇고 벌을 서고 있었다. 나도 거기에 동참했다. 원장님은 아침까지 이러고 있으란 말만 남기곤 사라졌다. 무슨 일이 있었는지 물어봐도 자기들도 모르겠고 정신을 차려 일어나 보니 보육원 예배당이었단다.

한참 벌을 서다 친구가 다시금 나에게 작은 유혹을 해온다. 아무래도 큰 사고를 친 것 같으니 보육원을 나가자는 것이다. 망설임도 없이 우리는 각자 방에 가서 돈이 될 만한 참고서란 참고서를 가방에 채우고 산을 넘어 넓은 도시로 향했다. 이때만 해도 참고서를 문방구에 팔면 작은 돈이지만 우리에겐 큰돈이 됐다.

그렇게 아침이 돼서 책을 팔고 남은 돈으로 열차에 몸을 실어 평택으로 향했다. 그곳엔 친구의 어머니가 있었다. 어느 집 문 앞에서 친구는 어머니가 출근을 하서서 집에 아무도 없을 거라고 말했다. 창문을 열어 담을 넘었다. 저녁 무렵 친구 어머니가 돌아오고 친구와 그의 어머니는 부둥켜 울기 시작했다. 뭐가 그리 서러운지……. 하지만 그 모습조차 부러웠다. 나도 어머니가 있었으면…….

한참을 부둥켜안고 울고 있을 때 이제 어떻게 할 것인가라는 생각이 들었다. 결국 그 친구는 어머니와 있기로 하고 난 아줌마가 쥐어준 돈 몇 만 원을 들고 나올 수밖에 없었다. 엄마를 찾은 친구를 보고 나서야 난 뭔가 크게 잘못됐다는 것을 알았다. 다시 돌아가야 하나? 어느새 밤은 깊어지고 난 어느 작은 건물 계단에서 쪼그려 새우잠을 잤다. 늦은 새벽, 쌀쌀한 냉기 속에서 잠을 깼다. 그리고 서울로 향하는 열차에 몸을 실었다. 이렇게 해서 서울역이 나의 고향 아닌 고향이 되어버린 것이다. 그때 서울역이 아닌 보육원으로 발길을 돌렸다면 과연 내 인생은 어땠을까?

누나가 준 통장과 도장을 살펴보는 도중에 온몸에 힘이 빠졌다. 도장엔 큰누나 이름 석 자가 적혀 있었다. 작은누나의 통장인 줄 알았는데 큰누나에게 미안했다. 통장을 열어봤다. 또 슬퍼진다. 메모지가 붙어 있다. '이젠 우리 서로 남이라고 생각하고 자기 갈 길을 가자. 서로 찾으려고도 궁금해 하지도 말자. 널 처음 봤을 때는 동생이 있는 줄 몰랐다.'고.

고모가 얘기를 안 해줬다면 동생이 있었는지도 모른 채 살아갔을 건데. 누나는 나이가 어느 정도 찬 뒤에는 조금이나마 이해가 됐지만 어렸을 땐 상황을 이해하기엔 너무 어려웠다고 했다. 내막은 모르지만 어머니와 아버지 가족들 사이가 안 좋았다고. 하지만 누나들은 어린 나이에 너무 많은 아픔과 버림을 받았다는 것이다. 누나들을 힘들게 한 것 같아 많이 미안했다. 그리고 색이 바래서 잘 알아볼 수 없는 낡은 사진 한 장. 아버지였다. 이젠 이 사진을 나에게 맡긴다는 누나의 말.

이제야 알 것 같다. 내가 누나들에게 도움이 되는 일이 뭔지……. 누나들이 날 잊겠다는데 잊어야지. 아니 잊을 것도 없다. 누나들과 아무런 추억도 없고 서로 아픔만 있을 뿐 그냥 늘 혼자였던 것처럼 살아가면 된다. 누나에게 도움이 된 적은 한 번도 없다. 피해를 줬을 뿐 어차피 헤어져 남남처럼 살 거라면 빠를수록 좋은데 다시 연락을 해서 서로 힘들게 한 것 같다. 다시 또 잊으려면 시간은 걸리겠지만 이젠 진짜 잊으련다. 나이가 들어 우연이라도 누나들을 본다면 그때는 서로 못 알아볼 정도로 변해 있을 수도 있을 것이다.

이 글을 읽는 선생님들 혹시라도 지금 마음속에 누군가를 그리워하거나 찾고 싶다면 지금 바로 움직이세요. 시간이 지나 찾고 싶어도 찾을 수 없는 그런 일은 만들지 마세요. 세월은 기다려주지 않아요. 당당하게 살지 못했기에 후회가 많이 되지만 지금이라도 아름답고 당당할 수 있게 노력하려합니다.

버스전용차선

어렵고 힘든 '관계'에 대한 나의 생각

허영준

인문학을 하면서 관계(국어사전-둘 이상의 사람, 사물, 현상 따위가 서로 관련을 맺거나 관련이 있음)라는 단어가 내 마음속에 들어와 크게 자리를 차지하였습니다. 생텍쥐페리는 '관계를 만든다.'는 것을 '길들인다.'로 표현하며, "나를 길들인다면 우리는 서로 필요하게 되는 거야."라고 했습니다. 서로가 서로를 필요로 하는 길들이기가 관계 정리의 모범이 아닐까 생각되어집니다.

살아가면서 수많은 관계를 가지는데요, 나에게 술(사물)은 즐거울 때에도 관계를 갖지만 해결하기 어려운 일이 닥치거나 잊어버리고 싶은 일이 생길 때에도 관계가 시작됩니다. 적당한 양으로 술을 다스릴 때에는 소기의 목적을 이루기도 하는데요, 술이 나를 길들이기 시작하면 엉망진창으로 부끄럽게 끝날 때가 대부분이었지요. 하지만 가장 소중하다고 생각되는 것은 살아 있는 생명들과의 관계가 아닐까 합니다. 사람과 개(해피라고 부를게요)와의 사이에서도 해피가 사람을 물어 상처를 주기도 하는데요, 내가 해피를 미워하니까 물지, 예뻐하면 물지 않겠지요.

우리는 모두 행복을 추구합니다. 삶을 되돌아보면 물질로 인한 기쁨이나 아픔은 잠시였었구요, 사람과의 관계에서 오는 행복과 아픔은 긴 시간 동안 기억되고 남는 것 같습니다. 최선의 관계는 동일한 입장일 때 가져진다는 것도 인지를 하는데 행동으로 하기가 너무 어렵습니다. 나와 타인, 생명체, 사물과의 관계가 원만한 관계를 맺어야 합니다. 어렵고 어렵지만 노력해야지요.

이 문구를 가슴속 깊이 새겨봅니다. "미워하니깐 물지. 예뻐하면 안 물겠지요."

지하철에서……

故 이덕형

그러니까 아무개를 안다고 할 때
우리는 그의 나타난 일부밖에
모르고 있는 것이다.
그런데 뜻하지 않은 데서 우리는
불쑥
그와 마주칠 때가 있다.
길가에 무심히 피어 있는 이름 모를 풀꽃이
때로는 우리들의 발길을
멈추게 하듯이

–법정 스님 『무소유』 「상면」 중에서

도봉산에서 소주 한 잔에 칼국수를 뚝딱 비웠다.
오는 전철 안에서 옆자리에 장애인 여자아이가 앉는다.
쌍문역이 어디냐고 물어온다.
본인이 쌍문역에서 타는 걸 봐온 터이다.
대꾸를 안 했다.
힐끗 옆을 쳐다보니 시무룩한 표정이다.

안 되겠다 싶어 어디까지 가냐고 물어봤다.

길음까지 간단다.

내릴 때쯤 알려주겠노라고 하고 생각에 잠겨 있는데

나를 툭 친다.

오늘이 무슨 요일이냐고 묻는다.

일요일이라고 하니깐 토요일이란다.

일요일이 확실하다니깐

그제야 수긍한다.

토요일이라고 우길 거면서 왜 물어봤냐고 하니까

그녀, 차분하게 대답한다.

아저씨 술 드신 거 같아서 과음했는지 확인하려고 그랬단다.

아, 이런,

술에서 두 발짝 물러서야겠다.

그림자

전경국

알바 갔다 오는 길 전철을 탔다
익숙한 냄새가 풍긴다
냄새는 점점 심해진다
안 씻고 안 갈아입은 사람이 타고 있다
내렸으면 하는데 안 내린다
아! 내렸다
그런데 냄새는 여전하다
왜 내 얼굴이 화끈거리지
아직 내리려면 멀었는데

멀리 버리고 싶다

구○선

길을 걷다 나뭇잎 하나 주워
깨끗하게 닦아 글을 쓴다.
지난날의 과오, 이별, 슬픔, 실수 등등
그리고 바닥에 떨어진 나뭇잎들 사이로 슬쩍 끼운다.
바람이 불어 아주 멀리 가기를……

버스전용차선

서○미

반듯반듯 똑같은 모양으로 만들어진 버스전용차선.

어떤 다른 차도 그 길 위를 달리는 것을 허락하지 않는다. 그것이 규칙이니까 어기면 어떤 이유를 불문하고 벌금이 쫭쫭쫭 내려친다. 규칙이니까.

내가 걸어가려는 길이 버스전용차선 같은 길이 아니길 바란다. 그저 규칙이기 때문에 그 누구도 내 길 위에 함께 가는 것을 용납하지 않겠다는, 오직 나만의 길이길 바라는 마음이 다시 걸어가야 하는 내 발걸음을 외롭게 만들까 두렵다.

수없이 정해놓은 나만의 규칙에 딱 들어맞지 않는다고 해서 절대 같이할 수 없다는 견고한 틀이 같이 걸어가자고 내미는 손들을 거침없이 쳐내고 있지는 않은지 내미는 손조차 보지 못하고 있는 건 아닌지, 버스전용차선처럼.

얼굴 그림

전원조

어린 조카가
처녀 이모의 얼굴을 그리다
맨 처음
얼굴 원이 너무 크다
삐뚤삐뚤
애고,
눈과 귀 너무 작고
코는 길게 입은 쭉 찢어지게⋯⋯
그렇게 또 삐뚤삐뚤
팔과 손,
다리와 발
빠진 것 하나 없이
꼼꼼히도 챙겨 그리다
그렇게 서툰 솜씨로 이모를 그리다

어린 조카는 또한
남은 여백을 착실하게 글로 채우다

"사 랑 애"
삐뚤삐뚤
"ㅇㅇㅇ 이모"
삐뚤삐뚤
"휴 가"
삐뚤삐뚤
"ㅇ ㅇ 이가"
또 전부 다
삐뚤삐뚤

얼굴 그림도
써넣은 글자도
모두 서툴고 삐뚤삐뚤
그래도
처녀는
이모라서 기뻤다
내 조카라서 예뻤고
서툰 처녀라서 또 쓴웃음 짓고⋯⋯
그렇게 그림에 의미를 더했다

하기야
어린 조카라서만 서툰 것일까
처녀인 이모도 많이 서툴고

언젠가 아빠께서도 말씀하셨다

"아빠가 많이 서툴러서 미안하다"
처녀는 서툰 그림에서
깊고 질긴 인연을 생각하며
서툰 것이 인생임을 깨닫고 있었다

어린 조카가 가르쳐주는
그 서툰 아름다움이
처녀 이모의 자랑이다
세상엔 온전한 것 하나도 없지
너랑 엄마랑
너랑 할아버지랑 나 이모랑
연연히 깊고 질긴 인연을 이어가며
서툴러도 아름답게
우리 삶을 꽃피운다

어린 조카가
처녀 이모의 얼굴을 그리다
조카의 얼굴 그림
처녀 이모의
자랑거리가 되었다
서툴러서 더 좋고

서툴러서 더 아름답고
서툴게 살아가도
내일이 있다

인형의 눈

최○호

나 한때 마음도 몸도 쉬일 곳 없을 때
우리 막내 고모네 작은 아이들의 놀이방
막무가내로, 오빠 하며 달려들던 민정이
"이거 빠라" 하며 불쑥 내밀던 인형 하나
누이니까 감고, 세우니까 뜨고
까만 눈망울에 하얀 별을 그려 넣은 듯 반짝거리며
감았다 떴다, 또 감았다 떴다.
민정이가 잠깐 낮잠 자던 사이
내가 만지작거려본다.
누였다 세웠다, 감겼다 뜨였다, 나도
나도 몰래 누웠다 일어났다.
내 마음도 감았다, 떴다, 감았다 떴다.

물 한 바가지

최○호

몸을 씻다 말고 무심코
벽에 붙은 거울에다 물 한 바가지 촤~악
거울은 깨끗해지고 나는 흐릿해지고
다시 물 두 바가지 촤~악
거울은 더 깨끗해지는데 난 삐뚤어지고
또 한 번 물 세 바가지 촤~악
거울은 반들반들 나는 보이지도 않고
실없이 물 한 바가지 내 머리 위로 촤~악
정신이 버~언쩍

존재에 대한 생각

김휘철

바퀴벌레 한 마리 꼬물꼬물
탁!
그릇으로 엎어버렸다
꽉!
얼어버린 작은 생명
하나
어떡하고 있을까
사알짝 들었다
미동도 없던 하찮은 것이
무슨 일 있었냐는 듯
알 수 없는 제 길로다
바쁘게 간다
뭐가 다를까
너랑
나랑
바퀴벌레랑

지렁이

김기준

땅속 깊이 숨어 지내던 지렁이가
비가 오면 목욕을 하러 땅 위로 올라온다

지렁이는 땅속에서 건강한 흙을 만들고
흙이 숨을 쉬게 하는 능력을 가졌다

지친 몸을 이끌고 비가 오면
휴식을 취하러 땅 위로 올라온다

휴식을 취하던 지렁이는
비가 그치면 휴식을 마치고 다시 어두운 땅속으로 들어갈 것이다

그리고 단비가 내릴 때까지 지렁이는
묵묵히, 묵묵히 일을 할 것이다

연

김명준

처음엔 흐느적 미끄덩
바람이 무서웠어요

바람의 손짓
힘겨워 울상이면
이야기를 하죠

"마음을 비우고, 내게 몸을 맡기렴"

아직은 갓 태어난
어린 꼬리 연

난 알 수 있어요

태곳적부터
내 친구는 바람이에요

긴 여행을 할 거예요
창공에 흰 깃발로 펄럭이다
구름에 속삭이고
나무들의 고향을 묻고

몸짓으로
다만, 몸짓으로만 기억될 거예요

무의 예찬

김연설

너는 정말 바쁜 녀석이더군.
동네 어귀 노점 오뎅 냄비에서 누렇게 익은 널 보았고
을지로 설렁탕집에서 뻘겋게 익은 널 보았고
가락시장 시장골목 식당에서 까맣게 익어 고등어 속에 묻힌 널 보았다.
그런 널 보면서 하루 종일 빈정대며 놀고 있는 나보다
부족한 게 없는 널 느낀다니까.

당근처럼 껍질 벗겨지기 싫어서 딱딱하게 굴지도 않고
제 몸 잘 깎이게 늘 후하게 내어주지.
또 땅콩처럼 까지기 싫어서 몇 겹을 둘러싸고 있지도 않고
제 몸 잘 까이게 하고선 한 방에 벗어주더구나.
그런 널 보면서 나는 왜 단단하다고 느끼는 걸까?
요즘 보니 사채광고에서도 활약 중이더군 잘났다 정말…….

맛없는 건 무맛이라 놀려대고
운동 좀 했다 싶은 아가씨를 무다리라 놀려대고
사람들이 온갖 놀림거리에 갖다 붙여대는데도 정말 마음도 넓지 않은가.

그 특유의 우직함으로 삐지는 것을 본 적이 없으니 말이야.

게다가

무 없이 맛깔난 김장이 되던가

무 없이 칼칼한 갈치조림이 되던가

무 없이 시원한 소고기국이 되던가

결정적으로 짜장면 시켰는데 단무지 안 와봐라…….

지옥의 맛이지 안 그런가?

그런 소중하고 고마운 존재가 너란 말이지 무…….

비록 세상 가장 어둡고 눅눅한 곳 땅에서 살았지만

어두운 세상 밝히듯 그 무엇보다 더 희고 고운 살결로 살아가는 너는

늘 한결같아서 늘 한결같이 사람들은 널 찾는 걸 거야.

깨끗한 걸 좋아하는 게 사람이거든…….

너니까 오늘 날 미워하지 않겠지.

그 고마운 마음 생각하며 닮고 싶은 맘 손에 실어서

널 정성스레 썰어본다……. 미안.

써걱 쓰윽 탁 쓰윽 탁…….

여우커피

김성배

나는 다방에서
커피를 마시고 있다
비바람을 안은 채
은행나무는 나를 쏘아보며
심하게 낄낄거린다
시간은 침묵을 선택한 듯 무심히 흐르고……
마담이 한쪽 눈을 감았다 떴다
실실 농을 한다
"오빠야! 이런 날 같이 커피 마시니 맛있네! 우짜노……"
갈색 커피 속으로
여우꼬리를 담갔다 털었다 한다
"곰보다는 낫겠군!"
갈색 여우커피가 목구멍으로
가슴으로 흘러 들어가고 있다
나는 다방에서
마담과 커피를 마신다

서울역 대폿집 할머니

차대준

추적추적 비 내리는 퇴근길. 비가 싫어서 마을버스를 타고 환승하려다가 나도 모르게 가끔 가던 대폿집으로 향했다.

마치 서울역에서 첫 번째 고시원에서 맡아본 것 같은 퀴퀴한 냄새가 진동을 한다. 혼자, 둘, 셋, 둘씩 짝을 이루어 정치 이야기며 돈 빌려달라는 이야기, 서울역 근처는 먹을 만한 식당이 없다는 둥 그런 얘기가 끝나면 또 다른 인생과는 거리가 먼 그저 그런 이야기로 술잔을 비운다. 등산복 이야기며 교회 얘기~ 끝이 없다.

열린 문 밖으로 보이는 도로의 차들이 쉬쉬식 소리를 내며 달린다. 그때 비둘기 한 마리가 대폿집 문을 두리번거리며 들어서다가 나와 눈이 마주쳤다.

나도 모르게 한마디가 튀어나왔다. "한잔할래?" 그 소리를 알아들은 건지 아님 내가 오해한 건지는 몰라도 그냥 획 하고 돌아서 나간다. "나 참! 그렇게 싫으니?"

머리 아플 정도의 냄새 주인공들이 드디어 간다. 유난히 큰 목소리까지 갖춘 그들이 나가자 대폿집이 조용해졌다. 소곤소곤…… 혼자 구석 자리에서 드시던 큰 가방에 끈으로 컵이며 우산, 돗자리, 비닐 등을 묶어서 메고 다니는 손님이 주인 할머니한테 "나 얼마예요?" 묻는다. 할머니는 조그만 메모용 종이 여러 장을 한참 찾다가 '2만8천원!' 하신다. 그 손님이 여러 주머니를 뒤적이다 2만8천원을 드린다.

그런데 갑자기 주인 할머니께서 "담배는 있냐?" 그러자 손님이 "네!" "한 열 개비 정도 남았어요!" 하니까 할머님이 "담배 없이 어쩌려고?" 하시면서 만 원짜리 한 장을 다시 내준다. "가져가! 다음에 줘!"

허긴 일전에도 허름한 차림의 손님에게 외상을 주면서 그 조그마한 메모지에 적는 걸 보긴 했다. 그때 이 가게의 마스코트인 수코양이가 앞발을 쭉 벌려 기지개를 켰다. 나도 매일 아침 하고픈데.

손님들이 입구에 벗어놓은 가방을 냄새 맡고 주위를 두리번거린다. 마치 아는 손님을 찾는 것처럼. 주인 할머니가 생선 한 토막을 들고 먹으라고 한참을 실갱이 하다가 "이놈은 식은 건 안 먹어!" 하신다.

아까 그 비둘기가 또 들어선다. 어떤 손님이 병뚜껑을 던져 비둘기를 쫓는다.

나도 이제 일어서야 할 시간이다.
"얼마예요?"

"소주 하나 맥주 하나 안주······ 8천5백원."

고개를 숙여 "고맙습니다! 잘 먹었습니다!"

몇 번을 인사하고 그 집을 나섰다. 할머니 건강하세요!

리어카꾼 아저씨

김명준

    가끔 용산 부근을 지나다니면 격세지감이 듭니다. 높은 건물과 넓은 도로가 생기고 가로수 사이로 지나는 사람들의 옷차림도 한껏 달라졌습니다. 서울에서 가장 큰 전자상가까지 위치한 용산은 아직 내게는 유년의 기억이 곳곳에 묻어 있는 장소입니다. 지금도 추억의 한 자락으로 남아 있는 따스하고 잔잔한 기억이 하나 있어 소개하려고 합니다.

    1973년 여름, 용산엔 중앙시장이란 이름을 단 청과물 시장이 가난한 이들의 배를 채워줬습니다. 당시 용산국민학교를 다니던 저는 오래된 채소와 과일의 퀴퀴함에 묻혀 어린 시절을 보냈습니다. 장마 때가 아니더라도 시장 바닥은 채소 찌꺼기로 진흙처럼 땅이 질곤 했습니다. 그래도 그 주변에서 어린 저는 양파 무더기를 돌며 '다방구' 놀이를 하고 밤엔 부추 트럭에서 던져지는 얼음덩이에 즐거워했습니다. 당시를 떠올리면 옛날이야기를 지닌 채 여름밤을 맴도는 별들을 바라보듯이 마음이 잔잔하고 흐뭇해집니다.

    그 당시 집에서 학교로 가는 길은 오리온 공장 쪽 골목길을 돌아 일명 '미나리깡'을 지나는 길과 중앙시장을 가로질러 용산극장 쪽 굴다리를 일직선으로 지나는 두 가지의 길이 있었습니다. 오리온공장 쪽 길은 돌아서 가야 하고 골목길이 헷갈려 학교에 갈 때엔 보통 용산극장 쪽 굴다리를 애용했습니다. 겉보기엔 작은 터널식으로 생겼고 위에는 철로가 놓여 있어 기차가 지날 때 굴다리를 통과하기라도 하면 벽 전체의 울림에 귀가 먹먹하기도 했습니다. 하지만 오래되어 칠이 벗겨진 그곳을 지날 때면 모험을 떠나는 안데르센 동화 속 주인공이 된 것 마냥 폼을 잡기도 했습니다.

그런 굴다리에서 정말 동화 속 주인공 같은 사람들을 목격했던 날이 있습니다. 여름 늦장마로 인해 새벽부터 장대비가 내리던 날이었습니다. 학교에 가려고 이른 아침 굴다리 쪽으로 향했습니다. 길이 매우 질퍽거렸기에 깨금발로 조심조심 걸어갔습니다. 그런데 저기 굴다리 입구에 사람들이 왁자지껄한 소리를 내며 모여 있었습니다. 무언가 싶어 다가갔더니 두 분의 리어카꾼 아저씨들이 리어카로 사람들을 실어 나르고 있었습니다. 굴다리 안의 배수로가 막혀 물이 어른 허벅지만큼 넘실대는 탓이었습니다.

그날 저를 태운 리어카를 끌면서 힘줄이 불끈 솟아오른 장딴지로 물속을 헤쳐 나가는 아저씨들의 모습은 흡사 동화 속 거인의 모습이었습니다. 비가 오면 그날 하루 장사도 못 하게 될 텐데 몸소 이웃들을 도운 것입니다. 수고비도 한사코 거부하고 여자와 어린아이 위주로 리어카를 태우던 아저씨들. 그때는 어려서 몰랐지만, 평상시 고된 노동과 가난에 지친 몸일 텐데도 보답 없이 고생하던 그 모습이 참으로 따뜻하게 느껴집니다.

지금은 추억만 아스라이 남은 용산 거리를 지나며, 훈장처럼 주름을 새긴 노인이 되셨을 그 아저씨들을 추억합니다. 우리에게 베풀어주었던 넉넉함을 보답 받듯이 지금은 평안하고 행복한 모습으로 어딘가 살고 계시길 바랍니다.

길동무 멍구

이우영

서울역 그곳에 오기 얼마 전 평택에서 하루하루가 힘들어 길고양이처럼 이리저리 헤매다 재래시장 한켠에 시장이 파하면 나만의 아지트처럼 휴식을 취하던 공간이 있었다. 그곳은 비도 피하고 바람도 피하고 가끔 앉아서 지친 몸을 쉬어 가면서 긴 밤에 사색과 함께 담배를 피워가며 혼자만의 휴식을 취하는 그런 곳이었다.

그러던 어느 날, 날이 적당한 뭐 그런 날 저 멀리서부터 이리저리 냄새를 맡으며 어슬렁거리는 강아지가 보였다. 누런색 바탕에 다리 끝과 꼬리 끝에 하얀색 무늬를 띤 모습, 슬금슬금 내게로 다가오더니 나와 눈이 마주치는 순간에 강아지의 얼굴은 왠지 웃고 있는('안녕하세요'라고 말하는 듯한 마치 오래 사귄 사람을 만나 반가워하는) 모습처럼 보였고 춤추듯 흔들리는 강아지의 꼬리와 몸짓은 너무도 사랑스러웠다. 그러고는 이내 내 옆에 앉았고 마치 말 잘 듣는 강아지마냥 내 옆에서 귀여움을 떨었다. 하지만 강아지 주인이라도 찾아올까 싶어 집에 가라고 멀리 내쫓았다.

그런데 한참 후 다시 내게로 돌아와 집 지키는 개마냥 내 옆에 앉아서 나의 호기심을 자극하기 시작했다. 나는 이 강아지가 누구 집 강아지이며 이 깊은 밤에 왜 내 곁에 왔는지 무슨 할 말이 있는지 점점 복잡한 호기심과 걱정으로 가득해질 무렵, 강아지는 갑자기 앞을 보았다가 나를 보았다가 이리저리 고개를 돌리고 여기저기서 나는 소리에 귀를 기울이고 급기야는 지나는 바퀴벌레, 날아오르는 나방이, 지나는 고양이, 또 저만치 지나가는 사람에게도 쫓아갔다 돌아오기를 반복하길 수차례. 강아지는 기분좋아 보였고 그런 모습을 보고 있노라니 절로 웃음이 실실 나왔다.

한참 후 강아지는 지쳤는지 헉헉거렸고 숨을 고르기 위해 내 옆에 다시 앉았다. 그런 강아지를 보고 나도 모르게 "야, 힘드냐?" 하며 말을 건네게 되었다. 그리고 이름이 뭐냐며 대답 없는 질문들을 마구 쏟아부었다.

얼마가 흘렀을까! 강아지는 숨을 다 고르고 차분히 앉아 있었다. 난 출출할 것 같은 강아지를 데리고 근처 편의점으로 갔다. 편의점으로 가기 전 처음엔 멈칫하더니 손짓 발짓 해가며 말을 하니 졸졸 따라왔다. 난 편의점에서 어묵과 햄을 사서 계산을 마치고 왔던 길로 되돌아왔다. 그러곤 자리를 잡고 하얀 봉지를 펼치어 가져온 어묵과 햄을 잘게 잘라서 강아지에게 주었다. 강아지는 허겁지겁 씹는지 마는지 알 수도 없게 펼쳐진 봉지 위를 다시 하얗게 만들어버렸다. 강아지 얼굴이 "잘 먹었어요." 하는 표정이었고 내 옆에 잠시 앉아 있다가 어디론가 사라졌다.

그런 식으로 우린 가끔씩 만났고 나는 후에 강아지를 '멍구'라 이름 지었다. 한 6~7개월이 흐른 뒤 멍구는 훌쩍 커졌고 시장 바닥을 훤하게 꿰고 다녔다. 난 평택을 떠나야 하는 상황이 되었고 멍구와 자연스레 헤어지게 되었다.

가끔 거리에서 멍구와 비슷한 강아지를 보게 되면 그때 생각이 난다. 그곳에 아직도 멍구가 있는지 만약 날 다시 보면 알아볼는지 궁금하기도 하다. 영화처럼 혼자 기다리지는 않는지 왠지 한편으론 짠한 생각도 들고 또 그곳에 내가 다시 가면 혹시 알아보고 내게로 달려와서 어릴 적 그랬던 것처럼 다시 꼬리를 신나게 흔들고 춤추듯 이리저리 깡총깡총 귀여움을 떨며 인사해주진 않을까란 생각도 든다.

"멍멍." 안녕 반가워!
반갑다. 멍구야!
잘 있었니?
멍구야 살아 있어라!
다음에 다시 만나자!

이렇게 말이다.

나의 슬픈 치아 이야기

고형곤

　요즘 치아를 만들려고 치과에 다니고 있습니다. 어제도 치과에 갔습니다. 의사 선생님이 처음에 하신 말씀이 쓸 만한 이가 별로 없다고 하시더니 갈 때마다 한두 개씩 이를 뽑습니다. 물론 불가피한 상황이지요. 저는 그때마다 생각하기를 일곱 살 어린애였으면 그 이를 지붕에 던지면서, 까치야 그 이빨 가져가고 새 이빨 가져다 줘 하고 새 이가 나기를 기다리겠지만 지금의 내 나이는 새로 나는 것은 흰머리밖에 없으니, 채우려면 비워야 하고 비우려면 버려야 한다고 했지만 가짜를 넣기 위해 진짜를 버려야 하니! (이렇게 된 것은 전적으로 내 잘못이지만) 가짜가 진짜인 것처럼 행세하고 진짜 같은 가짜가 득세하고 저마다 자기가 진짜라고 떠벌리는 가짜들이 판치는 세상이지만, 진짜를 버리고 가짜가 대신할 수 있는 곳이 사람 몸 어느 부분이 있을까. 나의 잘못으로 나의 몸을 떠난 치아들에게 미안함의 글을 올립니다.

　나의 육신은 썩어 없어져도 너는 오랫동안 그 모습을 간직하고 있었겠지만 나의 무지와 무관심과 가난함이 너를 먼저 떠나보냈구나. 그동안 너의 수고함을 고맙게 생각한다. 누군가의 주먹을 먼저 맞으며 다른 동료들을 지켜주었지. 너는 힘들게 음식물을 씹으면서 정작 맛은 혀가 보고 말은 목과 혀가 하는데 듣기 싫은 말 나오면 '이빨 까지 마!'라고 하니 힘든 노동을 하며 천대와 멸시를 받았구나. 그러고 보니 이런 대접받으며 사느니 차라리 먼저 떠나는 것도 나쁘진 않겠다.

현생에서는 못난 주인 만나 천수를 누리지 못하고 떠났으니 다음에는 백 년을 살고도 치약 광고 모델 할 좋은 주인 만나서 좋은 대접 받으며 살고 주인의 육신이 썩어가는 것을 지켜보기 바란다. 그동안 수고했고 그리고 미안하다.

아버지의 등밀이

당신의 얼굴

노기행

내리 딸을 낳으시고 마지막으로 얻은 귀한 아들. 어머니 뱃속에서 뛰어 놀고 있을 때 뭐가 그리 급하셨는지 아들 얼굴도 못 보시고 홀쩍 떠나버린 그리운 나의 아버지. 아버지가 계셨더라면 인생이 바뀌었을지도 모르겠네요.

나이 들어 40대가 되고 보니 잊고 살았던 가족들. 가족이라고 해봐야 누나 둘이 더 있을 뿐이지만 뿔뿔이 흩어져 지금은 알 수 없는 이들. 잘 살고는 있는지…….

고아원을 뛰쳐나와 사회생활에 물들고 직장이나 친구들 누군가가 가족 얘기를 할 때면 부모님이 다 살아계시는 듯 당당하게 속여가며 남몰래 가슴 아파했던 청년 시절. 뭐가 그리 쑥스럽고 창피했는지 당당하지 못했던 나. 지금은 서슴없이 가족사를 밝히는 편이지만 어린 시절엔 왠지 모르게 혼자라고 하면 따돌림을 당할 것 같은 느낌이었습니다.

엄청 궁금하군요. 그곳은 편안하게 지낼 만한 곳인지. 아니면 자식 생각에 눈물로 하루하루를 보내고 계시는지.

당신의 얼굴이 궁금하군요. 당신이 그랬듯이 나도 자식을 낳아보니 멀리 떨어져 지내는 고통과 사진으로밖엔 볼 수 없었던 아들놈이 그립고 보고 싶을 때가 한두 번이 아닙니다. 하지만 찾지 않으렵니다. 당신처럼 고통을 느끼고 그리워하며 살아가렵니다.

어리석은 건지 가슴에 눈물이 마른 건지 당신의 생각은 전혀 떠오르질 않네요. 이렇게 숙제를 할 때나 아버지란 단어를 써야지만 당신의 글을 쓰네요. 이 세상 살아가면서 아버지를 생각하며 눈물 흘린 적도 없지만 부디 그곳에서는 모든 걱정 덜어두고 평안하시길……

몇 년 아니면 몇 십 년 내 가슴속에 응어리진 모든 것을 안고 그곳으로 찾아갈게요.

그때나 봅시다.

두 여인

홍○길

이보게나. 시건방 좀 떨어볼까. 왜 불러도 대답이 없는 거야. 오늘은 혼쭐 날 각오로 작정하고 시작하는 거야. 두 양반 각오하시라!

그쪽 나라는 어때? 두 양반 다 꽃들을 좋아했으니 꽃밭 가꾸시겠지. 아님 성당 열심히 다니고 계시겠지. 두 양반 사이좋게 지내실 거야. 옛날에 멋지게 살았잖아. 이놈이 속을 끓여드려서 혼들 나셨지만. 나야, 강아지 부길이야.

할머니, 어머니 무지무지 보고 싶다. 서운한 점도 무척 많아. 그래도 강아지가 부르면 대답 좀 해봐. 그렇게 잘해주시던 노친네가 삐지셨나? 삐질 만도 하시지. 못난 짓 많이 했잖아. 엉덩이에 뿔난 것이 아니라 정수리에 뿔이 났었으니까. 그 뿔 뽑아버리는 데 몇 년이 걸렸지.

이쪽 나라는 태풍이 불어서 피해를 많이 보았다우.
내 나이 몇인 줄 아시는지. 육학년 칠반 들어섰어. 이 강아지 궁금하지도 않나 봐. 꿈속에서도 안 보이고 그렇게만 해봐, 나 화낼 거야.

건강은 어떠냐구요? 나 아주 건강해. 걱정 말어. 내일 병원 가는 날이야. 검사하고 며칠 후에 주치의 만나서 결과 보고 받아야 해.

어디가 아프냐구? 이 강아지가 말 안 했지? 조금 아파서 큰 수술했어. 또 시작이다. 걱정 뚝! 알지?

기쁜 소식 한 가지……. 나 학생 되었다우. 학생 말야. 인문학 전공하고 있어. 웃기지? 대학교 교수님이 가르치신다우. 봉사하는 선생님도 계시고. 너무나 일찍 보고 드려서 미안해. 쑥스러워서 그랬어. 워낙 대갈님이 좋아서 힘 좀 들었어. 1학기 끝나고 여름방학 끝나고 2학기 시작종이 울릴 거야. 감사할 따름이지. 너무나 감사하게 생각하고 있다우.

두 여인이시여! 우리 데이트 한번 합시다. 오랜만에 말야. 만두 좋아하시니깐 남대문시장에서 파는 만두 대접할게. 3천 원에 4개 준다오. 집에서 만든 만두 좋아하시지만 이 강아지가 바빠서 만들 수가 없어. 죄송해요. 용서하구려. 용서해줘.

야, 노친네 더 이뻐지신 것 같아. 그래도 두 양반 생각하니 기분은 좋네. 할머니, 어머니 이 강아지 걱정 놓으시고 재미있게 생활하세요.

앗, 참 낭군들은 가끔 만나시는지……. 좋겠수다.

말썽꾸러기 강아지 잘 있다구. 할아버지, 아버지께 안부 전해줘요. 이 강아지 너그럽게 봐줘요. 화내지 마시고……. 강아지가 아직 철이 안 들었어요. 학교 졸업하면 철이 들까? 옆에 있으면 좋으련만 서운하네.

두 여인이시여. 찌찌 좀 줘요. 만져보게. 그래요 고마워요. 뽀뽀도 해주고
싶네요. 할머니, 어머니 늙은 강아지가 주책을 떠네요.

두 여인이시여. 영원토록 사랑, 사랑, 사랑해요. 사랑해.

늙은 강아지가 두 여인께.

꿈속에서

故 천성우

어머니가 집을 나가셨다. 아버지가 애타게 기다리고 있다고 연락이 왔다. 어머니가 보고 싶어 부랴부랴 어머니가 계신 산동네로 급히 찾아갔다. 산등선에 올라서 밑을 바라보니 화창한 봄날, 아지랑이 자욱한 따스한 그림 같은 풍경이 펼쳐졌다. 시야가 툭 틔어 마음이 포근해졌다. 군데군데 복사꽃이 피어 있었고, 개나리, 버드나무가 아롱진 봄 풍경이 펼쳐 있었다.

집 한구석에 망연한 표정을 지으며 앉아계신 아버지가 보였다. 늙은 영감의 애처로움이 배어나는 표정이었다. 항상 어린 나를 애타게 기다리던 어머님 모습을 생각하며 언덕을 뛰어 집으로 달려갔다. '어머니 어머니 너무 보고 싶어 달려갑니다.'

좁고 휘어진 작은 길을 뛰어가다 보니 푹 꺼진 땅에 발을 헛디뎌 그만 넘어지고 말았다. 일어나 보니 도깨비바늘 가시가 옷에 빼곡히 박혀 있었다. 웃옷을 벗어 도깨비바늘의 가시를 털면서 어머니가 계신 곳을 바라보았다. 봄날에 너무나 포근하고 다정한 느낌이 내 가슴에 밀려오고 있었다. 순간 내 마음속에 스쳐가는 느낌은 말할 수 없는 슬픔과 사랑이었다.

"개똥밭에 굴러도 저승보다 이승이 낫단다." 어머님의 말씀이 생생히 들려오는 것 같았다. 어머니의 손을 잡아보고 싶어 손을 내밀었다. 꺼칠해진 어머니 손을 잡으며 눈물을 흘렸다. 그렇게 얼마나 울었을까? 나는 잠을 깼다. 꿈이었다. 어머니는 10년 전 아버지보다 먼저 돌아가셨다. 내가 꿈속에서 어머니를 찾아갔던 곳을 곰곰이 생각해보니 어머니가 묻혀 있는 공동묘지였다. 그곳이 이승의 집을 나가 살고 있는 어머니의 저승 집이었던 것이었다. 비록 꿈속에서였지만 어머니를 뵈었다는 게 너무 황홀했다.

어머니 어느새 저도 육십 가까운 나이가 됐답니다. 어머니께 부끄럽지 않게 열심히 살다가 어머니 곁으로 가겠습니다. 어머니 하늘에서도 저를 보고 계시죠. 이승에서 불효자식 어머니께 큰절 올립니다. 저 이번에 성프란시스 인문학대학 졸업한답니다.

하나뿐인 사랑하는 아들아!

故 문충섭

고생시켜서 미안하구나
항상 시간이 멈춰 있을 줄 알았는데

아직 철이 덜 난 것 같은데 벌써 50줄을 넘기고 유서를 쓰고 있구나
내 살아온 지난날들이 주마등처럼 스치는구나

아쉬움과 후회뿐이지만 어쩌랴
모두 다 지나간 일인 것을……

물려줄 거라고는 '가난'밖에 없지만
그래도 애비는 나름대로 최선을 다해서 살았다

다만 뿌리가 약해서 돈을 많이 벌어보지 못했지만 어쩌랴
부모 마음은 다 잘해주고 싶은 마음이지……

나 죽거든 장기기증을 해라
의대 실습용으로 말이다

사랑하는 아들아!

그리고 화장해서 너의 할아버지 묘 옆 산기슭에 조심스럽게 뿌려다오

장례는 제일 저렴한 비용으로 하기 바란다

너 혼자 애비 없어도 사촌들과 우애 있게 잘 지내기를 바란다

저세상에서 아빠가 너의 두 힘이 되어줄게 알겠지

인생은 말이다 한번 태어나면 죽기 마련이야 누구나 예외일 수 없어

슬퍼할 것도 없다

심성 좋고 검소한 여자를 만나서 결혼해서 잘살아 주길 바란다

아빠는 비록 하늘나라에서 보고 있을 것이야

이 세상 누구보다도 아내를 사랑해주고 신뢰하며 날마다 한두 번씩 업

어주어라

남들이야 사기를 치든 도적질을 하든 말려들지 말고 열심히 살되

재물의 노예가 되지 말고 당당하게 살아다오

사랑하는 내 아들아!

애비 죽었다고 슬퍼하지 말아라……

먼 훗날

웃는 얼굴로 다시 만나자

2009년 1월 19일 아빠가

사랑하는 '희'야

故 정인술

인간은 누구나 사회 속에서 관계를 맺고 살아가는 존재다. 학연, 지연, 혈연 등 모든 관계 속에서 서로 이해하고 도움을 주면서 살아가는 것이 인간의 삶이다.

내가 집을 떠난 지 어언 10년이 지나가고 있다. 세월이 바람보다 이슬보다 빠르다는 것을 요즘에서야 실감한다. 그동안 여러 계층 사람들과 섞여 살아왔다. 돌아보면 후회투성이지만, 모두 내 탓으로 여기고 반성하는 마음뿐이다.

'인생역전'이라는 말이 있지 않은가? 성프란시스 인문학과정을 마치며 '시작이 반'이라는 생각을 갖게 됐다. 이제부터는 몸도 조금 더 움직이고, 말도 조금 더 많이 하려고 한다. 취업도 하고 가정도 꾸려 오순도순 살고 싶다.

내가 집을 나와 10년 동안 전국을 떠돌면서 들르곤 했던 곳이 교회와 절이었다. 이들 종교에서 베푼 자선에 신세도 많이 졌다. 하지만 그들의 신앙행위 뒤에는 항상 어떤 씁쓸한 위선이 감춰져 있는 것만 같았다. 뭔가 보여주기 위한 종교적 목적을 위해 나는 걸인이 되어야 했다.

이제 나는 나를 사랑하고 아끼는 마음으로 살려고 한다. 자선의 대상이 아니라 누군가에게 도움이 될 수 있는 그런 사람으로 살고 싶다. 남에게 보이기 위한 위선적인 삶이 아니라 진솔한 내 모습 그대로의 삶을 살고 싶다. 사랑하는 '희'야! 이것이 성프란시스 인문학대학을 통해 변한 내 모습이란다.

낯선 등

김○홍

캄캄한 밤, 낯선 등. 땀 냄새와 내 심장소리 그리고 바람소리가 귓가에 들린다. 갑자기 깨어나 어리둥절하며 주위를 둘러본다. 그리고 깨달았다. 아버지의 등이란 걸. 무서워 목을 꼭 끌어안았다. 왜 아버지 등에 업혀 있지?

아버지는 초등학교 선생님이시다. 어제저녁 아버지가 학교에서 당직을 서신다고 하여 아버지를 따라 학교 숙직실에서 놀고 있었던 기억이 난다. 숙직실에는 티비 한 대, 조그마한 앉은뱅이책상, 그 위에 전화기 한 대가 놓여 있었다. 벽에는 큰 달력, 문 입구 벽에는 커다란 시계가 걸려 있고, 얼룩진 벽지에 낙서 몇 개. 부엌에는 연탄보일러가 있고, 그 위에는 물주전자가 김을 내며 끓고 있었다. 연탄가스 냄새와 양철통에 연탄 2장, 연탄엔 집게가 꽂혀 있었고, 다 탄 연탄 한 장과 깨진 연탄 조각들이 보였다.

난 저녁을 먹고 놀다가 잠이 들었나 보다. 그 방 벽시계 소리가 엄청 컸다. 아버지는 매일 저녁 9시에 시계를 맞추셨다. 매일 9시가 되면 "뚜뚜뚜뚜……."

갑자기 '시계'라는 글제에서 아버지가 생각났을까? 아버지 시계가 특별한 것도 아니었는데. 어릴 때 아버지 등에 업힌 기억이 너무 강렬해서였을까. 등에 업힌 기억은 그날의 기억이 전부다. 술도 담배도 하지 않으시고 무뚝뚝하셨던 아버지.

아버지의 등밀이

김○탁

나는 대중목욕탕에 가는 것을 무척 좋아한다. 일을 다녀와서 일주일에 한두 번은 꼭 들른다. 얼마 전 목욕탕에서 한 젊은 아버지와 두 아들이 함께 목욕하는 모습을 본 일이 있다. 여덟 살, 다섯 살 된 아들 둘이서 젊은 아버지의 등에 붙어 낑낑거리면서 아버지의 등을 밀고 있었다.

너무나도 정겨운 모습이었다. 두 아들은 등을 밀다가 지쳤는지 장난감을 갖고 놀다가 아버지가 들어가지 말라는 찬물에 들어가 소리를 치며 첨벙 대었다. 급기야 어느 무서운 할아버지의 벼락 같은 고함이 터졌고 몇 초 뒤에 막내아들의 울음이 터져 나왔다.

그 아버지는 목욕을 하러 왔는지 아들과의 전쟁을 치르러 왔는지 모를 정도로 힘들어 보였다.

"힘드시지요? 이 동네 사시나요?"

"네, 이 동네 삽니다. 정말 죄송합니다. 아이들이 너무 개구쟁이들이라. 이상하게 엄마보다 아빠랑 목욕하는 것을 좋아해서 말이죠. 그리고 이젠 여탕에 들어갈 수도 없는 나이고요. 같이 목욕 온 지 몇 번 안 됐어요. 애 엄마가 목욕시키는 방법을 일러주긴 했는데 영 잘 안되네요."

"그래도 좋아 보이세요."

"네, 아이들이 철이 든 건지 옆에 아이들을 보고 그러는 건지 오늘은 처음으로 저의 등을 밀어준다고 해서 맡겼더니 제법 밀더라고요. 내가 아들들에게 처음으로 받아본 봉사가 오늘 내 등을 밀어준 거예요!"

우리도 자연스럽게 서로의 등을 밀어주었다. 그 말에 나의 어린 시절 목욕탕에서의 추억이 떠올랐다. 우리 아버지 역시 어린 두 아들과 함께 대중목욕탕에 가는 것을 좋아하셨다. 불과 한 살 아래인 동생은 늘 아버지 말을 잘 들어서 때를 밀 때도 얌전하고 아버지 말씀을 잘 들었지만 나는 머리에 바가지를 덮어쓰고 손에는 큰 물총을 들고 장난감 한 바가지를 목욕탕에 깔고 노는 말썽꾸러기 군인이었다.

내 장난감을 밟고 넘어져 다치실 뻔한 아저씨들이 많아서인지 때 미는 아저씨는 내 장난감들을 지뢰밭이라고 불렀다. 그때에는 지뢰밭이 장난감을 지칭하는 다른 말이라고만 생각했는데, 커서 학교에 다니면서 지뢰가 무엇인지를 알게 된 후부터는 내가 목욕탕에서 얼마나 위험한 인물이었던가를 알게 되었다.

아버지는 어느 때부턴가 때를 세게 미는 당신과 목욕탕에 가기 싫어하는 아들들을 용돈을 주시겠다는 말로 꼬드겨 일주일에 한 번씩은 꼭 목욕탕에 함께 데리고 가셨다. 우리 두 형제가 용돈을 받기 시작한 것은 목욕탕에서부터였다. 당시 아버지의 등을 밀어주는 것이 용돈을 주시는 조건이었다. 나는 효심에서가 아니라 용돈을 타는 맛에 열심히 아버지의 등을 밀었다. 아버지는 목욕이 다 끝나고 머리를 말리면 용돈을 주셨다.

목욕탕에서 나와 집으로 가는 길에 우린 시장에 들러서 쇼핑을 했다. 지금에 와서 생각해보면 목욕탕에서의 아버지의 깊은 가르침을 느낄 수 있다.

첫째는 두 아들과 함께 목욕을 하며 기쁨을 누리고자 함이었다. 아버지는 아들을 씻기고, 아들이 아버지의 등을 서로 밀어주는 이 시간은 서로를 사랑하는 마음이 몸으로 전달되는 시간이었다. 그리고 또 하나는 시장에서 물건을 사고 계산을 직접 시킴으로써 산수 공부도 시키고 세상을 접하게 함으로써 작은 인생 공부의 시작을 함께 하시려는 마음이셨던 것 같다.

이 두 가지 모두 사랑이라는 말로 표현할 수 있겠다. 사랑이라는 말처럼 다양하게 표현할 수 있는 말이 없다고 한다. 그리고, 사랑을 볼 수 있는 장소 중 하나가 목욕탕이 아닌가 생각한다. 나는 지금 목욕탕에 간다……

아버지는 기타 치시는 중

김연설

오늘도 엄마 손을 잡고 시내로 나왔다. 차들이 씽씽 달리는 무서운 거리를 요리조리 잘도 피해 길을 건너고 어지럽게 널려 있는 좌판들을 피해서 도착한 곳 '황금마차'라는 네온사인 현란한 술집 앞이다. 엄마는 마치 화가 난 들소처럼 숨소리를 고르시더니 문을 열고 들어가신다.

'꿍짜라짜짜 띠리리링 쿵쿵 짠짠 띠리리리리링~~~'

좀 시끄럽긴 해도 막 싫지만은 않은 음악 소리가 귀청을 때리고 엄마는 잠시 기다리라는 말과 함께 금세 안으로 들어가셨다. 혼자 남은 난 기둥에 서서 이리저리 구경하기 바쁘다. 난 금방 알 수 있었다. 이곳이 술집이고 어른들이 많다는 걸…… 그리고 나쁜 곳이라는 걸…….

멀리서 엄마가 날아다니는 게 보였다. 아버지가 마구 던지고 계셨다. 몇 대인지 모를 만큼 엄마는 맞았다. '오늘도 엄마는 맞는구나. 또 아버지는 몇 날을 안 들어오시겠구나.' 하고 생각했다.

아버지는 한 손엔 다른 아줌마를 잡고 한 손엔 기타를 들고 내빼듯 나가신다. 그러다 나와 눈이 마주쳤다. 그냥 가시려는 듯하다가 돌아오시더니 500원 지폐를 하나 쥐어주시고 엄마 데리고 집에 가란다. 그 후 1년은 안 들어오신 것 같다.

세월이 흘러서 아버지가 60세 되던 해. 생일상 차려드리려고 모시고 식당에 갔다.

"아버지, 오늘 하모니카 불어주세요."
"엄마는 노래 좀 하시고요."

두 분이 노래와 연주를 하기 시작했다. 저 모습만 봐서는 평생 금슬이 좋아서 행복하게 산 사람들 같다. 사실 아버지와 엄마는 준연예인들처럼 음악을 하다가 만나 결혼하셨다고 한다. 그러니 사회생활이 그리 녹록치 않았을 것이다. 그렇다 하더라도 내게 원망이 아예 없는 건 아니다. 단지 늙고 병든 모습에, 나로서는 최대한 낳아주신 보상 정도로 생각하며 기본적인 아들 구실만 할 뿐이다. 버리고 싶어도 외면하고 싶어도 어찌지 못하는 나다.

세월이 흘러 엄마는 돌아가시고 아버지 홀로 남으셨다. 난 객지를 돌며 사는 게 일상인지라 작은누나가 모시고 갔다. 가까운 양로원 비슷한 곳에 들어가 계시게 했다고 한다. 아버지를 가까이 모시는 것에 아무도 선뜻 맘을 열지 않았다. 지금도 난 어딘지 알지만 가지 않는다. 내가 모진 걸까. 내게 야속하다고 하실까. 그래도 열리지 않는 내 가슴에 아버지의 기타 소리는 잊히지 않는다. 어머니의 노랫소리와 함께 들으면 작은 음악회 같았다. 차라리 연예인이 되는 걸 포기하지 않으셨더라면……. 그냥 그런 게 가끔 떠오른다.

아버지

박정수

아버지가 서 계시네
"정수야!"
날 부르는
쩌렁쩌렁 고함소리
무심코 내다보니 대운동장
한복판에 쌀 한 말
짊어지시고 아버지가 서 계시네
어쩌자고 쏟아지는 싸락눈을 맞으시며
"할 일 태산이다"
멜빵으로 쌀 한 말
짊어지고
"정수야!"
"정수 어딨노?"
외치시는 것이었다.
"빨리 나온나"

아버지

박두영

나 어릴 적엔 아버지는 술 좋아하고
욱하는 성격에 돈도 잘 쓰는 분이었지.
나는 커서 절대 아버지 같은 사람은
안 될 테야. 그런데 세월이 흘러 어느새
나도 그런 아버지처럼 술만 취하면
나도 모르게 나도 힘든데 술값 계산하고
나중에 술 깰 때 후회하고 있는
자신을 발견한다.
어쩔 수 없이 나는 아버지 자식이구나
생각하면 그 밉고 싫었던
아버지가 그립다.

제4부

길벗 도반

어떤 편지 한 통

두 개의 거울

쓰러질 때와 일어설 때

죄송합니다! 고맙습니다!

어떤 편지 한 통

독거 초등학생에게 띄우는 글

故 이홍렬

너에게 독거라는 엄청난 삶의 짐을 지워준
내가, 우리가, 사회가 원망스럽다.

허나 어쩔 건가, 너의 업보인 것을
너는 혼자가 아니다.
내가, 우리가, 사회가 눈물이 있는 한
너는 절대 혼자가 아니다.
절대 혼자가 아니란 말이다.

우리는 더불어 살 것이며, 공부할 것이며, 뛰어놀 것이며,
먹을 것이며, 잠잘 것이다.
단 네가 해야 할 것이 있다.
하늘을 보아야 할 것이며
꿈을 꾸어야 할 것이며
희망을 가져야 할 것이며
사랑을 가져야 할 것이며, 천사이어야 할 것이다.

아니다. 내가 잘못했다. 모든 걸 취소한다.

하지 마라! 절대 아무것도 하지 마라!

고래등

권오범

고래 싸움에 새우등이 터진다지만 새우 싸움에 고래등은 터지지 않는다.

힘 있는 사람들 싸움에 힘없는 사람들이 피해를 본다.

예외가 있다. 선거철에는 고래등을 가진 사람들이 새우등 가진 사람들에게 더 작은 새우가 되어 연신 고개를 숙인다.

하지만 당선이 되고 나면 언제 그랬냐는 듯 다시 고래등이 된다.

어이없는 세상에 대한 이야기

이〇복

　오늘 동사무소에서 소득 문제로 확인할 것이 있으니 내방해달라는 서면을 받았다. 그래서 동주민센터 사회복지 담당자를 만났는데, 2011년 2분기 소득으로 100,000원이 세무서(국세청) 사업소득으로 되어 있기에 이번 달 수급비에서 차감 지급한다는 이야기를 했다. 참으로 어이없는 경우구나 생각하면서 인정했다. 그리고 수급 확정일을 확인해보니 5월 27일로 되었기에 2분기 4, 5, 6월을 따져서 4, 5월은 제외하고 수급 확정 후인 6월 1개월분 22,222원을 제외한 금액으로 수급비를 2011년 12월 20일 지급해 주겠다고 확정을 짓고 나왔다. 다시서기센터에 들러 담당자 선생님께 이런 일을 말씀드렸다. 센터 담당자 선생님은 그 당시 사회복지 공동모금회 담당자 확인을 할 수 없었고, 다시 인문학 학교에 와서 공동모금회로 전화를 하니 세 번의 설명 끝에 여러 부서를 거쳐서 그 당시 담당자와 통화가 되었다. 그래서 또다시 처음부터 설명을 하였더니 그 당시 우리가 받은 금액은 42,000원 정도로 그 정도 액수는 소득공제 대상이 아니어서 국세청 신고를 안 한다고 설명해주었다. 그래서 어찌 된 일인지 국세청에 확인을 해달라고 전화 부탁을 하였으나 시간이 흘러도 확인이 안 되어 재차 전화를 했다. 담당자가 외근을 나가 통화가 안 되어 결국 개인 핸드폰 번호를 확인하여 전화하였으나 결국 회계 부서로 떠넘기기에 회계 담당자와 통화를 하였다. 회계 담당자는 100,000원으로 올렸다가 나중에 국세청에 42,000원으로 정정하였으니 본인이 알아서 해결하라는 식이었다. 이러한 설명을 다듣고 나니 6시가 다 되었기에 결국 이렇게 이번 건은 마무리가 될 것 같다고 생각하다 보니 참 어이없는 나라에, 참 어이없는 공무원 업무 태도에, 어이없는 사회복지 공동모금회의 어이없는 직원들에, 누가 왜 무슨 이유로 누구를 위해서 기부를 하고 기부금을 쓰는지 모르겠다. 펜을 잡아서 글을 쓰기 시작하니 수없이 많은 것들이 뇌리에서 맴돈다. 좀 더 글을 이어나가려 한다.

엊그제 동자동 쪽방촌에 삼성과 사회복지 공동모금회(사랑의 열매)가 공동으로 식생활용품을 한 박스씩 나누어주는 것을 보고 참 아이러니하다는 생각을 해봤다. 어찌 보면 쪽방 사람들보다 고시원이나 사우나, 여인숙, 만화방 등에서 거주하는 사람들에게 사랑의 손길이 더 절실하게 필요하고, 이들이야말로 건강에 더 유의해야 하며, 쪽방촌 사람들보다 상시적으로 도움의 손길이 필요함에도 이들은 도외시되고 있지 않는가? 어느 누구 하나 거들떠보지 않는 이 사회의 복지 사각지대에 놓여 있는 이방인으로 살아가는 이들이 있음을 보면서 복지란 누구를 위한 단어인가 생각을 해본다. 수급자 생활을 했다 그만두었다 한 지도 벌써 4년이 된다. 그 기간 동안 명절이나 연말이 되면 여러 단체에서 한부모가정, 차상위가정, 독거노인, 장애인 등 통계상으로 수치를 매길 수 있는 부류들에게만 물품들이 한없이 전해지는 것을 보면서 내가 저 사람들보다는 더 나은가 보다 생각을 해보기도 하지만, 결국 잘못된 사회복지시스템 때문인 것을 인정해야하지 않겠나 생각한다. 정부에서 인정하는 소외계층만 보아도, 소외되는 이

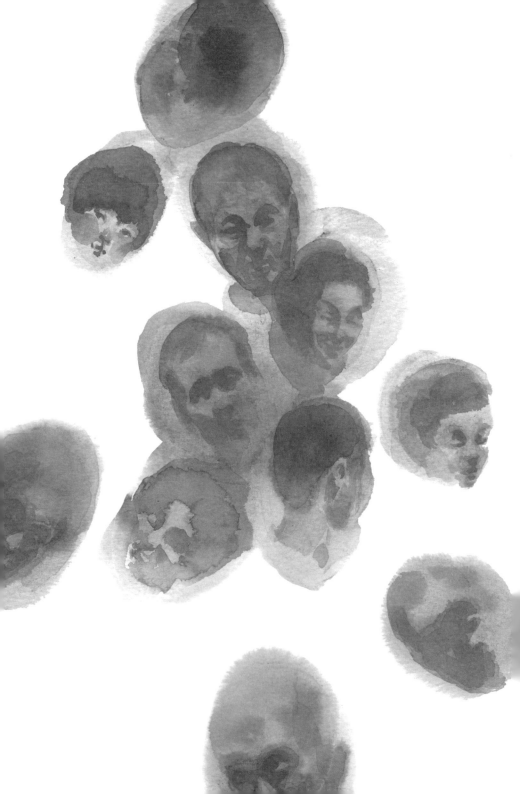

들이 거리에서나 비주거시설에서 생활하는 것을 보면 똑같은 사람인데 왜 더하기 빼기를 생각하는지 모르겠다. 실제로 독거노인으로 순수하게 분류될 수 있는 독거노인이 얼마나 되겠는가. 찾아보면 절반 정도 이상은 자식들이 있지 않겠는가. 결혼을 한번도 안 하고 자식도 없고 아무것도 가진 것이 없는 사람이 독거노인인 것이 맞지 않는가. 장애인이라고 혜택을 더 주는 것이 복지인가 인권인가. 정부 인정 소외계층민보다 비주거시설을 이용하는 이들이 더 열악한 환경 속에서 의식주를 해결하면서 아무런 혜택 없이 살아가다가, 복지국가를 외치는 이 나라에서 소리 소문 없이 쓸쓸히 떠나가는 것을 보면서 복잡한 생각이 든다. 요 몇 달 쪽방에 주민등록을 등재해놓고 생활하면서 2011년 추석 때나 엊그저께 쪽방촌 후원 물품을 나누어주는 것을 보니 한참 잘못된 복지행정이라는 생각이 든다. 소득이 150만 원이 넘어도 어떤 이유에서인지 쪽방에서 살아가는, 차상위나 극빈층이 아닌 사람들에게도 쪽방 거주자라는 이유로 상품권 등의 후원물품을 주는 것을 보면서(본인은 한방에서도 후 순위 거주자이기에 수급자이면서도 후원 대상이 안 됨), 지난 영등포 고시원에서 수급자로 살면서 동사무소에서 2년 동안 받은 것이 라면 1박스, 쌀 10kg, 교회 후원물품 7,000원 상당의 생필품을 받은 것이 전부였던 기억이 떠오른다. 약자이기에 당해야 했고, 그 사건 이후로 근로능력 부족으로 거리자활을 했고, 수급자로 신청하여 지금까지 오면서 어이없는 세상 속에서 살아가는 나와 같은 사람들이 눈에 보이고 마음에 밟힌다.

내 생활의 단상 – 건강, 가족, 그리고 사람들에 대한 이야기

이○복

    한계에 다다르는 건강이 신경 쓰이는 것이 사실이다. 정말로 내가 살아가야 하는 방향을 모색할 필요가 있는 시점에 다다른 것 같다. 한쪽 귀는 먹통이 되어버렸고 다른 한쪽 귀마저 이상이 감지되고 있으며, 관절, 허리통증, 피부질환 등 요새 부쩍 여러 군데서 몸이 이상하다는 것을 느낀다. 나아지지 않는 고혈압, 고지혈증 때문에 혈액이 더 탁해져서 폐에 이상이 생길 수 있다는 의사의 소견도 마음에 거슬린다. 더 이상 이가 상한다면 이를 빼게 되어 씹어 먹는 것을 먹을 수 없게 될 상황들이 자꾸만 신경이 쓰여서 내 사지가 멀쩡할 때까지만 살자고 되뇌지만, 사람이란 것이 얼마나 욕심이 많은 것인지 나도 안다. 말이야 쉽지 죽음이란 것이 그리 쉬운 것이란 말인가.

    형제란 무엇인가. 재산 문제로 남보다 더 심하게 다투고, 돈 문제로 자식이 부모를 죽이는 세상에 살고 있다. 나도 형제가 있지만 물려받은 재산도 없고 도와준 적도 없고 남들같이 깊은 우애를 나눈 적도 없고, 딱히 눈에 띄게 도움을 받은 적도 없고, 내가 이리 살고 있는 것을 형제들이 모르는 것은 아니지만, 그렇다고 형제들이 부모 덕을 본 것도 없는데 도와달라고 하소연할 수도 없는 노릇이다. 지난날 7, 8년 전의 일이었나 싶다. 몸도 안 좋고 날씨도 춥고, 을지로 지하도에서 뜬눈으로 하루를 보내고 큰누나네 집으로 10시간 정도를 걸어서 갔던 일이 있다. 그 당시에는 매형이 살아 있었다. 매형은 나하고는 안 좋은 일이 있어서 사이가 안 좋았으나, 그래도 그날은 날씨도 추웠고 오랜만이라 약간의 도움을 빌어보려고 하였다. 그러나 문전박대 당하여 한 푼도 얻지 못하고 밥 한 끼 얻어먹지 못했다. 결국 교회에 사정해서 차비를 얻어서 다시 돌아왔다. 명절 특집으로 TV에서 가족과 형제애가 부각되어 나오는 드라마 속 생활이 대다수 일반 시민들의 생활상이라면 우리 같은 사람들은 어디에서 답을 구해야 하는가 하는 생각들이 머리를 스치고 지나간다.

내가 가진 것이 없고 힘이 없었기에 2010년 9월경에 지하철 2호선에서 70세 가량으로 보이는 노인에게 맞았다. 그 노인은 내가 노숙인같이 보여서 때린다고 했고, 십여 분 간 접이식 우산으로 내가 무자비한 구타를 당하고 있음에도 주위 사람들이 전화 한 통 안 해줄 정도로 무관심했다. 매스컴에서는 우리나라가 신고정신이 좋은 상당한 선진국이라고 떠들고, 뉴스나 신문 지면에는 살신성인하는 사람들의 기사들이 수없이 많은데 나는 딴 나라에 살고 있구나 하는 생각이 들었다. 내가 일방적으로 맞으면서 전화를 해달라고 몇 차례 부탁한 끝에 어느 한 분이 신고를 했다. 지구대 경찰관 2명이 온 후에 구타는 끝이 났지만 그들은 내가 잘못한 듯이 오인하고 나를 먼저 다그쳤다. 지구대로 가는 차 안에서도 맞은 사람은 안중에도 없이 노인네에게 농담을 하고, 지구대 안에서도 안하무인격으로 행동하는 그 노인에게만 신경을 쓰고 피해를 입은 사람에게는 적절한 조치도 하지 않았다. 경찰서 안에서는 피해자와 가해자 확인을 하지 않았고, 가해자가 외부로 나가 도주하도록 했으며, 10만 원 정도의 상해진단서 비용이 없어서 무료 진료소에서 시간을 낭비했으며, 추석 연휴 때문에 외상 부분 확인이 어렵다며 동부시립병원 정형외과 의사는 노숙인에 대한 진단서 발급을 거부하였다. 사람이 억울하게 당했는데도 진단서 이야기를 하니까 말도 못하게 하고, 진단서는 안 떼어준다고 해도 아픈 것에 대한 기초적인 처방은 해주는 것이 인지상정이거늘 진료 자체를 거부하는 것을 보면서 우리나라가 맞는가 하는 생각이 들었다. 한쪽 팔을 제대로 쓸 수 없어서 노가다를 못하게 되었기 때문에, 돈이 없어서 고생한 날들이 너무나 억울해서 국민고충처리위원회, 인권위원회, 노숙인 인권문제를 다루는 시설, 방송국, 신문사 등에 호소했지만, 결국 돌아오는 답변은 같은 정보기관인 관계로 사건화시켜 관여하기 곤란하다는 것뿐이었다. 내가 노숙인이라 연락처도 없고 때린 사람이 노인이고 일반인이라는 것 등, 아무리 어려운 일을 당했다 하여도 결국에는 이해관계를 따지는 우리나라 기관들, 방송국, 노숙인 시설 등의 행태들을 보면서 이 기관들은 과연 누구를 위한 것인가 하는 생각을 해본다. 피해자 입장이 아닌 사법기관 입장에서 처리되는 사건들, 가진 것이 없는 이들이 없기에 당해야 하는 형사사건들, 너무나 억울한 것은 내 문제인가.

막장

김〇호

숨조차 쉬기 힘든 수백 미터 지하에서
세 끼 밥을 얻기 위해 허리도 펴지 못하고
생명을 갉아 먹히는 그들을 아는가
그들의 자식이 시냇물을 새카맣게 그리는 것을
우리는 보았는가
연탄 한 장의 따듯함에 모두가 잠든 지금
소주 한 잔에 애환을 달래며, 곤히 잠든 어린 자식을
바라보는 그들의 눈가엔 안개만이 일렁인다

연탄 추억 삶 그리고……

고형곤

야트막한 언덕 넘어서 누군가 연탄 가득 실은 손수레를 끌고 온다. 그다지 크지 않은 나무 그늘 아래에 그 남자 손수레를 멈추고 담배 한 대 꺼내 문다. 고난의 인생사가 그 얼굴에서 묻어 나오고 힘들었던 세월의 훈장인 듯 그의 이마에 골짜기 몇 개가 파여 있구나. 그 골짜기마다 고단한 눈물이 샘솟아 있는데 한 줄기 바람이 그 눈물 씻어내니 나뭇잎 환호하며 손뼉을 치네.

동네 어귀에 늙수그레한 사내가 사과 궤짝 위에 양철판 올려놓고 그 옆에 연탄 화덕 하나 연탄불 위에서 조그만 국자로 설탕 녹여 '달고나' 띠기를 만들면 한 부류의 아이들이 이 일이 내가 꼭 완수해야 할 사명인 듯이 띠기 한 개 들고 신중하고 진지하게 조금씩 뜯고 있네. 그 뒤로 또 다른 부류의 아이들이 누런 콧물 흘리며 침 꿀꺽이며 부러운 시선으로 바라보고 있네. 떨어진 조각들이 아이의 입속으로 들어가 달콤함을 느낄 때 뒤에 선 아이들의 가난한 가슴엔 쓰디쓴 맛이 쌓인다.

변두리 삼류 극장 앞 연탄불 위에서 밤알들이 따뜻한 기운에 졸다가 뜨거움에 깜짝 놀라 폴짝 뛰면서 속살을 드러내고 그 불 위에서 마른 오징어 트위스트 추면 서로 보듬어 품은 가난한 연인들이 이들을 가져가서 영화 속 주인공들의 행복한 장면들과 같이 자신들의 삶도 그와 같이 되기를 바라며 서로 먹여주며 언제 끝날지 모르는 행복을 만끽하네.

　연탄 화덕 가운데 둔 허름한 주점 연탄불 위에서 오뎅 꼬치 끓고 있는 포장마차 탁자 앞으로 고단한 하루를 끝낸 인생들이 모여앉아 한 잔 술이 하루의 서글픔을 날려줄 거라 믿으며 술잔을 들이킨다. 한 잔 술이 힘들었던 하루의 피로회복제라며 또 한 잔 들이킨다. 그들의 한과 희망을 한잔 술이 알 수 있을까 모를 것이다. 그러니까 밤은 술에 취해 비틀거린다. 포장마차 카바이트 불빛이 그들을 위로하고 세상을 밝히려 애쓰다 힘에 겨워 제풀에 사그라진다. 술 취한 밤이 정신 차려 제 집으로 발걸음 옮기고 그 뒤로 새벽 여명의 하늘이 열리면 동네 길 위로 하얀 뼛가루 흩뿌려져 있듯 하얀 연탄재 부서져 뒹굴며 괴로워하네. 청소하는 아저씨 구시렁거리는 소리와 빗질 소리와 함께 연탄재 가루들 서로를 품어보지만 이미 부서진 몸 어쩔 수가 없구나. 아저씨 구시렁 소리에 빗자루 수명은 짧아지고 구시렁거리는 소리와 함께 세상은 시끄러워지며 고단한 하루가 열리며 엔딩 크레디트가 흐른다. 그때를 아십니까? 끝.

　TV 아홉 시 뉴스. 말쑥하게 차려입은 남자와 예쁘게 옷 입고 화장한 여자가 남들의 이야기를 진짜 남 이야기하듯 한다. 일가족 네 명 생활고를 견디다 못해 방안에 연탄불 피워놓고 모씨 자신의 차 안에서 숨진 채 발견. 차 안에서 타다만 연탄 발견. 연탄이 저렇게도 쓰이는구나. 그다음 생각을 떨쳐버리려 텔레비전을 꺼버린다. 세상이 까맣다. 눈 감았다 뜨면 하얀 세상에 있을 것이다. 하지만 나는 그러지 못하고 눈 뜨고 까만 세상에 살고 있다.

편지

이경로

어느 뜨거운 여름날 저녁
문틈에 놓인 회색 봉투
가지런히 인쇄된 검정 글씨
○○○ 귀하
반가운 마음에 덥석 잡았다
자세히 보니 ○○세무서
조심조심 열어보니
상반기 주민세 고지서이다
그럼 그렇지
주민세 낼 때구먼
내일 내려 가야지
고지서를 한 켠으로 밀어놓고
막걸리 반주로 저녁을 때운다
겨우 6천 원 받으려고 이런 우편물을 보내다니
고지서 만들고 보내는 비용이 3천 원은 들겠네
초겨울 어느 날 저녁 또 한 통의 편지를 받았다
○○세무서

"아차, 깜빡했지"

열어보니 이번엔 독촉장이다

과태료 붙어서 6,120원

헉 이걸 보내려면 또 돈 들었을 텐데

그 돈이면 본전도 안 나올 건데

막걸리 반주로 저녁을 때웠다

원가도 안 되는 돈을 받으려고

이걸 왜 보냈을까?

그저 액수에 상관없이 보내는 자동시스템?

아니면 때 되면 보내야 하는 의무사항?

그대 덕분에 아직 나도 대한민국 사람인 걸 알게 되는구나 허허허!

내일은 꼭 내야지

막걸리가 살짝 달달해졌다

어떤 편지 한 통

공길동

메일이 왔다. 이 갑작스런 사태 앞에 반가움보다는 당혹스러움이 앞선다.

나는 이제 잊힌 존재인 줄만 알았건만, 누군가 나를 기억해주고 나에게 관심을 보여 한 자 한 자 정성 들여 메일을 보내왔다고 생각하니 가슴이 뭉클해지고 복잡한 생각과 감정들이 내 뇌리를 스쳐간다. 마우스를 움직여 클릭하기가 두려워진다.

가뜩이나 흔들리는 내 감정이 또 어떻게 요동을 칠지 알 수가 없었다. 만약 나에 대한 원망을 쏟아낸다면 난 무슨 말을 할 수 있을까. 반대로 나를 그리워한다면 난 답장을 보내야 할까 말아야 할까. 이 복잡한 생각 속에서 계속해서 신경이 거슬리는 것은 보낸 사람이 누군지 알 수 없다는 거다.

난 이토록 오랜 시간을 망각의 세월로 흘려보냈던 것일까. 이제 더 이상 지체할 수 없었다. 어찌 되었든 클릭해야만 했다. 떨리는 가슴을 진정시키고 입을 굳게 다문 채로 기어코 클릭하고야 말았다. 그리고 경악했다.
'토토 첫 충전 200% 보너스.'

두 개의 거울

자화상

김명준

5층 고시원
방문을 열고 불을 켠다
어둠이 밀려 달아나고
정면의 대형 거울에
배 나오고 뚱뚱한 얼굴

오래전 절망과 비웃음을
나를 미워하고
내가 증오하던

초라한 직장의 책임자
경멸의 미소
그 모습 그대로

머리카락 새치에
시간이 눈처럼 내리고
좁은 방 대형 거울

피곤한 남자가 있어

조용히 바라본다

빨래

이우영

까맣다,
때는 보이지 않는데
스멀스멀 냄새가 나를 자극한다.
빨래할까 말까
냄새의 근원은 어딘지 고심했다.
나를 먼저 씻어야겠다.

그리움

윤○원

언제부터였는지 그저 누군가가 보고 싶었다. 참 오랜 시간을 이 그리움의 대상을 찾아 수없이 헤매고 찾아다녔던 것 같다. 그저 보고 싶었다. 보고 싶긴 하지만 보고 싶어 하는 그는 누구일까? 존재는 하고 있는 것일까? 마음속의 아픔은 왜 본 적도 없는 이 막연한 그리움의 대상 때문에 고통스러운 것일까? 어디서 무엇을 하기에 오질 않는 것인지, 언제부터인가 마음 한구석을 차지한 그리움이라는 작은 돌조각이 마음을 찌른다.

어렴풋한 기억에 그는 같이 있었던 것 같다. 아주 어린 시절 기억의 흔적 속에서 그를 발견했다. 그는 어디에 있는지, 여전히 주위를 맴돌며 나를 지켜보는 것 같은데, 아니 나와 함께 있는 걸 느끼는데, 여전히 보이질 않는다. 애타게 주위를 돌아보지만 어디에서도 그의 흔적을 찾을 수가 없다. 기억하고 싶지 않은 어린 시절 아니 지금까지의 존재 자체를 거부하며 보낸 많은 시간들 속에서 나는 왜 그를 찾으려 하며 그리워하는 건지, 만나면 무슨 말을 해야, 하려는지 알 수는 없지만 그를 만나야 한다는 무거운 마음이 나를 짓누른다.

기억의 흔적을 따라서 걸어가본다. 음울한 기억의 흔적들 사이로 동굴이 보였다. 천천히 동굴로 다가가 안을 들여다본다. 그 안은 어둡고 음침했다. 거친 숨소리가 들렸다. 그 어두운 한쪽 구석에 무엇인가 있다. 떨리는 마음으로 그곳으로 가서 살펴본다. 그곳에는 마치 어디 방송 다큐멘터리에서 본 것 같은 아프리카의 난민들처럼 뼈만 앙상하게 남은 모습의 사람이 있었다. 그 순간 가슴을 찌르는 듯한 통증을 느꼈다. 그였다. 그토록 그리워했던 그는 이곳에 있었던 거였다. 내가 그를 이곳에 있게 했던 것이었다. 눈물이 났다. 그리고 미안하다고 내가 잘못했다고 말을 하고 싶었지만 목이 메어 말을 할 수가 없었다.

쓰레기통

장영환

나는 담을 수 없어서 울었고 안을 수 없어서 슬퍼해야 했습니다
그대에게 줄 게 없어서 그래서 안을 수 없어서 슬퍼해야 했습니다
나는 그대를 사랑했기에 이 모든 걸 담고 싶었습니다
외로움, 그리움, 이별, 고통까지도 나는 내 가슴에 담아둔 채
그대 곁에 있고 싶었습니다

아무도 없는 텅 빈 골목 가로등에 기대어 울고 있는 당신을 보노라면
나는 내 가슴을 치며 나는 왜 당신의 아픔을 다 담아드리지 못했을까
가슴을 쥐어짜며 후회합니다

당신의 모든 것을 담을 준비가 되어 있음에도 불구하고 당신 아픔을, 시
련을 담을 수 없기에 나는 아무짝에도 쓸모없는 쓰레기통입니다

그저 남이 버리고 간 쓰레기를 담은 쓰레기통
이제 나는 갈 곳이 없습니다 혼자서 지키고 서 있는 나는…….

친구 보게

허○식

나는 내 안의 친구에게
편지한다. 사랑한다.
어느 때는 내 목숨보다
나를 사랑했던 친구야.
내가 너를 잊고자
내 안의 너를 밀쳐내고자
수도 없이 나와 싸우던 친구야.
이제는 네가 내 안의 친구란 것
인정하고 함께하며 살자고
힘든 날도 언제나 함께할 수 있다고
너를 사랑하는 내 안의 나로부터
보고 싶다, 친구야.

비 오는 날

사상철

나는 오늘처럼 비가 오는 날이면 식구들이 생각난다
비 오는 거리에서 울면서 서 있을 내 아들 현모
머릿속이 복잡해진다
열심히 일해야지 말만 하지 말고 실천을 해야 되는데
내 마음속 거울이 두 개 있다
거울 하나는 놀라고 하고
다른 하나는 열심히 일하라 한다
둘 다 내 마음 같은데 누구 말을 들어야 할지
안 되는 글쓰기를 한다고 머리는 더욱 아파만 오고

내 인생 절반은 내 아들 현모다
빨리 돈 벌어서 우리 아들 찾아가 공부도 시키고 인생도 알려줘야지
헌데 노력이 잘 안 된다
지금보다 열 배나 노력해야 되는데
내 가슴 한구석에서는 복잡할 게 뭐 있냐고
그냥 조르바처럼 살라고 한다
창밖에 비는 내리고

비 오는 거리에서 울고 있을 내 아들 현모가 생각나고

다시 한 번 추슬러 나는 간다

그림자 별

노기행

서로에게 힘이 되어주던 친구
기쁠 때나 슬플 때나 함께해주었던 친구
언제나 곁에 있을 것 같았던 친구

우연히 길 가다 너와 눈이 마주쳤을 때
서로의 모습을 보곤 그 자리를 피하듯이 걷던
나 자신이 너무나 초라하다
너와 함께했던 지난날을 다시금 생각해본다.
서로에게 의지하고 친구 일이라면 물불 가리지 않고
달려와주었던 시절
너무나 그립다.

햇빛이 따가운 오후에 길을 걷다가 발밑에
나 자신의 그림자를 보았다.
내가 어디에 가든 어디에 있든 간에
항상 내 곁에서 나를 바라보네.

그림자를 보고 있노라니 너 또한 힘없이 축 처져 있구나.

그림자가 나에게 말을 하네.

잠시 힘든 시간을 지내고 있는 것뿐이라고

그림자는 나와 영원히 함께할 것이다.

빨리 나 자신의 진정한 모습을 찾고 싶네.

얼마나 더 많은 길을 지나가야 할까.

길이 아니라면 얼마나 더 많은 산을 올라가야 할까.

언제까지 길가의 돌부리에 넘어져야 할까.

모든 것을 다 잃고 다시 시작하는 걸 몇 번이나 반복해야 하는 건지

밤하늘의 별을 보니 더욱더 나 자신이 한심스럽다.

나에겐 하찮은 별

하지만 그 하찮은 별에게도 이름이 있으니,

조금만 더 기다려보자.

그리고 멀리 떠날 수 있는 채비를 갖추자.

아직 늦지 않았을 거야.

꿈과 나의 작은 희망을 좇을 거야.

나에게도 내 몫의 별이 있다면 제발 사라지지 말고 기다려주길…….

날개가 있다면 아주 쉽게 노력 없이 별이란 놈을 잡을 수 있겠지.

하지만 나에겐 하늘을 날 수 있는 능력이 없다.

노력과 땀으로 나의 별을 찾아야겠지.

해가 뜨기 전에 부지런히 움직여보자.

돌부리

문점승

길을 가다가 돌부리에 걸려 넘어졌다
또 같은 길을 가다가 걸려 넘어졌다
또 같은 길을 가다가 걸려 넘어졌다

이제는 생각을 좀 한다
같은 길을 간다
돌부리가 보인다
이제는 돌아서 간다
한 잔의 술이 있어 마셔본다
기분이 좋다

한 잔의 술이 있어 마신다
이제는 취한다
또 한 잔의 술이 있어 마신다
정신을 잃는다.
또 술을 마신다
이제는 모든 것을 잊는다

또 술은 보인다
한번 생각해 본다
그래도 술은 보인다

이제는 고개를 돌린다
그래도 술은 있다
이제는 어쩌면 좋을까?

요놈들을 끊어야 한다

서○일

내 인생에서 끊어야 할 것들, '바이바이' 해야 할 것들에 대해 쓰고 싶다.

첫째 술이다. 술이란 무엇일까. 마시는 음식의 한 가지라고 할 수 있다. 그러나 술을 음료수와 같다고 생각하면 안 된다. 술은 많이 먹으면 이성을 잃어버리게 된다. 그러면 즐거움보다는 괴로움이 빨리 찾아온다.

내 나이가 벌써 마흔여섯 살이다. 구정을 쇠고 나면 마흔일곱이 된다. 마흔일곱이면 적은 나이가 아니다. 이런데 술을 많이 먹으면 건강에도 안 좋고 실수도 하게 된다. 될 수 있으면 적게 먹고 아니면 아예 안 먹는 게 좋다.

내가 철이 안 들었을 때, 술에 대해서 잘 모를 때는 무조건 마실 때가 많았다. 게다가 술과 친해지면서 술을 안 먹을 수 없게 되었다. 내가 마신 술은 그 종류도 많았다. 막걸리, 소주, 맥주, 동동주, 정종, 기타 등등. 다른 나라 술은 와인부터 샴페인, 포도주, 위스키가 있다.

특히 내가 많이 마셨을 때가 생각난다. 10년 전에 전라남도 목포에서 신안 앞바다로 나가 새우잡이를 한 적이 있다. 그 새우잡이 배에서 마신 술은 엄청났다. 내가 태어나서 그렇게 많은 술을 마셨을 때가 없을 정도였다.

그래도 다행인 것은 내가 술 중독은 아니라는 거다. 내가 얼마든지 조절을 할 수 있을 것이다. 그래서 나는 술에 대한 여러 가지 생각과 고민을 하고 있다. 일단 끊자, 하고.

둘째는 담배다. 담배는 과연 무엇인가? 내가 담배 중독이 되어 있는가? 담배 중독에 걸려 있다면 끊을 수 있도록 노력을 많이 해야 한다. 그렇지 않으면 영원히 죽을 때까지 담배를 끊지 못할 것이다.

내 나이 마흔여섯. 벌써 구정이 보름밖에 남지 않았다. 구정만 쇠고 나면 마흔일곱 살. 사람이 살아가면서 세월을 비켜가지는 못한다. 세월은 한 번 가면 다시는 오지 않는다. 앞으로 3년만 있으면 쉰 살이다.

담배를 끊을 수 있다면 얼마나 좋을까? 담배 끊기에는 대단한 의지, 용기, 인내가 필요하다. 그런 게 없으면 끊기가 힘들 것이다. 2014년 뱀띠 해, 담배를 적게 피울 수 있을 것인가? 혹은 담배를 아예 끊을 수 있을 것인가? 고민을 많이 해봐야겠다.

셋째, 가장 중요하다. 도박이다. 도박은 왜 있는 것일까? 없으면 얼마나 좋을까? 도박을 한평생 피하는 사람이 있는가 하면, 피하지 못하는 사람이 있다. 도박 중독이 되면 엄청난 결과를 떠안게 된다. 특히 습관성 도박은 끊으려야 끊을 수 없다.

나는 서른두 살 때 택배 일을 하는 친구를 만나서 그 친구를 따라 우연히 경마에 손을 대게 되었다. 처음 건 돈이 그만 제대로 1등을 맞췄다. 그 희열을 한 번 겪으면 헤어날 수가 없다. 그 뒤로 닥치는 대로 일을 했다. 안 해본 일이 없다. 신문배달, 노가다, 택배 등등. 신문배달만 해도 신문지 사이에 광고지 끼는 일에 도사가 될 정도였다. 일을 하고 40만 원에서 50만 원 돈을 벌면 토요일 일요일 11시부터 6시까지 경마장에 붙어 있었다. 경마로 돈을 벌겠다고. 나는 경마에 관한 책까지 사서 혼자 여관방에 틀어박혀 어느 말이 1등이 될까 연구하기도 했다. 다른 친구와 같이 연구하면 나중에 싸움도 나기 때문에 혼자 해야 했다. 물론 돈은 다 잃었다. 찾아야 할 돈 때문에 또 달려들었다.

한 번은 경마를 끊으려고 새우잡이 배를 타기도 했다. 한 번 나가면 바다 한가운데 닻을 내리고 배 위에서 생활하는 게 장난이 아니었다. 이쪽에 누워 자고 다음날 일어나면 저 끝에 굴러가 깨어났다. 물 위에서 배가 흔들리는 통에 그리된 거다. 워낙 일이 고돼서 6개월 만에 그만두었다. 그래도 경마는 하지 말자 하고 염전에서도 일했다. 끝내주는 햇볕 탓에 온몸이 시커멓게 타고, 또 몸이 탄다며 메리야스라도 꼭 입어야 했다. 그래서 죽을 맛이었다. 결국 한 달을 마지못해 하고 나와, 양식장에서도 일했는데 거기서도 석 달을 겨우 견디고 나왔다. 그러고도 도박을 끊을 수는 없었다.

도박을 끊으려면 나 자신과의 싸움에서 이기지 않으면 안 된다. 더 힘들고 괴롭고 고통스런 날들이 계속 이루어지므로, 신중하게 선택하고 이겨나가도록 더욱 노력해야 한다. 도박을 끊어야 한다. 술, 담배, 도박. 요놈들을 끊어야 한다.

글

문점승

글을 쓰려고 하면
눈앞이 깜깜
가슴은 답답
손은 요지부동
시간만 간다.

그러다가
아주아주 잊어버리고 산다.

나중에는 생각이 나도
외면해 버린다.

그런데
내 마음속
저 깊은 곳에는
그렇지 않은 것 같다.

무언가가
꿈틀거리는 것 같다.

책

김성배

밤새 비가 오더니 바람이 꽤나 차갑게 온몸을
들쑤시며 들이댄다.
움츠러드는 몸을 어설피 감싸며 '터벅터벅' 걷자니
욕이 절로 나온다. "에이! 빌어먹을 겨울바람!"
애꿎은 낙엽을 걷어차며 화풀이하다 튀어나온 불룩을
걷어찼다. 된통 재수가 없다.
마땅히 오갈 데 없는 몸뚱이를 끌고
쬐그마한 마을문고에 터를 잡았다. 창을 옆에 두고 기지개를
크게 한 번 켜고 앉아 '휘익' 하니 주위를 둘러본다.
대략 삼천여 권 정도 되는 책들이 사방에
나름 빼곡히 채워져 있었다.
여기저기 책을 펴고 있는 사람들이 있었지만,
아직도 분이 덜 풀린 듯 창밖의 바람만
흘기고 쏘아보고 있다.
"책을 한번 볼까? 한번 봐야지." "볼까?"
쉽사리 일어날 기색이 없자, 책들이 말을 건다.
아니, 삼천여 명의 목소리가 들리는 듯하다.

"조금만 더 힘을 길러야겠어!"라고 몇 번을 다짐하고
다졌건만 좀처럼 열리지 않는 그곳, 머리가 아파온다.
분명 여기 어딘가에는 나를 보듬어주는 방법이 있을 법 한데
좀처럼 움직이지 못하는 마음이 마음만 책망하고 있다.
오래전 양철 필통 속 몽당연필들의 달각거리는 소리를 다시
들을 수 있을 것 같은데……. "이런 제기랄!"
눈꺼풀이 자꾸만 내려온다.
"조금만 시간이 지나면 괜찮을 거야! 그래! 괜찮을 거야!"
"책을 봐야지 꼭." 비 맞은 땡중처럼 구시렁대다
이내 소리조차 없다.

생生

허○식

힘들게 왔다.

아무도 반겨주지 않을 걸 알면서도 그래도 철모르는 들꽃에 미소가 있을까 하는 생각에, 아니 정말 사람 사는 모습이 그리워 이곳에 왔나 보다. 아무도 없는 세상인 줄 알면서 나는 수많은 생각의 무대를 만들고 또 치운다.

아느냐, 너희들의 모습이 얼마나 붕어빵의 빵틀처럼 우스꽝스러운지. 산 자의 모습을 하고 있지만 생명이 없어 너 자신 홀로 춤추지 못하고 빵틀 속에서만 붕어빵의 춤으로 죽어 있다는 것을.

제발 너, 나, 우리가 살아나서 동산의 사계처럼 나무의 생명처럼 살아가자. 동산의 나무는 같은 종이라도 서로 다른 모양으로 자라며 한 나무의 꽃, 줄기, 잎이 모두 다 같은 모양이지만 제각기 크기와 모양이 다름을 아느냐. 사람 또한 각 개인의 자존감, '존엄성'으로 살아간다. 같은 학교에서 배운 그들도 사회에 나와 각기 다른 곳으로 걸어간다. 그러므로 사람은 붕어빵이 아니다. 노인의 지혜 또한 다르지 않은가.

사람은 서로 내 주변 사람에게 상처를 주지 않는 이상 누구나 자유롭고 행복할 존엄성이 있다. 그 길을 나무가 가르쳐주고 있다. 내 줄기에 붙어 있는 나뭇잎 하나 떨구는 데도 얼마나 공을 들이는지, 그 끝을 정으로 둥글게 하여 떨어뜨리지 않는가. 그것이 생사의 흔적이다.

생각의 꼬리

박○수

삶이란 배운다는 것이다. 배운다는 것은 안다는 것이다. 안다는 것은 행하기 위함이다. 행하려고 하는 것은 선택하려는 짓이다. 선택한다는 것은 사랑받기 위한 몸부림이다. 사랑받으려고 한다는 것은 존재에 대한 확인이다. 확인하려고 하는 것은 삶인지 죽음인지 구별 짓는 짓이다. 구별 지으려는 까닭은 무인지 유인지 알아내려고 발버둥 치려는 행위이다.

우주가 나를 누른다. 별이 내 가슴을 누른다. 다시 돌아와 새로이 걸어가는 세계. 처음과 끝이다. 끝은 처음이고 처음은 마지막이다. 별이 내가 되고 내가 별이 된다. 지하철 타고 가던 아주머니도 별을 본다. 지하도 위에 누워 자고 있던 노숙자도 가끔 밖에 나와 별과 얘기를 나눈다. 생은 결국 별이다.

사기꾼

정봉준

사기꾼은 남을 속이고 기만합니다
그래서 내가 사기꾼입니다
술 마시면 안 돼 담배 태우면 안 돼
수없이 다짐하나 또 마시고 태웁니다
그래서 내가 사기꾼입니다

세상을 위해 눈물을 흘린다 하나
나를 위하여 눈물 흘리니
그래서 내가 사기꾼입니다

언제까지 사기꾼 생을 살아야 하나
결단 내릴 수 없으니
그래서 내가 사기꾼입니다

내 힘으로 할 수 없으니 신이여
도우소서
그래서 내가 진짜 사기꾼입니다

반성

김성배

한 걸음을 걷고
또 한 걸음을 가려 하니
허리통이 저려온다.

하늘을 보고
또 한 번 보려 하니
안구통이 시려온다.

차들은 쏜살같이 달리고
나는 새들은 훨훨 잘 날 건만

지난 걸음걸음이 사뭇
가슴을 친다.

돌아보면 미어지는
가슴통.

지금은

고형곤

지리산 노고단 땀 흘려 올라봤고
화엄사 불당에선 부처님 뵈었는데
지금은 남산 밑에서 뜬구름 보고 있네

달님이 말씀하시네

고형곤

한가위 보름달 보며 사람들 소원 빌지
부자 되게 해주세요 행복하게 해주세요
달님이 말씀하시네 니들이 하기 나름이여

쓰러질 때와 일어설 때

그때 그 순간

이○규

〈엿쟁이 유씨〉라는 연극을 봤다. 죽음이라는 무거운 소재임에도 불구하고 위트와 해학이 넘쳐 편안하게 볼 수 있었다. 연극을 보는 중간중간에 죽음을 생각했던 지난날이 떠올랐다. 1990년대 중반쯤 굉장히 힘든 시기가 있었다. 산다는 것 자체가 너무 고통으로 다가와 죽음을 생각했다.

죽음을 생각하자 첫 번째 떠오르는 생각이 멋지게 죽고 싶다는 생뚱맞은 생각이었다. 일제 강점기나 6·25전쟁 때라면 이 한목숨 기꺼이 바칠 일이라도 있을 텐데 생각하니 그 시절 고단한 삶을 사신 분들이 부럽기조차 했다.

두 번째 떠오르는 생각은 두려움이었다. 죽는 것이 두려운 것이 아니라, 죽음에 실패할 경우 장애를 지닌 채 살아간다는 생각이 더욱 두려웠다.

그래서 세 번째 생각으로는 죽는 방법을 떠올렸다. 높은 옥상에서 뛰어내리기, 달리는 자동차에 뛰어들기, 목매기 등등.

지금 생각해도 우스운 것이 죽을 장소를 찾아 서울에서 부산까지 여행을 했다는 것이다. 군이 이름을 붙인다면 '자살여행'이라고나 할까. 하지만 부산에까지 갔는데도 제대로 단번에 죽을 만한 장소를 찾지 못했다. 몇 날을 부산에서 머무르다 문득 떠오른 아이디어가 제주행 배를 탄 다음 중간

쯤에서 뛰어내리는 것이었다. 즉시 부둣가로 가서 배를 탔다. 미리 싸구려 양주 한 병 챙기는 것도 잊지 않았다.

소주 두어 잔에 흐물흐물해지는 주제에 양주를 반병이나 들이마셨는데도 취기가 안 오른다. 모든 사람이 잠드는 자정이 지났을 무렵, 배 난간에 매달렸다. 손만 놓으면 바로 바다로 떨어지고, 배는 멀어질 것이어서 도저히 살아날 방법이 없을 터였다. 그런데 이놈의 손가락이 안 펴졌다. 이제껏 삶이 파노라마처럼 스치며 정신만 더욱더 맑아졌다. 다시 갑판으로 올라와서 서너 모금 더 마시고 재시도하기를 대여섯 번쯤 하고는 끝내 포기하고 말았다. 그런데 희한하게도 양주를 한 병씩이나 마셨는데도 정신은 더욱 또렷해졌다.

아침에 제주항에 도착해 어제 내가 매달린 자리를 보니 내 발자국이 어지러이 찍혀 있었다. 배에서 내리는데 직원들이 사람 머릿수를 헤아리고 있었다. 속으로 픽 웃음이 나왔다. 그들도 내 발자국을 보고 혹시나 불상사가 있지나 않았을까 속깨나 태웠으리라 짐작해본다.

대합실에서 TV를 보는데 설악산 등반 도중 조난 사고를 당한 대학생 몇 명이 동사했다는 뉴스가 나왔다. '아하, 이거구나. 나도 저걸 따라 해야지.'

바로 한라산으로 갔다. 매표소에서 출발해 산을 오르는데 어째서인지 등산객이 하나도 없었다. 중간중간 담배를 피워가며 눈을 뭉쳐 갈증을 달랬다. 1,700미터쯤 올랐을 때 해가 졌다. 산중이라 금방 어두워지고 눈은 무릎 정도 푹푹 빠졌다. 굉장히 기뻤다. 이제 잠만 자면 죽는구나. 어스름 달빛에 주변을 보니 조릿대가 군락을 이루고 있는 곳이 보여 무조건 그 자리에 누웠다. 하루 종일 아무것도 안 먹고 힘들게 산을 올랐더니 온몸이 녹작지근하니 스르르 잠이 들었다.

굉장히 추운 느낌이 들어 눈을 떴다. 새벽이었다. '아직 안 죽었구나.' 생각이 드니 나 자신이 굉장히 실망스러웠다. 누웠던 자리를 보니 조릿대 밑으로 얼었던 얼음이 체온에 조금씩 녹아 파카 점퍼에 스며들어 있었다. 어른 말씀에 '나 젊었을 때는 눈밭에 누워도 끄떡없었다.'는 말이 생각났다. 이건 춥기만 하고 감기조차 걸리지 않았다. 그 와중에 덤불을 긁어모아 불을 피워 쬔 후 하산했다. 그런데 어제는 줄곧 오르막길이었던 것 같은데 이상하게도 길이 무조건 내리막길이 아니었다. 담배 피운 자리에 버린 꽁초를 주워 피우며 계곡을 올라갔다 내려갔다 했다. 아! 인생도 이렇겠구나. 한라산에 죽으러 올라갔다가 죽지는 못하고 산에서 삶을 배우고 살아서 내려왔다.

자살 회상

권일혁

죽어야 한다
나를 살해해야 한다
하느님 앞에 꿇어도
할 말이 있다
염라대왕이 잘 변호해주리라

다른 길은 없다
외길만이 주어진 선택을 회피함은
비열한 삶과
더욱더 깊어가는 고독의 늪
버겁고 버거운 미래의 연속만이 전개될 뿐
나의 선택은 이유가 확실하다

나의 좌우명에 충실했고
주어진 삶에 성실했다
돌아온 건
실패와 병고와 비웃음뿐

과정을 무시한 결과로 매번 돌아오는 비아냥들
죽음으로 이따위 것들을
묵살시키고
증거하고 싶었다.
어차피 한번은 죽는다
수억 수만 년을 산다 해도 한번은 죽는 것
결코 별이 못 되어도
태양 속에 타버린다 해도

억겁의 끓는 유황불에 던져진다 해도
짧지만 버거운 짐을 진 만큼
나름의 역동적 삶을 살지 않았는가
죽자, 죽자, 죽자,
남들이 누운 주검이라면
나는 정사각형 관에
무릎을 꿇려
묻히거나 태워지고 싶다
아니 저 애드벌룬 줄 끈에 다리를 달아
하늘로 날아가다 죽음을 맞는다면
아니면 저 보신각 종 부랄에
목을 매달아다가
신년의 종소리와 함께
나의 죽음이 퍼진다면

나의 유서의 두 줄은

"어머니 죄송합니다
백 개의 봉투에 백 개의 풍선에 달아 날려주세요"

또 한 줄

"나를 있게 한 모든 것들이여 안녕!"
오직 죽음만을 생각했던 그 날들
우습다
정말 우습다
가슴과 심장 그리고 핏속에서까지
남의 일같이……
왜 죽어 빙신 같은 넘들
살기도 힘든데
그 힘든 자살을 하다니
바보 같은 놈들
뭐, 힘들게 죽어
살기도 힘든데 뭘 씨알머리 없이 죽기까지 해
의미 없는 죽음도 없지만
의미 없는 삶도 또한 없다
어떤 의미의 살인이든 살인만은 안 돼!

참 바보 같은 연놈들

개 한 마리 살해하기도 힘든데

자기 자신을 살인해

살기도 힘든데 살인까지 하면서 죽어 빙신들!

내 인생은 항해 중

故 이대진

나는 조그만 섬에서 태어나 초등학교를 시골에서 다녔고, 중학교와 고등학교는 인천에서 마쳤다. 병역 신체검사에서는 징집면제를 받았고 아버님께는 현역입영 대상자라고 거짓말을 했다. 왜냐면 아버님은 남자는 군에 갔다 와야만 사람이 된다는 확신을 가지고 계신 분이었기 때문이었다.

고등학교를 졸업하고 직장에 입사해서 일을 했는데 별 재미를 느끼지 못하고 퇴사를 했고 이후 내 인생의 큰 오점을 남기게 될 DJ를 시작했다. 10년 동안 할 짓 못할 짓 다했다. 그때만 해도 DJ 인기가 대단히 좋았고 연애할 여자를 만나는 데는 별 문제가 없었다.

그러기를 3년이 지난 어느 날 운명의 여자를 만났다. 그 여자를 만나고 난 이후부터는 복잡했던 여자관계를 청산하고 오직 한 여자에게 일편단심이었다. 그렇게 6년이 지나고 결혼할 생각에 양가 부모님께 말씀을 드렸다. 파일럿이셨던 여자친구 아버님의 완강한 반대로 우리의 결혼은 무산되고 여자친구는 사랑의 표현을 죽음으로 맞이하고 말았다.

이후 나는 DJ를 청산하고 여행을 떠났다. 전국을 돌아다녔고 성격도 내성적으로 바뀌었다. 마지막으로 제주도를 여행하고 목포로 가는 여객선에 승선해서 마음을 정리하고 또 정리했다. 그러던 중 여객선이 추자도에 잠시 머무르는 사이 마음이 바뀌었다. 추자도에서 하선을 했고 이때부터 나는 어부의 길로 접어들게 되었다.

일도 열심히 했지만 술도 열심히 마셨다. 한 배를 오래 타지 않고 여러 배를 전전했다. 그 연유로 동해, 서해, 남해를 누비고 다녔다. 아무리 일을 열심히 하고 술을 마셔도 그 여자를 잊을 수 없었다. 갈기갈기 찢기는 아픈 마음이 무엇으로도 위로가 되지 않았다.

오로지 술이었다. 이미 몸은 망가질 대로 망가져 있었다.

그러길 10년, 이젠 어부생활 정리해야겠다 싶어 선주에게 사정 이야기하고 계산을 해서 몇 푼 안 되는 돈을 쥐고 서울행 기차에 몸을 실었다. 앞으로 어떻게 살아야 할 것인가 머리가 아파왔다. 맥주 일곱 캔 정도 마셨을 때 서울역에 도착했고 인천 가는 전철만 타면 모든 게 끝일 텐데, 갑자기 노숙인의 생활이 궁금했다. 광장으로 나와 노숙인을 만나게 되었고 술과 음식을 베풀고 광장 건너편 여관까지 잡아 나와 함께 4명이 한 방에서 하루를 보내게 되었다. 이튿날 아침 눈을 떠보니 노숙인들은 보이지 않았다. 그런데 이게 웬일인가? 지갑이 없어졌다. 정말이지 난감했다. 형제들이 있는 인천으로 갈 엄두가 나지 않았다.

그 이후로 나는 노숙인이 되었고 충북 음성군 꽃동네 시설에 있을 때에 위암 선고를 받고 2005년 8월 4일에 수술을 했다. 수술한 지 3개월 후에 서울로 와서 직장에 다녔다. 하지만 몇 개월 못 다니고 술 때문에 그만두어야만 했다. 그때 신용카드 발급을 받아 원 없이 술 마신 후유증이 신용불량자이다. 신용 회복 신청을 해서 지금 회복 진행 중에 있다.

내가 여기서 꼭 하고 싶은 이야기는 위암보다 더 무서운 것이 알콜중독이라는 것이다. 한번 빠지면 헤어 나오지 못하는 병 중에서도 가장 악랄한 것이 알콜릭Alcoholic이다. 나는 중독자라고 인정을 한다. 하지만 남이 나에게 중독자라고 할 땐 정말 참기 어려워진다. 술에 일가견이 있으신 분들은 중독에 각별한 주의를 요한다. 그렇게 삶을 헤매고 있을 때에 다시서기 센터 관계자를 만나게 되어 인문학 소개를 받게 되었고, 마침내 인문학 성프란시스대학에 입학을 하게 되었다. 1학기는 엉망진창이었다. 왜냐하면 술이 문제였던 것이다.

2학기에는 6개월이란 기간 동안 술을 마시지 않았다. 처음으로 오랜 기간 동안의 금주였다. 아마도 인문학의 힘이라 여겨진다. 비록 지난 연말에 다시 마시기 시작해서 병원 치료받는 데까지 한 달이 걸렸지만 지금은 또 금주(단주)를 시작했다. 자신감을 갖는 것은 위험하지만 이번에는 목숨 다하는 날까지 단주하리라 굳게 마음을 잡아먹는다. 끝으로 실망은 해도 포기하지 않는 주거지원 팀의 양경철 선생님께 깊은 감사를 드리며 아울러 교수님들의 깊은 관심에 고마움과 감사를 표합니다.

그래도 삶은 계속돼야 한다

백○훈

모든 것을 잃어버리고 무작정 상경한 지 6년이 되어간다. 이것저것 두서 없이 하나둘 정리하고, 지난날의 과오를 쓴웃음으로 흘려보내며 도망치듯 열차에 몸을 실었었다. 열심히 살아온 나에게 청천벽력같이 닥쳐온 고난과 시련을 모두 남 탓으로 여기며, 더 이상은 다시 일어설 수 없음을 스스로 확신하며 자포자기하였다.

서울에 도착하니 주머니에는 달랑 만이천 원이 남아 있었다. 무엇을 해야 할지 어떻게 살아가야 할지 막막했다. 그렇다고 스스로 목숨을 끊을 만큼 용기 있는 위인도 못 됐다. 그저 길 잃은 나그네처럼 이곳저곳을 떠돌았다. 목구멍이 포도청인지라 막노동판에 나가 근근이 의식주를 해결했다. 처음 하는 노동일이라 낯설고 힘들었지만, 지난날의 괴로움을 잊기 위해 쉴 새 없이 몸을 움직였다.

일을 끝내고 쪽방에 홀로 누워 천장을 바라보고 있노라면, 삶에 대한 자책과 죄의식에 사로잡혀 헤어나오기가 어려웠다. 다시는 정상적인 사회구성원으로 살아갈 수 없을 것 같았다. 숨만 쉴 뿐 생명 잃은 고깃덩어리와 다를 바가 없고, 사람들 사이에서 살아가지만 무인도에 외떨어져 홀로 있는 것만 같았다. 모든 것에 불평, 불만으로만 가득 차 있었다. 나만의 좁은 울타리 안에서 그저 살아갈 뿐이었다.

그러던 차에 우연히 성프란시스 인문학과정을 알게 됐다. 커다란 기대는 하지 않았지만 내 삶에 조그만 변화라도 가져오지 않을까 하는 마음으로 입학했다. 처음 한두 달은 수업에 별 흥미를 느끼지 못했다. 내 안에서 어떤 변화도 감지하지 못했다. 그것은 인문학과정을 통해서 나의 삶에 어떤 변화를 가져올 수 있다는 생각이 처음부터 내 마음속에 자리하고 있지 않았던 이유인 것 같았다.

하지만 시간이 갈수록 좀처럼 움직이지 않던 내 마음속에 조금씩 변화가 일기 시작했다. 반복되는 수업, 매일 만나는 동료들과 교수님 사이에 신뢰 같은 것이 쌓이면서, '그래. 내 삶은 남들이 만들어주는 것이 아니다. 나 자신이 움직이지 않으면 결코 변할 수 없다.'는 깨달음이 일어나기 시작했다. 어떻게 살아야 되는가를, 왜, 누구를 위해 살아야 되는가를 조금씩 깨닫게 되었다. 보이지 않는 곳에서 소외된 사람들을 위해 헌신적으로 수고하시는 빛과 소금 같은 사람들이 내 곁에 있다는 것에 눈을 뜨게 되고 감사의 마음이 생기기 시작했다.

모든 생명은 저 홀로 이 땅에 태어난 것이 아닐 것이다. 내 안에서 나와 함께 숨 쉬고 있는 생명도 내 마음대로 죽고 살리고 해서는 안 되는 것이다. 비록 내 안에 생명이 풍요롭지는 못해도 포기하거나 천대해서는 안 된다는 것을, 이제는 안다. 이제는 끈끈하게, 꿋꿋하게 살아갈 것이다. 삶은 계속되어야 하기 때문이다.

작심 30년!

故 이홍렬

완연한 가을로 접어들어 냉기가 가득한 좁디좁은 방 안에서 글을 쓴다. 방 안의 냉기와 마음의 냉기가 더해져 손까지 곱아 써내려가기가 힘들다.

성프란시스대학 기념문집을 만든다는 이종수 실장님의 연락을 받았다. 글 청탁을 받고 보니 새삼스레 만감이 교차한다.

성프란시스대학!

이 이름만 떠올려도 용기와 열정, 희망과 생명 등의 단어가 떠오르면서 피의 순환은 빨라지고, 가슴이 뛰고, 몸의 열기가 오르고, 훈훈해진다. 몸에 온기가 돌면서 경직된 뼈마디가 부드럽게 움직이는 것만 같다.

성프란시스대학의 인문학과정 입학은 내게 전화위복의 계기와 같았다. 전화위복이 아니라 그것은 개혁, 혁명이었으며 천지개벽이고 경천동지였다.

나는 성격이 야무지지 못하고 의지가 나약해서 무슨 일이든 아무리 굳게 마음을 먹어도 오래가지를 못한다. 흐지부지 유야무야 끝나는 것이 다반사여서 결심이 3일은커녕 3시간도 못 가는 경우가 비일비재하였다. 아예 작심삼일을 잘 실천한다고나 할까.

393

그렇게 살아왔기에 무엇 하나 이루지 못한 채 항상 낙오되고 도태된 시간을 보내왔다. 이러한 삶에서 내 마음을 다잡아준 것이 성프란시스대학 인문학과정이다. 그것은 내게 사랑이고, 은혜고, 전율이며 환희고 축복의 시간이었다.

그리하여 내게도 작심삼일이 아닌 작심 30년을 지켜야 할 일이 생겼다. 졸업과 동시에 마음속으로 굳게 약속한 그 일을 나는 지금까지 변함없이 지키고 있는 것이다.

"내가 할 일은 공부다!"

머리로만 공부하는 것이 아니라 가슴으로 공부하자. 인문학은 머리의 지식을 깨우치는 것이 아니라 마음의 지식을 깨우치는 것이라 하지 않던가?

약속이란 하기는 쉽지만 지키기란 어려운 일, 작심 3년을 넘어 4년째 변화 없이 내가 이것을 지켜오고 있다고 생각하니 이 어찌 혁명이 아니겠는가?

숨 가쁘게 돌아가는 디지털 세상에서 나 혼자 버려진 삶, 희망과 열정을 놓고 절망과 좌절과 손잡았던 내게 힘과 용기를 불어넣어준 인문학과정.
이 과정이 없었다면 지금의 나는 어떤 모습일까? 생각조차 하고 싶지 않다.

살아온 과거가 암울하고, 불행하고, 천박하고, 척박하고, 어리석고, 파렴

치한 화산재 같은 회벽의 삶, 시궁창 같은 질곡의 일상의 더께에서 나를 건져서 끌어올려 준 것이 인문학과정이었다.

"일생의 계획은 어릴 때 세우고, 일 년의 계획은 봄에 세우고, 하루의 계획은 새벽에 세운다."는 말이 있다. 그렇다, 나는 성프란시스대학 졸업과 동시에 계획을 세웠다. 그리고 불교에서는 세수와 법랍의 나이가 있듯, 나에게는 세수의 나이는 없고 오직 성프란시스대학 졸업년의 나이만 있다. 감敢히 정하며 책임진다.

자! 각설却說하고

그동안 인문학과정을 이끌어 오느라 8년 동안 무던히도 마음고생하신 임직원, 학장님, 교수님! 백골난망, 결초보은의 상징으로 오체투지 절을 올린다.

어느덧 졸업한 지 6년이 되었다고 생각하니 흐뭇한 미소가 떠오르며 냉기는 어느덧 사라지고 온 방 안에 부드러운 명지바람이 불어와 내 온몸을 감싼다.

쓰러질 때와 일어설 때

최승식

　나는 문득 성프란시스대학 강의 시간에 이 제목의 글을 쓰고 싶다는 생각이 들었다. 인간은 누구나 태어나서 한 번 이상은 넘어진 적이 있을 것이다. 그것이 자기의 실수에 의해서였든 다른 무엇인가의 힘에 의해서였든 간에 말이다.

　나는 만 42년 3개월을 사는 동안에 얼마만큼 많이 넘어지고 일어섰을까? 나의 무릎과 가슴에는 어린 시절 넘어지면서 생긴 상처부터, 군에서 훈련 중 넘어지며 다친 상처까지 많은 흔적이 남아 있다. 어린 시절 나는 무수히 넘어지고 부모님이나 주위의 도움을 받으며 조심하고 어떻게 하면 넘어져도 다치지 않는지를 자연스레 익혔을 것이다. 성장하면서 육체적인 중심의 쓰러짐뿐만 아니라 정신적으로 넘어지지 않는 방법을 유치원에서부터 학교 교육이나 가정에서의 생활 등에 자연스레 아니면 반강제적으로 나에게 주입되었으리라 생각한다.

　사람이 넘어질 때 무작정 넘어지는 것은 아닐 것이다. 머리나 중요 부위를 보호하기 위해 순간적으로 손을 사용하거나 무릎을 이용해 큰 부상이 없도록 몸을 보호한다. 그리고 일어설 때의 모습은 자신이 얼마만큼 어느 부위를 다쳤는지 확인하고 최대한 부상 부위에 충격이 가지 않도록 하며 각각의 순서를 무의식중에 생각하며 일어섰을 것이다.

지금 나는 5년 전 나의 쓰러지는 모습을 생각해본다. 내가 걸어가는 길에 각(날)이 서 있는 돌이 있는 것을 알았고, 그 뒤에 물구덩이가 진흙에 첨벙거리는 것을 눈으로 보면서 알 수 있었다. 그런데 나는 그 당시 그것을 알면서도 돌에 걸리고 싶어 그 돌에 걸리었고 물구덩이에 빠지고 싶어 그 구덩이에 빠졌으며 진흙탕이 온몸에 튀게 하려고 구덩이 안에서 몸부림쳤다. 그러면서 나는 나의 무너지는 모습에 흥분하고 어떤 때는 쾌감도 느끼고 나 자신에 대하여 욕도 하고 일어서기 싫은 생각도 들었다. 그러면 지금의 나는 어디에 있는가? 지금도 역시 그 구덩이에 있다. 처박힌 얼굴을 조금 들어서 구덩이 밖을 작은 실눈을 뜬 채 밖을 보고 있는 것 같다. 그런데 그전에 그렇게 넘어지고 하면서 익혔던 일어나는 방법을 잊어버린 것이다. 얼굴은 조금 들었으나 다음에 어떻게 해야 하는지를 모른다. 언젠가 다리를 구부리고 팔을 움직여 일어서겠지. 하지만 분명한 것은 지금 얼굴을 쳐들어 밖을 보기 위해 눈을 떴다는 것이다.

생각 없이, 희망 없이, 노력 없이

이○민

    희망과 꿈을 잃고 아무 생각 없이 노숙인 쉼터를 돌아다니던 시간이 10 년이나 지나가고 있었다. 그러나 여전히 나는 서울역에서 노숙을 하고 있 었다.

    2012년 6월인가 무료급식소에서 밥을 먹고 서울역 계단에서 쪼그려 앉 아 사색을 즐기고 있는데, 다시서기 복지사로 보이는 분이 다가와 "식사는 하셨어요?" 하면서 말을 걸어왔다. 이런저런 이야기를 하면서 나 자신이 한심하다는 것을 느끼면서도 무엇을 어떻게 해야 할지 몰라 한숨만 쉬고 있었다.

    며칠 후 서울역에서 또다시 그 복지사와 한참 이야기를 했지만 나는 여 전히 지나온 과거와 환경 탓만 하고 있었다. 일을 해서 벗어나고자 하는 노 력은 하지 않고 낮이면 서소문 공원과 서울역을 왔다갔다 하며 먹고 자고 먹고 자고 반복의 연속이었다.

    하루는, 복지사 선생님이 다가왔다.
    "식사는 하셨어요? 담배 하나 태우시죠."
    "예, 감사합니다."
    나는 담배를 받아들고 불을 붙였다.

"선생님, 많은 생각을 가지고 느끼고 계신 분이 이러고 있으시다는 것이 안타깝네요. 서울역 상담 보호소에 자활 프로그램이 있는데요. 힘든 일은 아니에요. 시간도 길지 않고 하루 4시간 정도고요, 한 달에 15일만 하면 되는데, 한번 해보실래요? 휴지와 담배꽁초를 줍는 일도 있고, 그것 말고도 상담소 청소와 노숙인들 커피를 타주는 일이 있어요. 선생님, 나이도 젊으신데 계속 이렇게 지내실 수는 없는 일이잖아요. 20년 후에도 예순 먹은 노숙인의 모습을 하고 계실 건가요? 희망을 갖고 한번 해보시죠."

복지사가 차근차근 말했다. 나는 담배를 비벼 껐다.

"선생님, 말씀은 감사하지만 저의 모습을 잘 아는 제가, 하고 싶은 생각이 없네요. 한 달이면 잘 해야 막노동을 7일도 안 나가요. 그런데 일을 갔다 오면 술을 먹는 것도 아니고 피시방에 가서 게임을 해요. 돈이 다 떨어질 때까지. 저도 제 모습이 안 좋다는 건 알지만 그걸 알고도 노력을 하진 않아요. 그만큼 제가 아무 생각이 없어요. 그 시간이 10년이나 돼요. 계속 쉼터 생활과 노숙을 한 건 아니에요. 이삿짐을 2년 하다가 다시 그 자리고, 서울시에서 구세군을 통해 진행한 일자리를 몇 달 하지도 않고 또 그 자리, 막노동을 보름 이상 하다가 또 그 자리. 삶에 대해 별 관심이 없어요. 그냥 접시 물에 코를 박는다는 것은 용서받을 수 없는 죄라서 살아가고 있어요. 지금 이대로도 부족한 것이 없어요. 선생님, 몇 번씩이나 옳으신 말씀을 해주셨는데 죄송합니다."

내 대답이었다. 복지사는 끝까지 못내 안타까운 표정을 지었다.

"선생님, 사람이 생각 없이, 희망 없이, 노력 없이 살아갈 수는 없는 것입니다. 담배 한 대 태우시고요. 생각해보시고, 상담소로 오세요."

"예, 감사합니다."

나는 그렇게 말하고 가지 않았다.

6월 말경 서울역에서 그분과 다시 마주쳤다. 나는 그전과 똑같은 상황이었고, 우린 또 이런저런 이야기를 나누었다.

"선생님, 7월 자활 한번 해보세요."

"예, 알겠습니다."

그리고 7월에 자활을 해보았다. 하지만 자활비를 받은 나는 여전히 피시방에서 게임을 했다. 돈은 며칠 가지도 못했다. 나는 또다시 서울역 근처를 배회했고, 복지사 선생님과 상담을 하곤 했다. 덕분에 말소된 주민등록증을 살리고 다시서기 프로그램을 15일 정도 받고 2013년 1월까지 서울역 상담 보호소에서 자활을 하기도 했다. 하지만 난 여전히 말과 행동이 다르게 살아가고 있었다. "예, 감사합니다." 그리고 피시방이었다. 결국 자활을 더 이상 할 수 없다는 자활 담당 선생님 말을 들었다. 아쉽지만 할 수 없었다. 한 달 정도 놀고 있는데, 이형운 팀장님이 "자활 한번 해보실래요?" 하였다. 그렇게 나는 '두 바퀴 희망자전거'와 인연을 맺게 된다. 하지만 내 생활은 변함이 없었다. 두 바퀴 희망자전거에서 13일 간 자활을 하고 자활비를 말일 날 받고 나서도 일주일을 가지 못했다. 또다시 서울역이었다. 또다시 배회였다.

1월 말경에 이형운 팀장님과 또 길에서 마주쳤다. 인문학대학이란 곳에 지원서를 내라는 거였다. 두 바퀴 희망자전거도 같이 할 수 있다고 했다. 덕분에 인문학과 자전거를 꾸준히 할 수 있었다.

여러 번 어디로 갈지, 어떻게 해야 할지 모르고 헤매던 나. 인문학과 자전거에서 나보다 연배가 높은 형님들과 어울리면서 나는 점차 말문이 열리기 시작했다. 누구한테나 나 자신을 조금은 보여줄 수 있게 되었다. 하지만 미래에 대한 희망과 꿈, 노력은 아직도 어린아이 수준이다.

어느덧 성프란시스대학을 졸업할 때가 다 돼가고, 두 바퀴 희망자전거에서도 적응을 해가는 나 자신이 흐뭇하다. 나는 적어도 인문학과 자전거에서 희망과 꿈과 노력을 하고 있는 것이다.

"그래야지, 병민아. 평범한 사람들이 숱하게 하는 삶에 대한 노력을, 이곳 인문학과 자전거를 통해 찾아야지. 네가 얻을 것은 그것뿐이다. 그 이상은 그것을 이룬 후에 생각해도 늦지 않아. 아자아자 병민이 파이팅."

어느새 나는 그렇게 나 자신에게 말하고 있었다.

*두 바퀴 희망자전거: 성프란시스 인문학대학을 운영 중인 다시서기 종합지원센터에서 2006년에 시작한 노숙인 특별자활 사업으로, 서울 각 지역에 버려진 폐자전거들을 수거하여 '두 바퀴 희망자전거'만의 자전거로 재탄생시키는 일을 하고 있다.

나를 생각해본다

박은철

아픈 과거는 기억하고 싶지 않다. 그냥 지워버리고 싶다. 하지만 추억은 남기고 싶고, 그 추억은 아픈 과거를 회상하게 한다.

이런저런 상처에 나는 혼자가 되었고 7년이란 시간을 혼자 보냈다. 혼자가 되어 수원의 작은 고시원 방에서 5년이 넘은 시간을 보냈고 매일 저녁 외로움에 지쳐 술에 취해 잠이 들었다.

당시 나는 일용직을 다니며 삶의 목표가 없었다. 새벽에 일어나 출근을 하는 날엔 10일 정도의 방값과 술값 정도만 벌었고, 출근을 하지 않는 날엔 술을 마시고 게임을 하며 항상 혼자 시간을 보냈다. 출근을 해 일을 할 때엔 주위 동료들과 대화도 많이 했고 일도 남들보다 잘한다는 소리를 많이 들었다. 현장 반장이 자기네 회사로 오라는 말을 계속했을 정도로 말이다. 일을 하는 시간엔 누구보다 열심히 했고 주위 동료들의 인정도 많이 받았다. 하지만 문제는 혼자 있는 시간이었다. 5년이 넘는 시간 동안 고시원 관리인 이외에 다른 사람과는 대화를 전혀 하지 않았고, 관리인과의 대화도 방값을 치르는 날 한두 마디 나눈 게 고작일 뿐이었다. 2~3일 일을 하고 그 돈으로 일주일 게임을 하고, 또 저녁엔 술을 먹고. 그렇게 5년이 넘는 시간을 보냈다. 아무것도 하기 싫었고 미래는 생각해보지도 않았으며 하루하루 술과 게임으로 보냈다.

그러던 중 나보다 더 못한 조건으로 살아가는 사람들, 육신이 불편하고 정신이 온전치 않으며 뭔가 부족해 보이는 사람들도 일을 하기 위해 자활을 신청하고 살기 위해 노력하는 모습을 보고 난, 충격을 받았다. 그리고 깊은 생각에 빠져들었다. 무엇이 세상을 등지게 했던 것인가. 사람에 대한 믿음인가. 이후 과거에 발이 묶여 삶을 망쳤던 행동을 접었고, 무엇을 할수 있나 생각하고 새로운 삶의 도약을 위해 노력하던 중 인문학을 접하게 되었다. 쓰고, 말하고, 토론하고. 온갖 하기 싫은 것뿐이었다. 그동안 생각조차 하지 못했던 것들을 하자니 싫었던 것은 당연했다. 용기가 필요했다. 맞춤법, 띄어쓰기, 토론하기, 발표하기, 하나하나 용기를 필요로 했다.

그래서 카페에 글을 써보았다. 그냥 생각나는 대로 마구 쓰기를 하고 일상이나 과거에 있었던 일들, 미래의 꿈과 같은 이야기들을 했다. 맞춤법, 띄어쓰기는 생각하지 않았다. 남들 눈은 생각하지 않고 일단 써보았다. 반응은 예상과 달리 좋았고 나에게 약간의 힘도 실어주었다. 누군가에게 나를 보여준다는 것이 창피하던 예전과 확연히 달랐다. 이제야 남들과 소통하며 예전에 잊고 살았던 소소한 일상을 되찾은 것 같아 행복한 마음에 웃음이 났다.

인문학이 내 삶에 중요한 지반이 될지는 차후에 알게 될 것이다. 마음을 닫고 혼자 술을 마시며 신세를 한탄하던 나는 더 이상 없다. 이제는 목표가 있으며 나아가야 할 길이 있으며 조금씩 이를 위해 준비할 것이다.

과거의 아픔은 누구나 가지고 있다. 자신의 아픔이 가장 크고 남들의 아픔은 그저 작은 것이라고만 생각하는 사람들, 무엇이 자신을 묶어두고 있는지 생각해보라. 그것이 나를 잡고 있는지, 내가 그것을 잡고 있는지 곰곰이 생각해봐야 할 것이다. 과거만 생각하며 살아가지 말고, 미래를 생각해야 한다. 과거는 추억이고 현재는 삶이고 미래는 꿈일 것이다. 느리지만 확실한 길을 걸어야 한다.

도착

박일웅

그때 많은 일이 한꺼번에 터졌다. 사귀던 여자의 죽음, 같이 동업하던 친구의 배신. 이것들은 나를 절망과 좌절 속에 빠뜨렸다. 그리고 죽음이라는 마지막 선택을 했다.

나는 중랑구청 옆에 있는 15층짜리 아파트를 소주 한 병을 들고 찾았다. 고통 속에서 죽는 게 두려워 한 번에 떨어져 죽을 작정이었다. 경비 눈을 피해 비상계단으로 한 5층 정도 올라갔을까? 숨이 턱 밑까지 차오르고 지쳐서 더는 올라가지 못하고 주저앉았다.

'죽고 싶어도 죽을 힘조차 없구나.'

나 자신이 너무 싫고 서럽다는 생각에 나도 몰래 눈물이 흘렀다.

2011년 7월 7일, 죽음마저 포기하고 13만8천 원을 들고 찾은 서울역. 그 뒤 일주일은 나를 더 좌절하게 했다. 첫날 자고 일어나니 누군가 가방과 구두를 가져가버렸다. 둘째 날은 새로 산 샌들이 잠깐 잠든 사이에 없어졌다.

그때 한 사람이 다가와 담배 한 개비만 달라고 했다. 밥 먹는 곳을 가르쳐준다는 거였다. 썩 내키지는 않았지만, 무료급식소를 알아둬야 했기에 어쩔 수 없이 그 사람과 며칠을 같이 다녔다. 그러면서 '구세군', '따스한 채움터' 등 몇 군데 노숙자 이용시설을 알게 되었다. 문제는 그다음부터였다. 그

자와 같이 다니면서 한 개비, 한 개비였던 담배는 한 갑, 두 갑으로 바뀌고, 5일째 되던 날 내 주머니에는 땡전 한 푼 없이 담배 한 갑만 남아 있었다. 참 미련한 짓이었다. 사람들이 가는 곳만 따라가면 저절로 알 수 있는 것을. 그냥 찜질방에서 잠이라도 한 번 푹 자고 밥이라도 제대로 먹을걸. 지금 생각하면 허탈한 웃음만 나온다.

그 후로 줄곧 난 마음에 벽을 쌓고 살았다. 더는 희망을 품지 못하고 이렇게 살다가 죽자는 마음이었다. 그렇게 하루하루 살아가고 있는데 한 남자를 알게 되었다. 그 사람은 서른다섯 정도 되어 보이는 나이에 체격이 다부져서, 꼭 조직폭력배를 연상케 했다. 내가 담뱃값이나 벌자고 일용직 일을 간다고 하였을 때, 그 사람은 자기도 간다며 새벽에 좀 깨워달라고 말했다. 그게 은철이와의 첫 만남이었다.

갑상선, 심부전증으로 몸 상태가 안 좋았던 나는 반나절만 하고 돌아오려고 했다. 그런데 은철이의 배려로 하루를 채웠다. 그 일당으로 담뱃값과 잠자리, 즉 서울역 근처에 있는 4천 원에 잘 수 있는 만화방에서 며칠을 생활했다. 그 후에도 서울시에서 마련한 '특별자활근로활동'이라는 청소 일을 같이 하게 되었고, 은철이는 이 일을 하면서 짬짬이 일용직 일을 나갔다.

첫 월급, 사실 월급이라 말하긴 좀 그렇지만 38만 원을 받았다. 그때까지 은철이는 일용직 일을 해서 받은 돈으로 내 잠자리와 담뱃값 등 여러 가지 도움을 주었다.

그렇게 1년쯤 지났을까? 어느 날인가 우리는 서로의 이야기를 터놓았다. 은철이는 내 모습이 안타까웠는지 눈물을 보이며 나를 질책했다.

"왜 아직도 10년 전에서 벗어나지를 못해. 왜 포기하며 살아! 이젠 그만 형 자신을 위해 살아!"

은철이는 마치 제 일처럼 흥분하며 말했다. 자존심은 상했지만 반박할 수가 없었다. 틀린 말이 아니었으니까. 은철이와 헤어져 집으로 가는 골목에서도 그 말이 잊히지 않았다. 한편으로는 고맙기도 했다. 누군가에게 한 번쯤은 듣고 싶은 말이었다.

특별자활을 하면서 받은 돈으로 고시원을 얻어 생활하고 있던 나는 잠자리로 돌아와 생각했다.

'다시 일어설 수 있을까?'

은철이의 질책은 내 생활에 자극이 되었고 변화가 생겼다. 병원을 찾아 치료하기 시작했고 옛 모습을 조금씩 회복하고 조금씩 밝아졌다.

2013년 2월 노숙인을 위한 인문학과정인 '성프란시스대학' 9기생으로 입학하게 되었다. 이곳에서 나는 '인간이 어떻게 살아야 하는가, 나는 왜 여기에 있는가.'와 같은 인간으로서의 삶에 대한 문제에 많은 생각과 고민을 하게 되었다. 그리고 함께 공부하는 동기 분들과 교수님들, 자원활동가 선생님들과 사귀며 욕심이 생겼다.

'이젠 살아보고 싶다. 아니 제대로 살고 싶다!'

하지만 나의 서투름 때문에 다른 사람에게 상처를 주는 건 아닌지, 또 내가 상처를 받는 건 아닌가 하는 두려움이 남아 있다.

지금은 계획을 세우고 나만의 버킷리스트를 만들어 하나씩 지워나가고 있다. 그중에는 영원히 지워지지 않을 것 같은 꿈도 있다. 그래서인지 나 혼자 정체돼 있는 건 아닌지 하는 조급한 마음이 들기도 한다. 하지만 한 발, 한 발 내가 가고자 하는 곳으로 가고 있다. 그곳에 도착하면 내 스스로 말하고 싶다.

"고맙다. 열심히 살아줘서 너무 고맙다."

죄송합니다! 고맙습니다!

마라톤

오종익

인생의 마라톤
난 지금 마라톤을 뛰고 있다.
42.195킬로미터 아닌
나만의 거리를

달리다 비가 내릴 땐
어깨 위에 내리는 빗방울이
내 마음속 두려움, 슬픔, 짐까지
때려 씻어간다.

달리다 눈이 내릴 땐
세상 하얀 벽지로 바르듯
내 마음도 하얗게 되어
마음이 평온해진다.

가끔 태풍이 올 때면
거친 바람에 맞서기 힘겨워

결국 멈춰버리는 나.

언젠가 더 불어닥칠 태풍에
주저앉지 말라고
그냥 달리라고
외쳐본다.

이제는 알 것 같아요

정○복

이제는 알 것 같아요
눈물 젖은 빵을 먹고도 건강만 하다면
희망을 가질 수 있다는 것을
캄캄한 어둠 속에서도 믿음만 있다면
희망을 볼 수 있다는 것을
황량한 사막 한가운데서도 간절한 소망만 있다면
언제나 희망이 샘솟는다는 것을
이제는 알게 됐어요
내일의 희망이 있다면 힘들어도
좌절하거나 포기하지 않을 수 있다는 것을

마음의 길

김기준

옛말에
길이 아니면 가지도 말라는
옛 선조들의 말에 공감한다

나도 모르게
내 마음도 모르게
길이 아닌 곳을 가고 있었다

막다른 길 한복판에서
허우적허우적 길고도 짧은 길을
헤쳐 나오는 데 몇 년이 걸렸다

나는 지금도 나만의 길 외에
다 같이 함께 갈 수 있는 길을 개척하고 싶다
언젠가는 꼭 그 길을
함께 걸을 수 있는 동지가 있었으면 좋겠다

나의 나무

이경호

아랫마을 어떤 나무는 들에서 자라서
평범함을 간직하면서 그저 누군가의 또 갈 곳 잃은
사람들의 쉼터가 돼주기도 한다.

윗마을 어떤 나무는 산에서 자라서
사철 내내 높은 곳에서 낮은 곳을 바라보며 살다가도
추운 사람들의, 또 배고픈 사람들의
땔감이 돼주기도 한다.

건넛마을 어떤 나무는 강에서 자라서
우직하게 강둑을 지키다가도
강물처럼 쉼 없이 달리는 사람들의
또 쉴 곳이 필요한 사람들의 집이 되기도 한다.

그 어떤 나무는 나의 나무고 어디에 서 있을까?
발밑을 내려다본 나의 나무는 바쁘디 바쁜
차들이 쉴 새 없이 달리는

서울역 길 한복판에 서 있다.
흔들리며 방황하는 나의 나무는 어떤 이들의 무엇일까?
지금 온 소망을 다해 난 누군가의 무엇이든 되고 싶다.

설령 온몸이 풀려버린 취객들의 오물을
받아주는 나무가 될지언정
그 아찔한 복판에서
한 발이라도 내밀어봐야겠다.

내 人生

사상철

내 인생은 이렇게
한 번쯤 피어나지 못하고
끝없이 휘청거리기만 하는 삶

그래도, 이 세상에 작은
빛이 되려고 노력은 한다.

하지만,
행운은 나를 외면하고
버거운 의문만 던지고 지나간다.

오늘도
주어진 삶을 들쳐 메고
나는 내일을 향해 달려본다.

밝은 내일을 기대하며
내일을 찾아 발길을 돌려

다시 한 번 추슬러 나는 간다.

입춘

이ㅇ남

허리를 펴자
가슴을 풀자
시려웠던 손
시려웠던 발
모두 사라졌구나

길가에 미끄러져
엉덩방아를 찧었던
나의 모습에
사람들은 깔깔대며
웃는다
어서 오이소

어서 오이소
나도 활기차고
용기 있게 걸어보고 싶다

나

故 김대인

사랑하자 미치도록, 아니 죽도록
해는 아직도 많이 남아 있다
아직도 남은 저 먼 길을 걸어가자
나는 살아 있다

사랑하자 미치도록, 아니 죽도록
낙엽 떨어진 그 먼 길을 걸어가자
추운 겨울 내리는 흰 눈은 얼마나 아름답더냐
해는 아직도 많이 남아 있다

나는 살아 있다
사랑하자 미치도록, 아니 죽도록

기찻길 옆

고형곤

기찻길 옆 강의실에서 보면
서울역에서 서서히 걸어 나오는 기차역으로
기어 들어오는 기차를 볼 수 있다
서로 바라보기만 하고 끝내 손잡지 않는
평행선 위를 달리는 기차에
많은 사람들이 몸을 싣고 어디론가 가고 있다
아니 역에서 보면 떠나는 사람, 돌아가는 사람
떠나온 사람, 돌아온 사람이 있겠지
떠나는 사람과 돌아온 사람 중 누가 더 좋을까? 누가 더 행복할까?
돌아온 사람은 반겨주는 사람이 있어야 행복할 것이고
떠나는 사람은 그 무엇인가를 찾을 수 있어야 떠난 보람이 있겠지
누구나 문득 그냥 무작정 떠나고 싶은 생각이 들 때가 있을 것이다
혹시 나만 그런 건 아니겠지
나는 매일 떠나고 싶은데
최근에 읽은 글 중에서 이런 글이 있었다
"나는 이제 누군가 나를 떠나지 못하게 만드는 사람이
옆에 있었으면 한다. 지쳐서가 아니다.

매양 헛것에 쫓겨 기어이 떠나게 돼도

거기서 또 번번이 다른 곳으로

떠나가야 했기 때문이다.

그러고 나서 돌아오는 길은 가는 길보다

더욱 낯설고 사막이 아득했다."

늘 없음의 있음에 흘려 떠나고 있다

아무것도 없겠지만 돌아올 필요가 없는 곳으로 떠나고 싶다

자화상

故 문충섭

포화에 붉게 물들어가는
한 많은 낙동강 전선

그 가운데
생명의 씨앗은 잉태되어

긴 기지개 켜듯
탄생의 아픔으로

새봄을 맞는다
다시 새봄을 맞는다

또 다른 출발은
끝없는 추락 속에
큰 가슴에 멍에를 씌우고

그렇게

소낙비처럼 울부짖었다

아아!
그래도 참고 인내하며
저 먼 곳을 향한 발걸음은
주체할 수 없는

태양의 빛을 받아
향기 없는 꽃을 피웠고

눈부신 열매를 맺어서
사랑도 미움도

모두모두 두 손을 모아
당신에게 드렸습니다

나는 초원이 좋다

故 김석두

나는 초원이 좋다
나는 양치는 소년이었다
이른 봄 아지랑이를 보았는가
거미줄에 이슬을 보았는가
아지랑이 사라질 무렵 햇님의 웃음을 보았는가
햇님 웃음에 이슬이 숨바꼭질하는 것을 보았는가
햇살의 손길에 새싹의 키재기를 보았는가
넓은 초원에 가본 적이 있는가
소리를 질러본 적이 있는가
초원에 나를 맡기고 뒹굴어본 적이 있는가
나는 양치는 소년이다

죄송합니다 고맙습니다

김○헌

엄마 아빠! 집 나와서 죄송합니다.

국민학교 때 자전거 훔쳐서 죄송합니다.

중학교 때 집 나와서 죄송합니다.

삼촌! 죄송합니다.

당산 고아원 방장님! 고맙습니다.

김민연 선생님! 고맙습니다.

이종만 선생님! 고맙습니다.

이선근 선생님! 고맙습니다.

임 신부님! 고맙습니다.

영화사 님! 고맙습니다.

민수, 국력, 이동화! 고맙다.

모든 교수님! 고맙습니다.

다음 세상에 태어나면 여러분 사랑한다고 꼭 말하겠습니다.

강의 마치고 집에 가는 길

故 윤보영

남산 둘레길 따라 국립극장 앞
감기약 향기가 밴 몸에
어느샌가
꽃향기가
코를 통해
머릿속 마음속 지친 육체를
휘감는다
잠시나마
신선한 향기에 우울한 것들
나도 모르게
눈 깜짝할 사이에 사라진다
봄눈 녹듯
아! 상쾌도 하다
이대로만 같아라
계속 쭈우욱~

희망

안○규

간다
기어서 간다
보이지 않는다
동백꽃 끌어안고 달팽이는
붉은 피 봄을 만나러 간다

부록

두드림

길벗 도반

대본

두드림

박경장 교수

1막 바람

1장

(징소리와 더불어 막이 오른다. 오른쪽 모퉁이에서 60대 중반의 남자가 바닥에 주저앉아 소주를 병 채 마시고 있다. 술을 다 비우고는 박스와 테이프로 박스 집을 지어 그 안에 들어가 잠을 청한다. 중간 중간 지하철 지나가는 소리와 사람들 발자국 소리가 들린다. 지하철역사 입구의 셔터 내려가는 소리가 들리고 조명이 꺼진다. 박스집 안에서 사내의 코고는 소리가 들린다.)

노인: 일혁아, 일혁아 아니 한 겨울에 그렇게 한데서 자면 어떡하니. 그러다 입이라도 돌아가면 큰일 난다. 일혁아.

일혁: 어~ 누구세요? 어머니! 어머니! 정말 어머니세요?

노인: 그래 에미다. 그런데 내 아들 얼굴이 이게 뭐고.

일혁: 아 예. 며칠 씻지를 않아서 그래요.

노인: 이 자슥아 수십 년 연락도 없이 어딜 그렇게 바람처럼 떠돌아 다녔노.

일혁: 어머니 제가 이 얼굴을 하고 어떻게 어머니 앞에 나타나겠어요. 별 짓

429

을 다해도 이 염병할 얼굴은 안 낫지, 무위도식하며 얹혀 산다고 동생 놈 눈치 주지. 조카들 볼 면목이 있어야지요. 미안해요. 어머니. 그래도 살려고 별 짓 다해보았어요.

노인: 네가 집 나가기 전 얼굴이 가렵다고 하더니 그게 이렇게 된 거냐?

일혁: 네 어머니. 어찌나 가려운지 얼굴에 좁쌀만 한 게 오돌토돌 생겨나기 시작하는데, 가려워서 견딜 수가 있어야지요. 그래서 이년 반 동안 제 손으로 뜯었더니 이렇게 됐어요. 얼굴만 아픈 게 아니라 나중엔 온 뼈마디가 쑤셔왔어요. 용하단 병원이란 병원은 다 찾아가보고, 좋다는 약이란 약은 다 먹어봤지만 소용없었어요. 나중엔 걷지도 못하겠더라고요. 뼛속에 고름이 꽉 차 있는 것만 같더라구요. 그래 살아서 뭐 하나. 짐만 되는 있으나마나한 존재. 추한 세상 뜨자하고 몰래 집에 가 대문 앞에서 어머니게 큰절 올렸지요. 그리고 서울역으로 가서 부산행 열차를 탔습니다. 저녁에 도착해 대합실 의자에서 자고 새벽에 소주 몇 병 사들고 태종대로 갔지요. 자살바위로요. 바위에 서서 밑을 바라봤는데 다리가 부들부들 떨리더라구요. 술기운도 싹 가시고요. 도저히 못 뛰어내리겠는 거예요. 다리에 그만 힘이 풀리면서 바위에 풀썩 주저앉아버렸어요. 그러곤 한없이 울었습니다. 죽지 못하고 돌아나와 부산 포항 대구 일대를 술에 취해 쏘다녔어요. 그러다 어느 길목에서 쓰러졌지요. 눈뜨니까 서울 비전 트레이닝이더라구요.

노인: 아이구 불쌍한 내 새끼. 그게 다 내 탓이다. 니가 우리집 자식들 중제일 똑똑했는데. 너의 아버지가 사고로 직장만 잃지 않았다면, 학교 잘 다니고 졸업해 좋은 직장에 다녀 행복한 가정을 꾸렸을 텐데. 널

중학교 교육도 못 시켰으니. 다 내가 못난 탓이다.

일혁: 아니에요. 어머니, 제가 변소에서 담배 피다 학생주임 선생님에게 걸려서 퇴학당한걸요 뭘. 다 제 탓이에요.

노인: 일혁아, 죽은 네 아버지를 원망하지는 마라.

일혁: 원망은요 뭐. 저도 늙었는걸요. 이제는 다 잊었어요. 생전에 아버지가 매일 술 먹고 들어오면 절 때리셨어도. 사람은 배워야 된다고 회초리로 때려가며 천자문을 가르쳐주셨죠. 덕분에 지금도 어디 가면 글씨 하나는 잘 쓴다는 소리를 듣는다니까요.

노인: 그래 너희 아버지도 본래 나쁜 사람은 아니다. 자신의 인생이 꼬이고 꼬이다 보니 풀 곳이 술밖에 없었던 게야.

일혁: 아버지에 대한 좋은 기억도 있어요. 아버지가 웃었던 처음이자 마지막 모습이었죠. 어머니가 새벽녘에 소금장사 하러 가려고 소금 소쿠리를 머리에 이려고 하는데 무거워 아버지에게 도움을 청하셨어요. 아버지는 마음이 내키지 않으셨던지 돕다가 그만 넘어져 소금 소쿠리를 대문 밖 길바닥에 엎었지요. 뭐라 화도 못 내고 어머니는 빗자루로 엎어진 소금을 쓰셨어요. 그때 마침 지나가는 사람이 그걸 보고 "어 간밤에 눈이 왔나." 하고 지나갔죠. 길바닥에 벌러덩 넘어진 아버지가 무안했는지 어색한 웃음을 지으셨어요. 그게 내가 처음이자 마지막으로 본 아버지의 유일한 웃는 모습이었어요. 아! 어머니 제가 그때 그 기억이 떠올라 몇 년 전에 시를 한 편 지었는데. 한번 들어보실래요.

노인: 아니 니가 시를 지어?

일혁: 네 어머니 한 번 들어보세요.

소금 눈

"간밤에 눈이 왔는갑네."

천자문을 가르친다는 구실로
아버지는 노상 나를 때렸고

한 대라도 덜 맞게 하려고
어머니는 늘상 술심부름을 시켰다.

막걸리와 매와 천자문
천자문과 매와 막걸리

이것이 부생아신父生我身 하신 아버지와 내가 맺은 연의 전부다.

폭군이면서 훈장이었던 아비
생계는 어미 몫이었다.

입동 근방이었을 것이다.
어머니 머리에 이을 소금광주리 드는 걸 도우려다
나자빠진 어미 아비
어색했던지 소금방석에 누워 서로 웃음을 건넨다.
내가 본 처음이자 마지막이었던 아버지 웃음.

나는 서둘러 소금을 주워 담고

바닥에 남은 소금을 비로 쓸었다.

"간밤에 눈이 왔는갑네."

햇빛에 반사된 흰 결정체들이 비탈진 골목에 수정처럼 빛났다.

막걸리와 매와 천자문

천자문과 매와 막걸리

하늘 천 따 지처럼 모진 아비와의 인연은

이젠 끊어진 지 오래다고 생각했는데

오늘 거울 속에서

소금 눈 한소끔 내 머리 위에 내려앉은 걸 보다가

볼을 타고 소금 눈 한 방울

입가에서 짜게 녹았다.

(객석에서 박수소리가 들린다.)

노인: 아니 우리 아들이 언제 이렇게 글을 잘 쓰는 시인이 됐노.

일혁: 어머니 제가 말이지요. 제가요. 어머니 놀라지 마세요. 이래 봬도 제
　　　가 대학을 졸업했답니다.

노인: 아니 뭐! 니가 대학을.

일혁: 예, 세계에서 젤 좋은 대학, 아무나 들어올 수 없는 대학. 자살미수 최
　　　소 2회 이상이 되어야 들어올 수 있는 족보 있는 대학 '성'프란시스

433

인문학대학을 졸업했다고요.

노인: 뭐! 샌프란시스코 대학. 그럼 니가 미국으로 유학을 갔더란 말이냐.

일혁: 아! 예 어머니. 뭐 그냥 그렇게 알아두세요. 제가요, 서울역 거리에 나
가면 방랑시인 권삿갓으로 통한다니까요. 지금까지 쓴 시만도 천오백
편이나 되요. 여기저기서 시집을 내자고 하는데. 제가 싫다고 했어요.
아직은 아니다. 동정으로 시인이 되기는 싫다. 아! 어머니 제가 나온
샌프란시스코 대학교 글쓰기 교수님이 제 시 중에 젤로 좋아하는 시
가 있는데 또 들어보실래요.

노인: 그럼 그럼 우리 아들이 대학생이 되고 시인이 됐다는데 백 번 천 번
들어도 좋지야.

일혁: 교수님 교수님 어디 계세요. 제가 그 시를 다 못 외워요. 교수님이 대
신 낭송 좀 해주세요. (객석에서 한 중년 남성이 나온다.)

선생: 빗물 그 바아압/ 권일혁

장대비 속에 긴 배식줄 /빗물바아압 /빗물구우욱 /비이무울 기이임
치이 /물에 빠진 생쥐새끼라 했던가 /물에 빠져도 먹어야 산다 /이 순
간만큼은 /왜 사는지도 호강이다 /왜 먹는지도 사치다 /인간도 네 발
짐승도 없다 /생쥐도 없다 /오직 생명뿐이다 /그의 지시대로 행위할
뿐 /사느냐 죽느냐 따위는 문제가 아니다 /오로지 먹는 것 /쑤셔 넣는
것 /빗물 반 음식 반 그냥 부어 넣는 것.

노인: 근데 아들아, 교수님 목소리가 좋아 듣기는 좋은데 어째 좀 시가 슬
픈 것 같다. 왠 밥을 빗물에 말아 먹냐? 아들아 근데 넌 집은 어디에
두고 그런 데서 자냐.

일혁: 어머니 여기가 어때서요. 제 오피스텔이에요.

노인: 뭐 무슨 텔?

일혁: 제가 일하며 먹고 자는 사무실이며 집인 오피스텔이라고요.

노인: 뭐 거기서 일을 해? 무슨 일을 그런 데서 하니?

일혁: 하하! 제가 무슨 일을 하는지 보실래요? (한푼만 닷 컴 상호를 바닥에 놓는다. 두만강 노래와 퍼포먼스를 한다. 사람들이 지나가며 돈을 던져놓고 간다.) 제가요 출장도 가요. 주로 미국인들 상대로 사업을 하지요. (영어로 뭐라뭐라 말을 한다. 그러곤 팝송 한 곡 부른다. 한 외국사람이 박수를 치며 돈을 던져준다.)

일혁: 알 유 어메리컨?

행인: 노 아임 이탤리언.

일혁: 오케! 웰컴 투 코리아. 아 윌 싱 원 모아 이태리 송 퍼 유. (《돌아오라 소렌토로》를 엉성한 이태리어로 부른다.)

노인: 아이구 우리 아들 잘한다. 글도 잘 쓰고 노래도 잘하고 돈도 잘 버니 이젠 난 눈감아도 여한이 없겠다. 아들아 너도 많이 늙었구나. 부디 몸 건강하고 제때 밥 잘 챙겨 먹고. 잠은 꼭 집에서 자야 한다. 한데서 자지 말고. 입 돌아간다. 알았지. (어머니 고운 한복으로 갈아입는다. 그러곤 편하게 눕자 조명이 꺼진다.)

2장

(다시 조명이 켜지고, 셔터 올라가는 소리가 들린다. 일혁이 일어나 박스를 갠다. 옷매무새를 만지고 정면을 한동안 응시한다.)

일혁: 어머니가 간밤에 다녀가셨나 보네. 이 불효막심한 못난 아들을 부디

용서하세요. 어머니 하늘나라 가는 길 배웅도 못하고. 자식 중에 가장 못난 이 자식을 가장 아프게 사랑하셨던 어머니. 단 한 번도 못났다고 내게 타박 한 번 안 하셨던 고운 나의 어머니. 이 아들이 갈 때까지 하늘나라에서 부디 평안히 잘 쉬셔요. 제가 어머니 곁으로 가면 매일 노래 불러드리고 팔다리 어깨 주물러드릴게요. 어머니.

임이여.

절룩이는 지하역사 바닥
풀 한 포기 없는데 아침이슬이 맺혔구나.
빈 술병 같은 삶에 투명하게 맺힌 이슬
임이 다녀가셨구나.

전 생을 다해 몹쓸 놈에게 바친 임의 영롱한 삶.
"하늘이 알고, 내가 안다. 하느님의 뜻이니 기다려라."던 임의 말씀
임의 애절한 믿음이 저를 살렸습니다.

새해입니다.
저도 이날이 꼭 반갑지만은 않을 만큼
꽤나 살았나 봅니다.
갈 수만 있다면 그토록 지겹던 그 헌 해로 돌아가
당신과 함께 지지고 볶고 뒹굴고 싶습니다.

임이여.

임이여.

이제 그만 그 걸레와 행주를 내려놓고

편히 쉬십시오.

하늘이여.

하늘이여.

솜이불 같은 너른 품으로

이 여인을 감싸 안아주소서.

아멘.

(객석을 향해 큰 절을 한다. 징소리가 울리고 조명이 꺼지면서 막이 내린다.)

2막 구름

1장

(막이 오르면서 앰뷸런스 사이렌 소리가 들린다. 사이렌 소리가 잦아들고, 환자를 급히 후송하는 소리가 들린다. 조명이 켜지면 무대 왼쪽에 환자 침상이 놓여 있고, 그 위에 환자복을 입고 한 남자가 누워 있다. 팔에는 링거 주사가 걸려 있다. 심장 고동소리처럼 북소리가 들린다. 북소리가 잦아들자 부부 싸움하는 소리가 들린다. "당신이 아이들 앞에서 오냐오냐 하니까, 걔들이 새엄마라고 날 우습게 보는 거예요." "내가 뭘 오냐오냐 했다고 그래 좋아. 오냐오냐 했다고 쳐. 그럼 내가 당신 자식들한테도 어떻게 했는지 당신도 봤잖아. 걔네들한테도 똑같이 오냐오냐 하잖아." "뭐요? 당신 자식이라고요. 아이 억울해 내가 젊은 나이에 재취로 들어와 다 내 자식처럼 키웠는데 이젠 내 자

437

식 당신 자식이라며 피 가름을 하네." 여자가 헛 울음소리를 낸다. 울음소리를 몰아내 듯 북소리가 둥둥 울린다. 울음소리가 그치자 북소리도 함께 잦아든다.)

여자목소리: 야. 수백아 너 저기 수영장 다이빙대 보이지. 올라가서 뛰어내려 봐. 내가 멋있게 사진 찍어줄게. 얼른 착하지 아들아. 엄마가 뛰 어내리면 너 좋아하는 장난감도 사주고 아이스크림도 사줄게. 응 어서.

수백: 싫어요. 무서워요. 어떻게 저렇게 높은 데서 뛰어내려요. 난 못해요.

여자목소리: 왜 못해. 너 수영도 잘하잖아.

수백: 엄마 제발이요. 무서워요. (숨 가쁜 듯 북소리가 빠른 박자로 들리다 잦아 든다.)

여자목소리: 수백아 너 참 수영 잘하는구나. 그래 저기 저 강 중간에 쳐놓은 줄 보이지? 거기까지 수영해서 돌아와볼래. 엄마가 갔다 오면 맛있는 거 사줄게. 응 어서.

수백: 엄마. 거기는 물살도 세고 깊어요. 잘못하면 죽어요.

여자목소리: 뭐 죽는다고. 그럼 엄마가 널 죽이려고 그런단 말이냐. 이 머리 에 피도 안 마른 놈이. 엄마를 무슨 살인자로 취급하네.

수백: 엄마 그게 아니라. 그냥 무서워서 그래요. 제발. (숨 가쁜 듯 빠른 북소리 가 들리다 다시 잦아든다.)

여자목소리: 수백이 학교 갔다 왔니. 피곤하겠구나. 네 형 방 따뜻하게 덥혀 놨으니 가서 한 숨 자거라.

수백: 네, 엄마. 그렇잖아도 감기 기운이 있어 학교에서 추워서 계속 떨었 어요.

여자목소리: (방백으로) <u>호호</u>~ 이 각다귀 같은 녀석. 연탄가스 마시며 잘 자거라.

수백: 헉헉~ 아버지, 숨이 막혀요. 아버지 아버지 깨워주세요. 아버지. (숨 막히듯 북소리가 거칠게 들린다.)

2장

(북소리가 멈추자 수백이 소리를 지르며 깨어난다. 무대 오른쪽 모퉁이 편 조명이 비춘 곳에 수녀가 서 있다. 수백은 왼쪽 맞은편 침상에 누워 있다.)

수녀: 어! 깨어나셨네.

수백: 여기가 어디요.

수녀: 병원 중환자실이에요. 순천터미널 옆 공원에서 피를 토하고 쓰러져 있는 걸 제가 발견해 119에 신고했지요. 혼수상태로 있다가 삼일 만에 깨어나신 거예요. 정신이 좀 드시나요. 연락할 가족이 있으면 알려주세요. 연락해드릴 테니.

수백: 죽으려고 25일 동안 술만 먹었는데. 가족 같은 거 없습니다. 죽게 내버려두시지 왜 이렇게 살려서 또 고통스럽게 합니까?

수녀: 죽는 게 어디 그렇게 쉬운 줄 아세요. 하느님이 그 늦은 시각에 나를 그 공원길로 지나가게 한 걸 보면, 아무래도 수백 씨는 내가 죽기 전에는 죽을 팔자가 아닌가 봐요.

수백: 아니 당신이 뭔데, 남의 팔자 가지고 죽으라 마라 하는 거요.

수녀: 두고 보세요. 어! 의사선생님 오시네. (수녀 옆으로 흰 가운을 입은 의사가 들어온다.)

의사: 깨어나셨네. 박수백 씨 집 주소가 어떻게 되나요. 연락할 보호자가

있나요?

수백: 아! 씨발! 죽게 내버려둘 것이지. 돈도, 집도 가족도 아무것도 없어요. 나가겠습니다. 나가요. 나가면 되지요?

의사: 박수백 씨, 이 몸으로 어디를 나갑니까. 이전에도 객혈하신 적 있나요?

수백: 예, 너댓 번 있수다. 검사해보셨으면 알 것 아니요. 돌처럼 굳어 있는 간도 보셨을 텐데.

의사: 일단은 몸을 좀 회복하셔야 합니다. 영양제와 안정제 주사를 놓았으니 좀 주무세요. (의사와 수녀가 퇴장하고 조명이 꺼진다. 북소리가 약하고 느리게 들린다. 다시 조명이 켜진다.)

의사: 박수백 씨 일어나셨네요. 수녀님이 아침에 동사무소 직원과 함께 원무과에 오셔서 박수백 씨를 수급자로 지정되게 해주고 가셨어요. 그리고 일산에 있는 '카프'라고 알코올중독병원에 연락을 해놓으셨답니다. 갈아입을 옷하고 생필품도 주시고 가셨어요. 그리고 이거. (손을 내밀어 성경책을 건넨다. 수백이 성경책을 받아들고 한참 허공을 응시한다. 북소리가 작고 느리게 들리다 점점 크고 빠르게 들리다가 멈춘다. 수백이 성경책에 얼굴을 묻고 흐느긴다. 조명이 꺼진다.)

3장

(조명이 켜지자 오른쪽 모서리에 한 남자가 서 있다.)

남자1: 오늘은 특별히 저희 카프단주모임에 신입회원 한 분이 오셨습니다. 우리 모두 환영의 박수를 칩시다. 박수백 선생님입니다.

수백: 감사합니다. 박수백입니다. 이렇게 따뜻하게 맞아주셔서 고맙습니다.

제가 정말 술을 끊을 수 있을지, 지금으로서는 솔직히 자신이 없습니다. 여기 계신 선배님들의 단주 경험을 소중히 귀담아 듣고 내 생의 마지막이라 생각하고 열심히 노력해보겠습니다. (남자가 박수를 치며 객석의 박수를 유도한다.)

남자1: 선생님은 언제부터 술을 드셨나요?

수백: 중학교 들어가자마자 노는 친구들과 어울려 다니면서 먹었으니까, 얼추 사십여 년 동안 먹은 것 같아요.

남자1: 처음 술 먹고 취했을 때 기분이 기억나세요.

수백: 네. 또렷하게요. 마치 제 몸에 날개가 달린 듯 하늘로 날아갈 것만 같았지요. 집에만 가면 날 잡아먹지 못해 안달이 나 있는 새어머니로부터, 왜 맨날 새어머니한테 혼나냐며 병신 같다고 때리는 형으로부터, 중간에서 어쩔 줄 몰라 하는 불쌍한 아버지로부터 해방돼 훨훨 하늘로 날아가는 것만 같더라고요.

남자1: 여기 오기 전에는 어디에서 지내셨어요.

수백: 건설사업을 했는데, IMF 터져 집 팔아 빚잔치하고 가족들 모두 뿔뿔이 흩어졌습니다. 나는 신불자가 돼 거리로 나왔고요. 일용직 잡부로 떠돌다가, 결국 서울역으로 오게 되더군요. 2000년부터 2005년까지 노숙하다 술 먹고 쓰러지면 119에 실려가고 퇴원하면 노숙인과 장애인 수용시설에서 몇 개월 있다가, 또 나와서 술 먹고 쓰러져 병원에 실려가고 퇴원하면 다시 수용시설로 가고, 5~6년 동안 이런 반복된 거리생활을 했어요. 2005년 여름이었습니다. 순천에 몇 개월짜리 건축일자리가 있다기에 내려갔는데, 그만 그 일이 펑크나버린 거예요. 에이 내 인생은 여기까지인가 보다 하고 죽으려고 공원에서 25일 동

안 술만 퍼마셨어요. 그러다 피를 토하고 쓰러졌지요. 참 죽을 팔자가 아닌지, 지나가던 수녀님이 발견해 다시 119에 실려 응급실에서 사흘만에 깨어났습니다. 그러곤 수녀님께서 이곳 카프로 보내주셨어요. 그게 지난 가을입니다. 이곳에서 일자리도 마련해주어서 지금 6개월 동안 일층 로비 매점에서 일하고 있습니다.

남자1: 그럼 단주한 지 6개월째 되는군요. 우리 모임 최고참들은 10년째 6년째 단주에 성공하고 계신 분들이고요, 신참들은 1년 2년째 되신 분들입니다. 하지만 말이 성공이지 살아 있는 동안은 단주 완치란 없답니다. 흙에 묻혀야만 알콜릭은 완치된다고 해요. 단주 10년이든 20년이든 단 한 잔에 무너지는 게 알콜릭이지요. 수백 선생님 우리 함께 서로 의지하며 싸워봅시다.

수백: 감사합니다. 열심히 노력해보겠습니다. (남자가 관객의 박수를 유도한다. 박수소리와 더불어 북소리가 힘차게 들린다.)

4장

(조명이 켜진다. 단주센터 사무실에서 두 사람이 의자에 앉아 마주보고 있다.)

수백: 이 팀장님, 오늘 만날 사람이 있어서요. 서울역엘 좀 다녀와야겠습니다.

이 팀장: 서울역이요? 왜 하필 서울역이에요.

수백: 아 네. 저와 친동생처럼 의지하며 지내던 친구가 있는데요, 어제 그놈이 꿈에 나타나더라고요. 얼굴이 반쪽이 돼서 나타났는데 형 그동안 어디 있었냐고. 자기가 얼마나 찾아 다녔는지 아느냐며 날 부둥켜안고 펑펑 우는 거예요. 아무래도 한번 찾아가봐야겠어요. 제가 이렇게

살아 있는 모습도 보여주고 싶고요. 가능하면 그놈도 이곳에 와 단주

치료 프로그램에 참여하도록 얘기도 해볼 겸 해서요.

이 팀장: 그럼 오늘 들어오시는 거지요.

수백: 그럼요. 늦어도 9시 안으로는 들어올 겁니다. 걱정 마세요.

5장

(조명이 꺼지고, 잠시 후 자동차 소리와 사람들 발소리가 들린다. 무대 오른쪽에 허름

한 복장의 한 중년 남자가 바닥에 앉아 있다. 옆에는 막걸리 서너 병과 과자 한 봉지가

있다.)

남자2: (혀가 반쯤 꼬부라진 음성으로) 어! 수백 형님 아니세요.

수백: 철순이 오래간만이야. 여전하구만.

남자2: 아니 형님, 지난여름에 돈 벌러 간다고 어디 지방에 가신다고 하고

선 사라지드만 이제 나타나셨네. 돈 많이 버셨으면 막걸리 몇 병 사

오셔야지 빈손으로 오시면 어떡합니까.

수백: 나 이제 술 끊었다네. 믿지 않겠지만.

남자2: 에이, 형님 왜 그려셔. 천하의 서울역 술백이가. 장난치지 마시고 자

한잔 받으쇼.

수백: 자, 난 됐고 내가 따라줄게. 한잔 받으시게. 근데, 아무리 둘러봐도 승

재가 안보이네. 혹시 승재 못 봤나?

남자2: 승재요. 형님 진짜 술 안 드셔요. 승재요. (술을 벌컥벌컥 들이킨 후, 긴

한숨을 내쉰다.) 형님 개, 형님 가시고 지난 겨울에 죽었어요.

수백: 뭐, 승재가 죽었다고. 어떻게?

남자2: 서울역 거리 노숙자가 죽는 게 다 그렇고 그렇지요. 술 먹고 쓰러져 피를 토해, 119 응급실 실려 갔는데, 승재가 예전에 결핵 치료받았었 잖아요. 재발한 지가 벌써 몇 개월 지났대요. 폐에 구멍이 났답니다. 실려 간 지 일주일도 못 넘겨 죽었어요.

수백: 장례는 어떻게 치렀나.

남자2: 가족들 아무도 안 나타나 경찰에서 무연고자 처리해 화장했대요. 형 오기만을 기다렸는데. 도대체 사람이 연락이 돼야지.

(수백이 흐느껴 운다.)

수백: 바보 같은 놈, 조금만 더 기다리지.

남자2: (술잔을 수백에게 건넨다.) 형님! 승재에게 한 잔 올리시구려.

수백: (잔을 받아 마신다. 조명이 꺼지고, 북소리가 한바탕 요란하게 울려댄다.)

(혀가 꼬부라진 소리로) 야 새끼야 이거 받아. 카드다. 가서 소주 박스로 사와.

아이 씨발, 50년도 못 살아놓고 병신 같이 죽으면 어떡해. 난 이렇게 술 퍼마시고 피 토하고 또 술 퍼마시고 피 토해도 살아 있는데. 이제 내가 너 살리려고 이렇게 왔는데. 먼저 죽어버리면 아 씨발. (소주병을 들어 입에 털어 넣는다. 소주병을 흔든다.) 야 철순아, 야 씨발놈아, 술이 없 잖아. 이 새끼 어딨어. 야 철순아. (바닥에 쓰러져 잠이 든다. 천둥 번개가 치 면서 소낙비소리가 들리고 북소리가 요란하게 들린다.)

6장

(두 사람이 전화하는 목소리가 들린다. "최 실장님 저 이 팀장이에요. 늦은 시간에 죄 송한데요. 박수백 씨가 오늘 아침에 서울역에 누굴 만나고 온다고 나갔는데 아직까지

돌아오지 않았어요. 전화해도 안 받고요." "뭐요. 서울역에 갔다고요. 큰일 났네. 그 사람 밖에 나가면 죽어요. 서울역 임시진료소 같은 데 전화해보세요." 전화가 끊어지자, 숨 가쁜 듯 북소리가 들리고 119 앰뷸런스 소리가 들린다.)

수백: (환자 침상에 눕혀 팔에는 수액주사가 걸려 있다). 아버지 아버지 잘못했어요. 제가 한 게 아니에요. 정말이에요. 엄마가 한 거란 말이에요. 제가 한 게 아니에요. 정말이요. 아버지 잘못했어요. 아버지 절 살려주세요. 아버지. (소리를 지르며 눈을 뜬다.)

수녀: 정신이 드세요. 박수백 씨는 참 명도 긴가봐. 아무래도 나보다 오래 살 팔자 같아요.

수백: 죄송해요. 수녀님 볼 면목이 없네요. 이번엔 정말 살고 싶었는데. 그놈이 먼저 죽는 바람에. (흐느낀다.)

수녀: 어! 이번엔 죽겠다는 소릴 안 하네. 좋아요. 수백 씨 그럼 머리 싸매고 진짜 한 번 살아볼래요.

수백: 네. 수녀님. 살고 싶어요. 정말이에요. 살고 싶어요.

수녀: 좋아요. 그럼 우선 몸부터 회복하시고요. 올 가을에 카프에서 운영하는 청미래 직업훈련 프로그램이 있는데, 하루에 8시간씩 5일, 일 년 프로그램인데 참여해보세요. 그리고 다시서기센터에서 운영하는 성 프란시스 인문대학이라고 있어요. 우리나라에서 최초로 세워진 노숙인을 위한 인문학 대학이래요. 1년 과정인데, 내년 2월에 신입생을 모집한대요. 제가 아는 성공회 신부님이 그 대학 학장으로 있어요. 우연히 선생님 얘기를 하게 됐는데 꼭 지원하라고 권하더군요.

수백: 인문학 대학이요?

수녀: 예. 낮에는 일하고 밤에만 수업을 받으면 된대요. 교수진과 교과과정이 정말 훌륭하답니다. 나도 입학해 듣고 싶을 정도인데, 난 자격이 안 된대요.

수백: 생각해볼게요. 수녀님.

수녀: 어! 살고 싶지 않은가 보네. 전 내일 다시 순천으로 내려가요. 생각해 보는 건 좋은데, 그때가 되면 생각을 들어줄 나는 이미 없을 거예요.

수백: 수녀님! 좋습니다. 인문학 대학 지원하겠습니다. 살고 싶어요. 정말로.

수녀: 자 그럼 약속! (새끼손가락을 서로 내민다.) 제 마지막 선물일 것 같네요. (수백에게 가방을 건넨다.)

수백: (가방을 받아든다.) 수녀님 감사합니다. 이 가방에 졸업장하고 개근상장 넣어 수녀님께 소포로 보낼게요.

수녀: (객석을 바라보며) 아니 이럴 때 박수 안 치고 뭐하는 거예요. (객석에서 박수소리와 함께 북소리가 힘차게 들린다.)

3막 비

1장

(막이 올라가고 조명이 켜지면서 파도소리와 갈매기 소리가 멀리서 들려온다.)

중겸: 귀애 씨, 저 파도소리가 멋있는지 내 하모니카 소리가 더 멋있는지 한 번 들어볼래요. (파도소리를 배경음악으로 하모니카 연주를 한다. 하모니카 연주가 끝나자 한 사람의 박수소리가 들린다.) 어때요? 제 하모니카 소리가 더 근사하지요? (빗소리가 들리기 시작한다.)

어! 귀애 씨, 소낙비가 오려나 봐요. 아무래도 날도 어둡고 배편도 끊어진 것 같은데, 안 되겠어요. 자, 나를 따라오세요. 저기 모~란여관.

(조명이 꺼지고 빗소리가 굵어지면서 장구소리가 빗소리와 어우러져 들린다. 무대 오른쪽에 촛불 하나가 켜진다.)

2장

(다시 조명이 켜지고 중겸이 앉아 있는 곳 주위엔 소주 빈병들이 어지럽게 널려 있다. 오른쪽 벽면에는 벽걸이 선풍기가 걸려 있다).

중겸: 그때 아내 나이 열아홉, 난 스무 살. 군대영장을 받아놓은 터라, 빨리 도장을 찍어놓으려 작전을 짰지요. 그래, 당신은 하늘이 점지해준 내 여자야. 그냥 꾹! 한 번 누른 도장에 내 씨를 받았으니. 자대배치 받고 몇 개월 지나 아내가 면회 왔는데 어찌나 웃음이 나던지. 아! 글쎄, 애가 애를 업고 있더라고요.

제대하고 식도 못 올리고 신길동 산꼭대기 지하 단칸방에 신혼살림을 차렸지요. 그래도 아내는 그때가 가장 행복했다고 말하곤 했어요. 제지회사 취직해 쥐꼬리만 한 월급으로 우리 세 식구 살았지만 난 아내에게 설거지, 방청소 손빨래 한 번 시키지 않았어요. 와이프는 우리 집 공주였으니까.

목소리 1: 어이~ 최 서방 내가 어제 바다낚시 가서 잡아 온 우럭이야.

중겸: 네, 우리 형님이에요. 우리 아내의 오라버니요. 20대 후반에 형님 알선으로 포항으로 내려가 횟집을 열었지요. 내 사업을 시작한다는 생각에 얼마나 마음이 들떴던지. 그런데 2년 만에 문 닫고 말았어요.

목이 안 좋았던 겁니다. 가게 문 열고 보니까 사람 왕래가 거의 없는 곳이더라고요. 애초부터 시장조사 한 번 해보지 않고 무턱대고 시작한 게 잘못이었지.

목소리 1: 어이, 최 서방. 자네, 시방 내 탓하고 있나?

중겸: 아이, 형님, 귀도 밝으시네. 그만큼 제가 세상물정을 몰랐다는 말을 하는 겁니다.

목소리 1: 그래도 자네, 참 열심히 했는데. 최 서방, 칼질 솜씨는 녹슬지 않았겠지.

중겸: 글쎄요. 어디 한 번 잡아볼까요. (도마를 꺼내 생선회를 떠 관객들에게 한두 점씩 나눠준다. 술도 한 잔 권한다.) 형님 제 술잔 한 잔 받으세요.

목소리 1: 그래도 최 서방 자네 횟집운영 경험으로 나중에 수산물 유통으로 돈깨나 벌었잖아.

중겸: 벌었죠. 내 장사를 접고 대구로 가 하나수산이라고, 수산물유통업에 직원으로 들어가 2년간 저울장사를 배웠어요. 형님도 인정하다시피 제가 무슨 일이든지 일단 시작하면 목숨 걸고 하잖아요. 2년 만에 하나수산을 인수했지요. 민물장어, 향어, 잉어를 5톤 물차에 실어 신나게 전국에 배송했습니다. 2002년까지 10년 동안 정말 떼돈 벌었어요.

목소리 1: 자네도 자네지만 내 동생이 돈 관리 하나는 야무지게 잘했을 거야. 어려서부터 개 주머니에 들어간 돈은 나오는 걸 못 봤으니까.

중겸: 그럼요. 아내가 경리 겸 돈 관리를 했는데, 빈틈 하나 없었어요. 작은 형과 처가네 집 사는 데 보태라고 뭉치 돈을 아낌없이 보내고서도, 우리는 대구 계양동에 100평 넘는 마당 있는 주택을 샀으니까요.

목소리 1: 그런데 어쩌다 그렇게 다 말아먹어뿌렸노?

중겸: 호사다마라고, 사업이 잘 되니까 주변에 같은 업종의 가게들이 우후 죽순처럼 생기는 거예요. 가격경쟁이 심해지니, 이윤도 떨어지고, 안 하던 영업을 밤낮없이 뛰어야 했지요. 거래처 사람들과 늦게까지 술 마셔야 하고, 카드 치며 모른 척 잃어줘야 하고, 여자도 대주고. 자연히 아내와 말다툼이 잦아졌어요. 결국 아내가 안 되겠다 싶었는지 사업을 접고 남은 돈으로 땅을 사자고 하더군요. 최씨 고집이 있지. 난 아내의 만류를 뿌리치고 땅을 빌려 민물고기 가두리 양식을 시작했어요.

목소리 1: 아! 그래, 최 서방 그때 메기양식 한 거 맞제.

중겸: 예. 그때 대구에서는 메기 매운탕이 성업 중이었거든요. 물량이 항상 딸렸지요. 메기 양식이 특별한 기술이 필요하거나 신경이 많이 가는 일도 아니거든요. 2~3년 양식이 잘돼 대박날 것 같은 기분이 들 때였어요. 2002년이었습니다. 매미, 매미(장구소리가 빠른 박으로 들린다.) 태풍 매미가 몰아쳤어요. 낙동강이 범람했습니다. 제 가두리 양식장을 휩쓸고 가버렸지요. 허허 물 벌판에 돈뭉치 메기를 다 방생한 겁니다. (헛웃음을 짓는다.) 도로아미타불. (소주를 병째 벌컥 들이킨다.)

목소리 1: 그럼 귀애 일 났을 때가 그 즈음인가? 최 서방?

중겸: 예, 아이는 직장일로 태국으로 떠나고, 수산물유통업에서 번 돈 매미로 다 털린 후, 나는 자동차 부품회사 지게차 운전수로 들어가 다시 월급쟁이가 됐어요. 그래 처음부터 다시 시작하는 거야. 아직 고운 아내 손을 꼭 잡았지요. 그때 아내 나이 사십대 중반. 돈 버는 일에 정신 팔려 건강 돌볼 틈도 없었어요. 어느 날 병원 원무과에 근무하는 친구가 아내 턱 위에 튀어나온 뾰루지를 보고 병원에 와서 진찰

한 번 받아보라고 권하더군요. (중겸 고개를 푹 수그리고 한동안 말이 없다.) 듣지도 보지도 못한 이하선 암, 이미 머리까지 전이됐다는 날벼락이 떨어졌어요. 7시간 대수술 끝에 얼굴 반쪽을 절개해 자두 알 만한 종양을 제거해냈지요. 그 후로 3년 동안 병원과 집을 오가며 암과 싸웠어요. 담당의사는 희귀 암이지만 극복할 수 있다고 용기를 불어넣으며 포기하지 말라고 했는데, 어느 날 병원에 있던 아내가 회사로 전화를 했어요. 뜬금없이 바다가 보고 싶다는 거예요. 그러고 나서 이틀 후, 아내는 하늘나라로 훌쩍 떠나버렸습니다. 바다도 못 보여줬는데. (눈물을 훔치며 소주를 들이킨다.) 태국에 있는 아들놈한테 연락했는데, 아빠가 술 먹고 엄마 괴롭혀서 죽게 한 거라고, 장례 끝나자마자 태국으로 출국해버리더군요. 십오 년이 지났는데 지금까지 연락 한 번 없어요.

(중겸은 하모니카로 '바위고개'를 연주한다.)

중겸: 아내가 가장 좋아했던 노래입니다. 아내 죽은 뒤 집 팔아 빚잔치하고. 한강에 아내 뼛가루 한 움큼을 뿌리고, 한 움큼은 내 입에다 털어 넣었어요.

목소리 1: 모진 인생이지. 자, 내 잔 받으시게나.

중겸: (소주 한 잔을 입에 털어 넣는다.) 그리고 마지막 한 움큼은 손수건에 쌓아 제주도로 갔습니다. 늦었지만 마지막으로 아내 소원을 들어주고 싶었지요. 성산 일출봉을 등진 후미진 바위에 서서 마지막 아내의 뼛가루를 뿌렸습니다. (손으로 뿌리는 동작을 한다.) 그러곤 뛰어내렸어요.

(조명이 꺼진다.)

3장

(배 노 젓는 소리가 들리고 '이어도 사나, 이어도 사나' 해녀 물질 소리가 들린다.)

중겸: 허망한 게 사람 목숨이라지만 또 질긴 것도 사람 목숨인가 봅디다. 목구녕에 짠 물이 들어와 숨통을 콱 막으니까, 순간 살려고 한동안 발버둥을 쳤던가 봐요. 그러다 의식을 잃었습니다.

목소리 2: 아이 이게 누구야! 중겸이 아이가? 중겸아 맞제. 네가 서울 간 이후로 통 소식이 없어 또 무슨 일 났나 했다. 네 아버지는 재작년에 하늘나라로 가버렸단다. 네게 연락했더랬는데, 전화번호가 바뀌었는지 다른 사람이 받더구나. 그래 몸 성히 잘 지내냐.

중겸: 아이구! 어머니, (큰 절을 올린다.) 죄송해요. 제가 또 죽을죄를 졌네요. (관객을 향해) 저분이 날 구해줬어요. 물질하다 날 발견해 건져냈대요. 5일 만에 깨어났는데, 두 노인이 보이더군요. 두 분을 양부모 삼아 바다 생업을 도와주며 일 년 반을 함께 살았어요.

근데, 답답하더라고요. 섬에 갇혀 있는 것 같고. 두 분께 큰절하고 서울로 왔지요. 술로 지내다가 돈 떨어져 인천으로 가 꽃게잡이 배를 탔어요. 두어 달 바다에 있다가 뭍에 나오면 술과 여자, 카드로 번 돈에다 빚까지 져서 다시 바다로 나가고, 이 생활을 무려 12년 동안이나 반복했지요.

목소리 3: 어이 중겸이 동상, 몸은 좀 나았는가? 아무리 눈 씻고 봐도 동상만한 그물앞잡이를 구할 수 있어야지. 해서, 그라까네, 배 팔아불고 연안부두에다 횟집 냈다네. 한 번 오소. 좋은 시절 돌아보며 소주나 한잔하시게나.

중겸: 덕선호 선장 덕배 형이랍니다. 친동생처럼 제게 잘해줬어요. 그물질 한 지 2년 만에 나를 갑판장, 그물앞잡이를 맡기더군요. 덕적도, 백령 도, 연평도 서해바다 꽃게를 그물로 쓸어 담았어요.

목소리 3: 그래 중겸이 자네가 앞잡이 할 때 덕선호는 온통 만선 깃발로 펄 럭였지.

중겸: 하지만 돈 벌어봐야 뭐합니까. 뭍에 나오면 아내가 있나, 자식이 있나. 술, 여자, 도박에 다 쏟아버렸어요. 그러다 어느 날 그물을 던지는데 팔에 힘이 딸리는 거예요. 뭍에 내려 병원에 가보니 결핵이라더군요. 선장한텐 말도 못하고 다시 배를 탔지요. 결국 피 토하고 갑판 위에 쓰려졌어요. 선원들에게 전염될까 두려웠던지 덕배 형이 치료하고 돌 아오라고 6백만 원을 주고 뭍에 내려주더군요.

목소리 3: 그래 치료는 잘 했는가? 그 이후로 아무리 연락을 취해도 통 동 상 연락이 안 되더라고.

중겸: 개 버릇 남 못 준다고, 돈을 만지니 발길이 저절로 하우스방으로 향 했어요. 흥 개뿔, 다 털리고 불쌍하다고 100만 원 개평으로 주더군 요. 무슨 생각에서인지 그 돈 들고 신혼살림 했던 신길동 산동네로 갔어요. 근처 여인숙에 처박혀 술만 마셔댔지요. 나중엔 손도 들 기력 이 없어 빨대로 빨았는데 피똥에다 각혈까지 나오더군요. 그래, 아내 곁으로 가자. (일어나 선풍기를 걷어내고 선풍기 고리에다 핸드폰 충전기 끈을 매달고 목을 매는 시늉을 한다. 빗소리가 들리고 빠르게 몰아가는 휘모리 장구 가락이 들린다. 마침내 뛰어내린다. 장구소리와 빗소리가 동시에 그친다.)

(허탈한 웃음을 지으며) 줄이 길었어요. 선풍기 고리가 얕았거나. 며칠 인 기척이 없으니 여관 주인이 들어와 산송장을 발견하곤 119에 신고

했지요. 인하대병원에서 3개월 치료받고 살아나 서울역 미소꿈터라는 결핵재활치료소에서 일 년 요양해 완치판결 받았답니다. 바보 같은 남편, 아내가 못 다한 삶을 살다 와야지. 그래, 살자, 질기게 살자, 우리 공주 몫까지 살자. 그래서 성프란시스 인문학대학까지 오게 되었고, 지금은 택배 사장으로 열심히 돈 벌고 있답니다. 여보! 귀애야! 나 잘 살고 있는 거지. 그치. 여보! 나 이젠 내 손으로 죽지는 않을게. 될지는 모르지만 아들놈한테도 연락해볼게. 살아서 풀어야지. 그래야 떳떳하게 당신에게 가지. 귀애야, 세상에 하나밖에 없는 내 공주야.

(대금소리가 들린다. 무대 중앙으로 사람 네 명이 흰 무명천을 들고 등장한다. 무녀 한 명이 무대 중앙에서 대금가락에 맞춰 살풀이를 춘다. 무녀의 인도에 따라 중검이 무명천 가운데를 찢으며 반대편 아내의 초상화가 걸려 있는 곳까지 간다. 아내의 초상화를 들고 무대 중앙으로 와 아내 초상화를 불사른다. 조명이 꺼지고 대금소리가 잦아든다.)

4막 천둥

(조명이 켜지자 무대 중앙에 무녀가 꽹과리를 들고 서 있고 그 옆으로 일혁은 징을, 수백은 북을, 중검은 장구를 옆에 끼고 사물 앉은반 형태로 앉아 있다. 무녀의 꽹과리를 신호로 징, 북, 장구가 사물장단을 치자 무녀가 비나리를 부르기 시작한다.)

(독창)
서울이라 한양에는 나랏님 사시는 곳
낙산 인왕 남산 북악 사신으로 사방 바람 막고
동서로 감도는 한강으로 물을 가두니

범이 웅크리고 용이 나는 범준용비 길지로다

조선의 하늘땅 서울 한양에서 개벽했으니

조선팔도 길 또한 여기서부터 뻗었구나

그래 그래서 내 사지도 여기서 뻗었어라

말은 제주도로 사람은 서울 서울 서울로

모든 길은 여기서 나왔으니 조선의 배꼽 서울역이라

어미아비 잃은 고아 처자식 잃은 홀아비 직장 잃은 실업자

갈 곳 없는 떠돌이 먹을 것 없는 배곯이 가진 것 없는 빈털이

이놈에 치이고 저놈에 치여 술에 취하고 노름에 빠져

서울역이라 어미 배꼽 빈 몸 말아 아가처럼 안겼구나

오늘 오신 모든 분들 만고액살이 없을소냐 만고액살을 풀고 가자

(북, 장고, 징 잽이들 합창)

만고액살 풀고 가자 풀고 가자 풀고 가자

(독창)

살 풀어라 살 풀어라 태어나기를 흙수저살 어미품 잃은 젖이별살

사시눈총 계모살 아비라고 몽둥이살 학교는 감옥살 집 나와 떠돌이살

사장님 악덕살 기계는 칼날살 잠 못 자 불면살 동료 간 사기살

집 잃어 성주살 아내 잃어 망처살 부모 잃어 몽살살 자식 잃어 망손살

직장 잃어 실업살 가족 잃어 거리살 부어라 마셔라 주살

주저앉아 바닥살 몸 맘 퍼져 자포자기살

이살 저살 다 모아다 금일 고사에 대를 받쳐 원강으로 소멸하니

만사가 대길하고 백사가 여일하고 맘과 뜻과 잡순 대로 소원 성취 발원을
비나이다

(합창)

발원을 비나이다 비나이다 비나이다

(독창)

글랑 그리도 하려니와 오늘 여기 오신 분들 일 년 동안 액 없을소냐 일 년
액을 달풀이로 풀고 가자

(합창)

달풀이로 풀고 가자 풀고 가자 풀고 가자

(독창)

정월에 드는 액은 이월이라 성프졸업식 졸업동문으로 막아내고

이월에 드는 액은 삼월이라 성프입학식 신입생으로 막아내고

삼월에 드는 액은 사월이라 봄바람 남산 둘레길 초목으로 막아내고

사월에 드는 액은 오월이라 명동 연인들 치맛바람으로 막아내고

오월에 드는 액은 유월이라 여름바람 한강둔치 아가씨 나시살로 막아내고

유월에 드는 액은 칠월이라 칠석날 인천연안부두 뱃고동 소리로 막아낸다

(합창)

둥~둥~둥~ 막아낸다 막아낸다 막아낸다

(독창)

칠월에 드는 액은 팔월이라 한가위 성프동문 함께 빚은 송편으로 막아내고

팔월이라 드는 액은 구월이라 9월 4일 성프교수님 감 네 개 사드리는 감사
제로 막아내고

구월에 드는 액은 시월상달 서울역 빌딩숲 너머 남산 위 뜬 달로 막아내고
시월에 드는 액은 동짓달 후암시장 좌판 돼지머리에 아침이슬로 막아내고
동짓달에 드는 액은 섣달그믐으로 섣달에 드는 액은 그 이듬해 정월이라
대보름으로 다 다
막아낸다
(합창)
징~징~징~ 막아낸다 막아낸다 막아낸다
(독창)
오늘 여기 오신 분들 소원성취 발원 이루어 한 해 든 액 모두모두 풀으시라
(합창)
모든 액 풀으시라 풀으시라 풀으시라
(독창)
복이 많아도 명 짧으면 박복이요
명이 길어도 복 없으면 단명이라
개똥밭에 굴러도 이승이 나은 법
죽어 비는 명복이 무슨 소용이랴
주어도 주어도 모자란 게 복이요
늘여도 늘여도 짧은 게 명이니
북과 장고로 만복을 징과 꽹과리로 장수를
두드림 두드림 축원덕담 받으시라
(합창)
둥 두둥 만복을 징 지징 장수를 갠지 갠지 갠 무병장수를
두드림 축원덕담 받으시라 받으시라 받으시라

(독창)

물병자리 신에게 술을 따를 천명을 타고난 일혁

물병에 든 술이 바람을 일으키니

붙잡아둘 수 없어라 바람 따라 떠돈 역마살

장돌뱅이로 이 강물 저 강물 안 건너본 나루 없고

이 고개 저 고개 안 넘어본 고개 없는데

불혹의 고개에서 그놈의 바람부리에 걸려

무풍에 묶인 역마살에 기가 막혀

어찌 뚫을까 이 바람 저 바람 몸부림치다

서울역 지하역사 눈 코 입 떼고 굼벵이로 박스 속 뒹굴었구나

그런 어느 날이었을 것이다 박스 껍질을 두드린 성프란시스 인문학

굼벵이 옆구리 안팎을 쪼아 아침이슬 영롱히 날개가 돋아났으니

퍼드덕 퍼드덕 동심원처럼 퍼져나가는 바람 바람 바람

막힌 기가 뚫리고 파장계가 열리니 오 솔레 미오~

물병에서 술술술 노랫가락이 나오는구나 징징징

바람이 분다 바람이 분다 살아봐야겠다

(합창)

바람처럼 자유롭게 자유롭게 자유롭게

(독창)

콩닥콩닥 엄마의 심장소리 우련한데

젊은 계모 치마폭 귀머거리 아버지

종주먹 쥔 손으로 유리벽 깨고 나간 형

소년 수백은 양철북 두드리다 성장을 멈췄구나

아이어른이 돼 가정을 이루고 굳게 먹은 맘

절대 가정을 깨뜨려선 안 돼

IMF로 사업부도나 공장 날아가도 집은 붙들어야지

홀로 거리로 나선 어른아이 수백

밤낮없이 부어댄 병나발로 서울역 광장바닥에 머리를 찧으니

콘크리트마냥 간덩이 서서히 굳어갔구나

그런 어느 날이었을 것이다 엄마의 심장소리처럼 다가온 성프란시스 인문학

양철북 두드리던 손에 다시 북채가 쥐어졌으니 둥 두둥 둥 두둥

돌덩이처럼 군은 간덩이 솜틀 틀 듯

목화솜 같은 흰 구름 둥 두둥 둥 두둥

콩닥콩닥 엄마가슴골 위로 흘러가시라

(합창)

둥 두둥 둥 두둥 구름처럼 흘러가시라 흘러가시라 흘러가시라

(독창)

손재주 발재주 온갖 재주를 타고난 중겸

모내기철에 목비 가뭄에 단비

물 대는 곳마다 못자리 쑥쑥 자라나

호박 넝쿨째 담 넘어오듯 누런 재물이 둥글둥글

이 놈도 한 덩이 저 놈도 한 덩이

쨍 하고 해 뜰 때 부어주자 여우비

그런데 호사다마라 했나 너무 좋으면 하늘도 시샘하는 작달비

태풍 매미가 메기 양식장을 휩쓸고 지나갔다

불행은 겹친다고 비가 오면 반드시 퍼붓는다는 억수

그 광폭한 빗줄기에 꺾여 안개꽃처럼 사라져버린 아내

손에 물 한번 안 묻게 뽀송뽀송 사랑한 당신의 공주를 하늘로 보내고

바닷물에 던져 전깃줄에 묶어 끊으려던 목숨

가늘어도 질긴 게 목숨이라 가늘고 긴 실비

그런 어느 날이었을 것이다 이슬비처럼 아침을 깨운 성프란시스 인문학

인문학 머슴으로 다시 반짝 내리는 해비

이 반짝 비 그치면 또 바람비 궂은비 내릴지 몰라

부지런히 움직이는 중겸의 잔 손 잔 발

이젠 내리더라도 복비만 맞더라도 복비만

(합창)

복비만 내리소서 복비만 맞으소서 복비 복비 복비

(일혁, 수백, 중겸을 위한 비나리가 끝나자 상쇠 무녀의 쇠가락을 신호로 징잽이 일혁,

북잽이 수백, 장구잽이 중겸이 사물을 이루어 삼도사물 한판을 벌인다.)

461

길벗 도반

박경장 사·곡

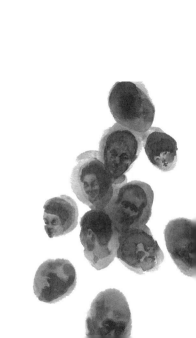